Apple, Moon Light and Choice of Taylor

# 苹果、
# 月光和
# 泰勒的选择

アップルと
月の光と
テイラーの選択

· · · · · · · · · · · · · · · · · · · · · · · · · · · · · · · · · · · · · · · · · · · · · ·

〔日〕中滨响 ○ 著

〔日〕竹内要江 ○ 英译日

陈珺珺 ○ 日译汉

上海译文出版社

APPLE, MOON LIGHT AND CHOICE OF TAYLOR
by Hibiki NAKAHAMA
© 2019 Hibiki NAKAHAMA, Toshie TAKEUCHI
All rights reserved.
Original Japanese edition published by SHOGAKUKAN.
Chinese (in simplified characters) translation rights in China (excluding Hong Kong, Macao and Taiwan)
arranged with SHOGAKUKAN through Shanghai Viz Communication Inc.

图字:09-2020-1130 号

**图书在版编目(CIP)数据**

苹果、月光和泰勒的选择 /(日)中滨响著;陈珺珺译.—上海:上海译文出版社,2022.10
ISBN 978-7-5327-8961-0

Ⅰ.①苹… Ⅱ.①中… ②陈… Ⅲ.①长篇小说-日本-现代 Ⅳ.①I313.45

中国版本图书馆 CIP 数据核字(2022)第 141140 号

**苹果、月光和泰勒的选择**

[日]中滨响 著 [日]竹内要江 英译日 陈珺珺 日译汉
责任编辑 / 吴洁静 装帧设计 / 张擎天 封面插画 / 顾 湘

上海译文出版社有限公司出版、发行
网址:www. yiwen. com. cn
201101 上海市闵行区号景路 159 弄 B 座
启东市人民印刷有限公司印刷

开本 890×1240 1/32 印张 10.25 插页 2 字数 158,000
2022 年 11 月第 1 版 2022 年 11 月第 1 次印刷
印数:0,001—6,000 册

ISBN 978-7-5327-8961-0 / I · 5558
定价:68.00 元

# 目　录

# 序 言
来自阿波罗 8 号的信息

阿波罗 8 号，美国第二次挑战探月载人飞行。飞船上的宇航员们在平安夜里送来祝福。宇航员的名字分别是：弗兰克·傅尔曼、詹姆斯·洛威尔、威廉·安德斯。1968 年 12 月 21 日发射升空的火箭，在三天后进入月球轨道，二十小时内绕月十周。他们拍摄到著名的从月球看"地出"，成为最早眺望到蓝蓝圆圆的地球从月球背面升起的人类。接着，他们在平安夜的晚上通过电视转播向地球上的人们发来消息。他们朗诵的是《圣经·旧约·创世记》的开头部分。

起初，神创造了天和地。地是空虚混沌，渊面黑暗，神之灵运行在水面上。神说："要有光。"就有了光。神看光是好的。神把光和暗分开了，称光为昼，称暗为夜。有夜晚，有早晨，这是第一日。

神说："诸水之间要有苍穹，将水与水分开。"神就造出了苍穹，将苍穹以下的水、苍穹以上的水分开。事情就这样成了。神称苍穹为天，有夜晚，有早晨，这是第二日。

神说："天下的水要聚在一处，使旱地露出来。"事情就这

1

样成了。神称旱地为地，称水的聚处为海。神看着觉得很好。

（日本圣经协会《圣经（圣经协会共译）·旧约·创世记》

第一章 1—10 节）

好了，就要到阿波罗 8 号上的宇航员说临别赠言的时候了。各位晚安，祝大家好运常伴。圣诞快乐。愿在伟大地球上生活的所有人都能受到神的庇佑。

# 泰勒的冒险

# 1 猫咪苹果和泰勒·塞雷娜·托马斯

"奥利维亚，我最喜欢你了。"

我在学校储物柜的镜子上，用唇膏写下给奥利维亚的留言。我边哼着流行歌曲的片段，边咣当一声把柜门关上。

"Shake it off, shake it off.（毫不在意，毫不在意。）"

这是我喜欢的一首歌。与我同名的歌手，唱出了我的心声。想把一切都抖掉（shake off）的感觉。

今天没能和奥利维亚一起玩。奥利维亚必须去她母亲的店里帮忙，她母亲经营着一家纽约知名的时尚品牌店。所以这个点我只能自己回家。

我像往常一样尽全力长跑。只要我一跑起来，就特别满足。一直跑下去的话，会跑得上气不接下气，产生一种陷于黑暗之中的感觉。我觉得自己仿佛是宇宙中被放逐的流星，孤独步步紧逼，只听到自己心头的鼓动声。一旦认真倾听心跳，其余的就什么都听不见了。但是，正因为我想知道我的心在说什么，所以我更要奔跑下去。我加入田径队是在爸爸出事之后。那段日子，我无法踏出家门，和妈妈一起屏息于家中。我们俩远离社会，隐藏起来。一段日子过后，我一从洞穴般的家里走向外面的世界，马上就开始奔跑。但是，因为今天是星期三，田径队休息。我要不要跟我养的猫咪苹果一起玩一会儿呢？给猫咪取名为苹果，是因为我特别喜欢苹果。我平时总吃苹果。一到午餐时间，就从双肩包里拿出一个苹果，在裤子上擦干净后，边走边啃起来。苹果吃起来脆脆的，吃剩了就抛到地上。秋天的味道。脆脆声是秋天的声音。是踩着飘落的树叶或苹果，还有霜，发出的声音。

我和他人没法很好地交流。可能是独生女的原因，也不和朋友一起玩。我觉得旁人很可怕，我想与周围的人保持距离，于是特意板着一张脸，与谁都不想搭话。但是，奥利维亚除外。奥利维亚和我都是话特别少的人。我们只想互相待在对方身边而已。从幼儿园开始，我们就总是待在一起，相互理解。我大致知道奥利维亚在想什么，而奥利维亚也总能感应到我的想法。我们居住在一个特别小的世界里。我俩都觉得这样的关系很舒服。奥利维亚一知道我要加入田径队，就说她也想加入。此后，我俩便一起跑步。我们之间不需要语言。每天一心扑在跑道上，一直奔跑着。

说起我小时候的玩伴，包括我养的一只猫咪和一个名叫"茱伊"的我想象中的朋友。给茱伊起名的人是我。我一看到茱伊的样子就想到这个名字。她的年龄与我相仿，有一头像我妈妈一样烫着卷的金发，皮肤白皙，总裹着一身白色的长袍。我跟妈妈说起茱伊后，妈妈感到特别担心，把我带去看儿科医生。从此以后，我跟任何人都不再提起这位想象中的朋友，因为会被当成奇怪的小孩。上小学之前，我每天都跟茱伊一起玩。有一天，茱伊突然在我面前消失了，从此以后，我再也没有见过她。她的记忆，只断断续续地残存着。但是我总时不时地想，好想跟她再见一面啊。那个孩子到底是从哪里来，又到哪里去了呢？是住到别的小朋友的想象中去了吗？这个世界充满了未知。

我对男生不感兴趣。说起来都觉得特别麻烦。我并不是讨厌男生，但约会或是聊天，抑或是成为男女朋友，都让人厌烦。我不用网络，也没有社交平台账号。

我同奥利维亚和妈妈联络基本上都用普通手机。我仿佛是一辈子都没摸过智能手机的老人。

社交平台这东西，最好不要特意去使用它。因为那里没有真正的友情。为什么必须在社交平台上成为朋友呢？总之我觉得陌生人很可怕。我姑且有一个脸书的账号，用假名登录，只为了群发圣诞祝福而已。我很了解社交平台的危险性，会有陌生人写上饱含恶意的评论进行攻击。带着赤裸裸的敌意，夹杂着厌恶感的恨意向我发泄而来。每每刷新网络时，总觉得内心的坚强在不知不觉中被夺走了。所以，最好的预防方法，就是无视它。

妈妈每天都要刷新网络。我说还是不看为好，但她对我的忠告总是充耳不闻。明明不刷新就不知道，可妈妈并不明白这个道理。社交平台真的特别可怕。在那里交的朋友与在想象中存在的朋友是不同的，他们是没有实体、没有名字的一群人，里面可能有带着恶意的人。在网上发表评论，就好似在一堆人面前裸露身体。这种事情我完全无法理解。

以前，我有一个被校长执行了退学处分的同学。她把她与男朋友发生初次关系的事情发到网上，结果变成了众所周知。明明不用发帖，只发信息就好了。但是，刚刚小学毕业的我们，怎懂那些规则？在一句话后面添油加醋，大家觉得这样非常有趣。可流言一旦传开，就无法更正。所以，与个人隐私相关的一切，我都不会记录在网上。

我同奥利维亚心心相印，不发那些也没有关系。在她身边我觉得很安心。爸爸去世后，我经历了太多太多过分的事情。学校里孩子们之间议论纷纷，但所讲的大部分都不是实情。然而，我连说句"你们弄错了"之类的澄清的话都不能。连面都没见过的人也对我恶语相向，对我们毫不客气，无情地攻击，我真不知道我们到底要怎么做才好。爸爸的死被打造成了"丑闻"。一家人连为爸爸的死而悲伤的时间都没有。我们还要在网上被说成是冷酷无情的杀人犯。

从那以后，我除了和奥利维亚聊天，就不再使用网络了。网络是用来检索学习资料的，不是用来传播流言、攻击他人的。背地里造谣中伤之类的，我根本不想看见。时至今日，在电脑里输入爸爸的名字，可能仍会看到许多有关爸爸的谣言，但也有可能他已经被彻底遗忘了。不知多少次，陌生人造谣有关我的家庭或有或无的事，令我深受伤害。

我已经不在电脑上刷新网络了，因为不想受到更大的伤害。电脑这东西，不再用就可以了。既然不喜欢那种经历，不使用那个工具就可以了——我得出了这样一个结论。三年前，我开始意识到有些人天生就喜欢讲人家的闲话。由于遭遇过真正的恶意，我在学校很少讲话，即便张口，也是简短了事。因为除了奥利维亚，我谁都不能相信。

我的名字是泰勒·塞雷娜·托马斯。十五岁，刚上初三。家住纽约郊外。在我还很小的时候，已故的爸爸买下了那套房子，此后我就一直住在那里。爸爸是在我小学六年级的时候出车祸去世的。慢吞吞行驶着的爸爸的车，被正在追捕犯人的警车超速追尾了。警车撞上爸爸的车右侧，爸爸控制不住方向盘，车身边旋转边向路边的大树猛撞上去。这件事成了本地的大新闻。

爸爸任职的证券公司与政府相关人员进行内幕交易一事，在事故发生前就已经报道了。政府里的某个人从证券公司那里购买了新股票。事故发生后，爸爸被说就是泄露情报的那个人。包括警方侦查人员在内，许多人都怀疑爸爸是不是和那名被称作"关键证人"的客户有关系。而那件事又因为与一名女性扯上关系，变得越发糟糕，越发扑朔迷离。社会对这种事件很反感。富人用不正当的手段赚钱是不可原谅的。唯独一件事我能光明正大地讲，那就是爸爸在情报泄露这一点上是清白的。不久，侦查人员追查到公司另一名销售人员很可疑，那个男人自首说是他把情报泄露出去的。但在真相大白之前，包括媒体在内的许多人都在怀疑我们，认为爸爸就是犯人。爸爸所有的银行账户都被冻结了，因此我们不得不去跟妈妈的弟弟埃尔顿舅舅借生活费。我们在很长一段时间里被侦查员和媒体穷追不舍。明明一开始是可怜的受害者一家，却冷不防地，被当成了犯罪分子的家人。

在事件平息之前，我们连普通生活都过不上。我和妈妈还免不了被陌生的人们投来好奇的目光。虽然为我们家服务的律师会保护我们，但他这么做是工作使然，而不是出自他个人对我们所抱有的同情。我们平静的生活突然发生了变化。数都数不清的记者涌来，把我们当成新闻素材。为了取得独家报道，有媒体甚至给我们递来写着我从没见过的巨大金额的支票。记者们还自作主张地跑到我的好朋友奥利维亚的家里，想要打听我们家人的消息。我以为跟这件事有关系的那位女性应该会接受媒体的独家专访吧，然而并没有。她一定是避开了媒体和官员。

爸爸过世后的一段日子里，舅舅给予我们一家经济上的帮助。不过，舅舅并不是因为担心我们，而只是担心外界对他的评价和他在同族中的信用。事故过后两年，我们终于胜诉了，警方向我们支付了巨额赔偿金。但是，爸爸去世了，我们家变成了单亲家庭。


我与苹果的相遇是在两年前，在爸爸去世之后。那是在学校的课外活动中访问保护流浪猫的猫咪之家的时候。苹果有着茶褐色和白色的长毛，左眼是金色的，右眼是蓝色的。在那里尤其引人注目，容貌也与众不同。长着白毛的额头上，有些地方零星散布着深灰色斑点，十分有趣，仿佛额头上漂浮着小岛似的。两颊胡须的周围也有斑点像长了灰色胡子般地蔓延开来，宛如一头毛发浓密的牛，抑或是像绅士般陷于沉思的小丑。它是苏格兰折耳猫的杂交品种，两只耳朵向脸部耷拉着，圆圆的，似乎特别柔软。很奇怪，与普通的猫咪不一样。我从来没有碰到过如此可爱的猫咪。

在暗处会一闪一闪发着光的苹果的左眼，直到现在偶尔还会让人怦然心动。而且，它是个非常温柔、爱撒娇的孩子。它的身体也很软和，跟我之前养过的猫咪完全不同。之前的那只猫，是只瘦瘦的身材小小的猫咪。与泰迪熊似的苹果完全不一样。

我一脚踏进猫咪之家，就与这个孩子看对了眼，好似彼此一见钟情。我觉得这个孩子选择了我当它的新主人，正缠着我把它带回家去。眼神对上的瞬间就离不开了，于是我向妈妈请求道："我想养它。"妈妈说："我们不是不再养猫了吗？"在我还很小的时候，妈妈养过一只猫咪，十七岁死掉了。因那只猫咪的离开而感到悲伤的妈妈，发誓今后再也不养宠物了。我至今仍记得猫咪走后妈妈那悲痛欲绝的样子。我甚至一度以为是不是连妈妈也要跟着一起去了。妈妈流着泪，一个小时一动不动地抱着早已冰冷的猫咪。但是，在我说我要养自己的猫咪后，妈妈却觉得可以重新考虑看看呢。这时，猫咪之家的女店员说道：

"啊，如果你能成为这孩子的主人，我会感到非常高兴的。这孩子长相出众，非常有人气，但它与谁都不亲近。让这孩子表现出兴趣和爱意的，你是第一个。它在选你做主人呢。虽然不知道它确切的年龄，但照兽医的说法，这孩子差不多一岁左右哦。猫咪认真照顾的话，也有活二十年的。在这孩子走完一生之前，请一定要好好照顾它哦。泰勒，还有莎拉，你们可以做到吗？"

我们点了点头。于是，把那只猫领回了家。

我给这孩子取名为"苹果"。


我盯着苹果的眼睛，一点也不会觉得厌烦。苹果总是懒懒的，大多数时间似乎都在睡觉。眼睛只睁开一半。

蓝色眼睛和金色眼睛，无论哪只都像水晶似的反射着阳光。蛋白石般的眼白里，因光的折射而产生摇摇晃晃的变幻，仿佛在窥视豪华的万花筒似的。说是蓝色，并不是单一的蓝色，而是混合着绿色、藏青色、黄色，好似闪耀的宝石。金色的瞳孔里也浮现出多种颜色。橘色、绿色、红色、褐色、黄色等混合着，形成多层颜色叠加的深邃。苹果的双眼在阳光温和的照射下，似乎燃烧着熊熊烈火。微风袭来，吹散了空气里残留的喧嚣。

　　苹果是一只性格温和，看似对什么都漫不经心，但其实非常聪明的母猫。自从被我领回家，苹果就停止不住对我的喜爱，一心一意地爱着我。它一定是感受到了我对它的恩情吧。每当我和妈妈发生争执，苹果就显出非常担心的样子，开始叫唤，在我的身后奔跑追逐。我如果把门关上，它就会挠门，聒噪地喵喵叫唤着"让我进去嘛"。我发觉苹果无论什么时候都和我待在一起。我哭泣时，它坐在我身边，一动不动地注视我，心想：眼前到底发生了什么事了呢？我们俩并排坐在窗帘拉开的窗前，彼此凝视着。

　　"苹果，你啊，真是只有着狗狗心的猫咪呀。"

　　我经常跟苹果说悄悄话。只要和苹果在一起，心情就很放松。

## 2　纽约的秋天

日历一过十月，就感到凉飕飕的。在纽约，十月秋天就开始了。现在已经快到十一月，白天越来越短，令人沮丧的冬天马上就要来了。趁着天还没暗，我准备回家。从学校到家是步行能到的距离。我背上双肩包，走路回家。

许多树的树叶都红了。爸爸正好死在这样一个季节里。为什么身边会发生这种事呢？妈妈凄惨地哀叹着。我依旧无法接受爸爸的死。我们的运气实在太糟糕了。爸爸应该是朝着"Zero Point"（译注 ①：超越时间和空间，作为宇宙一切存在的起点的地方。）奋勇向前去了吧。爸爸的命运回归到其出生前的"Zero Point"。

---

① 若无特殊说明，正文中的译注皆为日语译注。

爸爸生于 1961 年，死于 2012 年。墓志铭是："约翰·利亚姆·托马斯一九六一年生，二〇一二年死。**被深爱着，安眠于此。**"仅仅这样一句话，根本无法知道爸爸思考过什么、度过了怎样的人生，而这些信息同人类基因的数量一样庞大，原本应该刻在宇宙里。刻在冰冷墓碑上的只言片语，根本什么都传达不了。虽然是起着平常的名字、过着不起眼的人生的爸爸，唯一一次引来举世关注，却是在死后。这是多么讽刺的人生啊！五十一年的人生、事业、家庭、所爱的一切，都被这么一句话给概括了。被一块似乎能拒绝一切的冰冷墓碑重重地压着，爸爸再也无法从那里出来。过去掌握的东西，无一残留，变得毫无意义，爸爸永远沉眠于地下。

接到爸爸出车祸的消息，我们急匆匆地赶往医院抢救室。妈妈到学校接了我，从那里坐警车向医院驶去。我不会忘记在街灯映照下的妈妈的脸。我透过车窗眺望外面的风景，悲伤的情绪向我袭来。染上了黄色或橙色的栗子树。混杂着淡紫色、粉色的金黄色的黄昏。凉飕飕的空气和潮湿的气味，宣告着秋天将逝。

一到医院，我们就从停车场朝后方的抢救室走去。我和妈妈边走边踩踏着散落在草地上的落叶。周围一片昏暗，天上月亮升起来了，是一轮巨大的红色满月，好似预告着在前方等待的未来。橘红色，让人想到血。月亮表面凹凸不平的部分被阴影覆盖着。令人沮丧。

这种红铜色的月亮被称为"Blood Moon（月全食）"——这是我后来才知道的。地球、太阳、月亮呈一条直线并排着，地球反射太阳的光，就能看到红色的月亮。后来我还去查了一下，并没有找到 2012 年发生过月全食的记录。尽管如此，我确实亲眼看见了。那个好似伸手就能抓到的巨大的红月，似乎带着某种意义向我压来。那轮明月的颜色，像极了我曾在科学课上看到过照片的火星的颜色。

事实上我不可能看到那样的月亮，可能是在目睹了爸爸的血后修改了部分记忆。说不定，实际上我连爸爸的血都没看过，是月亮把我的记忆修改了吧。直至今日，我仍没弄明白真实的情况。（创作出古希腊的星座、星星、月亮、太阳等神话故事的人，一定也是这样想的吧。像我一样，对那些东西抱有敬畏之心。）

那日所见的月亮在我心中不断变大，持续绽放着红铜色的光芒。

在医院的太平间，我见到了皮肤苍白得近乎绿色的爸爸的遗体。医生向我们说明情况：是失血过多才导致这么苍白，金发上还有血污。这并没有带来多大的震撼。恐怖真正向我们袭来，是在葬礼的当天。

爸爸的死并不是"结束"。葬礼上，致命的背叛被揭露出来。一个妖媚的女人把爸爸的罪状暴露在光天化日之下。与身材高大、一头金发的妈妈正好相反，一个有着前所未见般乌黑的头发，虽身材矮小但气质华贵的女人出席了教会的葬礼。她默默地流着泪。应该是一位有着地中海或中东血统的女性吧。浅黑色的皮肤，像是地中海沿岸采下的橄榄的果实。她会知道爸爸葬礼的信息并不奇怪，因为身为证券公司董事，爸爸的死亡被地方媒体大肆报道，报纸上也刊登了葬礼的日期。

但她明明没有受到邀请，却出席了葬礼。明明不是亲属，却加入步行至墓地的队列中，走到了墓地。异域风情的姿态引人注目，吸引了出席者的目光。而她表现得周围好像没有人似的。她身穿带

13

有蕾丝的黑色连衣裙，凸显出丰满的胸和匀称的身材，令我不快。从她可爱的脸庞上，我感受到了厌恶和嫉妒。眼前她那无懈可击的美让我闷闷不乐起来。她拥有了我和妈妈都没有的东西。虽然没有金色的头发和白色的肌肤，却颇有魅力。在此之前，我以为我是爸爸唯一宝贝的女孩子，但见到她之后，我的这点自信被摧毁了。

葬礼结束后，那位女性向妈妈搭话："可以谈谈吗？"妈妈知道当天有许多前来吊唁的客人，但对眼前到底发生了什么感到茫然。

"我要告你""能告的话你就去告告看吧！""贱人""骚货""狐狸精""人渣""知耻懂吗，知耻"——难听的话语被接连抛出，那些争吵传到了客厅那边所有人的耳朵里。我感到万分羞耻，能听到妈妈激动的声音："你这个女人，真叫人受不了。请给我滚出去。现在马上滚。奸诈狡猾、肮脏的女人！"然后，她哭了起来。

不堪入耳的话语延绵不绝，对骂进入白热化，末了又变成尖叫或哭泣。前来参加葬礼的人全都听了进去。

当浅黑色皮肤的女人平静地走出房间时，她脸上浮现出一抹微笑，低声嘟嚷着：

"恭喜你，托马斯太太。真好啊，那个人死得正是时候呢。你所拥有的东西，差一点点我就全部到手了。他的爱、钱，所有的东西哟。你会变得一无所有。那样的话，想必会更受伤、更难受吧。你会心里流着血、痛苦地活着哦。话说回来，你真的相信那只是场意外吗？"

说完，她像猫一样，刺棱一下，离开了我家。

媒体铺天盖地报道了这个情人。令人难以置信的是，她不仅仅是爸爸的恋人，还与别的政府高官交往。

见异思迁、水性杨花的女人。和爸爸相遇后，她把之前的恋人甩掉了。她认为爸爸会和妈妈离婚，然后跟自己结婚吧。问题在于，在证券公司工作的爸爸，掌握着与企业股票相关的所有秘密情报，因此她能够轻易获取那些情报，并转交给她的老情人。由此看来，爸爸他们会不会确实有内部交易呢？人们对此议论纷纷。政府高官会不会早已取得了公示之前的股票信息呢？那位高官是爸爸以前的客户，把那名女性介绍给爸爸的也是他。受丑闻报道的影响，警察来到爸爸的办公室和我们家，调取爸爸的文件。据说警察也去搜查了那个女人的家。爸爸像是刚出生的婴儿一样被仔仔细细地调查了一番，然而，非法交易的证据一点也没有找到。

虽然有传言说那位女性会不会是FBI的商业间谍，但是也什么证据都没找到。

谣言愈演愈烈。我们居住的地区，记者们蜂拥而至，场面混乱。连警察都来指挥交通了。我想要是在爸爸的事故发生时，警察也能如此慎重行事的话，那该多好啊！此外，甚至连财经报纸也报道了爸爸的丑闻。

邻居们也向我们家投来好奇的目光。于是，我们投奔到埃尔顿舅舅家。但是，因为妈妈和舅舅的关系并不融洽，所以一直待在那里也很痛苦。

过了段日子，我们回到了纽约。是我缠着妈妈说"我想回去"。因为无论如何我也要跟好朋友奥利维亚一起玩。学校始终保持沉默。我上的是所私立学校，虽然校长建议我退学，但我在这世界上唯一的坚持就是不跟奥利维亚分开。所以，我通过律师拒绝退学。尽管如此，为了不给学校造成麻烦，我提出了学费照缴，但希望这学期都在家里学习的申请。学校方面飞快地接受了这个建议，批准了我的申请。

我从这个经历中认识到：当某些不好的事情发生后，即使挣扎着想做点什么，事态也只会变得更糟。那种时候，人会感受到像是带着恶意攻击而来的厄运，令人痛苦。就像《圣经·旧约》里约伯的苦难故事一样。不过，也可能恰恰相反。我触摸到的东西，最终会成为祝福，结出果实。我将心门彻底关上，再也不会惊慌失措或是闷闷不乐，已经没有人能使我痛苦。我达到了这样的境界。

时至今日，我的脑海里依然回响着响彻客厅的她的声音。那个女人的声音。爸爸背叛了我们。对孩子来说，知道那种事是多么悲伤啊。

"爸爸骗了我们？骗了我和妈妈？他已经不爱我们了吗？爸爸是被谁杀掉的吗？只是意外吗？还是自杀呢？为什么从我们身边逃走了呢？告诉我好不好？告诉我嘛。"

我的父亲约翰虽是证券公司的董事，但一点也不像商务人士，反倒跟个大学教授似的，寡言少语，笑容腼腆。他对外表毫不讲究，冬天一定穿着粗花呢夹克，夏天就穿着 Polo 衫。戴着银质的金属框眼镜，总是在看书。爸爸沉默寡言。和我也没有说过多少话，但是有一次，他跟我说了这样的话：

"爸爸在晋升到总公司的董事之前，一直在研究所工作。我特别喜欢统计分析股价的工作。不负责销售，也就不需要应对客户。分析未来走势的工作是简单的。只需要浏览资料或统计数据，核对数字，将国内外的政治经济或社会上的突发事件、人们的情感、流行趋势等做成图表表现出来，进行分析预测就可以了。我一直在思考股价波动的主要原因。只要在电脑里输入几个数字，电脑就会与历史数据进行比较，并计算出答案。就像是网球运动中，回击对手发来的球之前，运动员预测要朝着场地的哪个方向跑一样。我在电脑上处理了巨大数量的信息。

"不需要和任何人开口说话，操作的钱也不是我自己的，所以并不觉得是真正的钱。虽然爸爸的分析大多是正确的，但是也有遭遇损失的时候，也就是对企业的假账、政客的舞弊、人们的癖好等复杂的因素误判了的时候。爸爸制作的金融图表，收益和损失的数值像波浪一样上下来回波动。但因为数据大体正确，让顾客发了大财。

"将那些数值制作成表格，像心理学家一样对人们的情绪进行分析，将分析结果添加进去，并写成最后的报告。这是一件愉快的事情，是非常有价值的，对爸爸来说是正合适的工作。因为只要默默地将工作推进，电脑就会告诉我答案。

"然而，现在的我身为董事，需要为顾客解释金融图表，肩负着解释说明的职责。有时候，图表里有很多难以解释的内容，却也不得不解释清楚。在升职之前，我从没想过对报告上的分析结果还负有解释责任。直到今天，我才明白一直是销售部门和董事会替我完成了那些工作。

"这份工作完全不适合我。我无法同他人交流，也不擅长与陌生人打交道。虽然是金融方面的事务，但我其实并不清楚。而且，难以启齿的是，我连贫穷的含义都不能理解。我在一生中从来没有为钱所困。爸爸是在有钱的父母膝下成长起来的。我能想象有些人因贫穷而犯罪，也能想象有些人为贫穷所困。但我不认为那种人生是真实存在的。爸爸是个缺乏想象力、对他人也没有同情心的人。我和莎拉差别很大，她拥有很多那方面的天赋。

"我的父母过世时，我还只是个在校的学生。那是场意外，突如其来。即使我的父母离开了，留下的遗产依然能让我继续在寄宿制的学校里学习生活。我从十一岁左右开始寄宿生活。父母为我这个儿子留下了巨额遗产。但是，寄宿生活是非常辛苦的。因为没有私人空间，痛苦得难以忍受。唯独有一件好事，就是在派对上遇见了你妈妈。你妈妈所在的女校也是寄宿制的。初次见面时，我就知道她是我的同类，是个和谁都无法打交道的内向的人。

"意外发生在周末。父母因飞机失事而殒命是在星期天的晚上。直至今日，我仍记忆犹新。飞机着陆失败了。有人联络了学校。

"深夜里电话响起，我想是不是发生了什么不好的事情呢？毕竟在三更半夜里，宿管阿姨叫我'过来一下'。一进校长办公室，就看见校长和宿管阿姨都一脸担心的样子。再怎么头脑愚笨的人，也会明白应该是发生了什么严重的事情。

"父母住在西海岸，联络起来需要花些时间。四十年前，还是个没有电脑也没有手机的年代。即使到了现在，只要深夜里有电话打来，即便我知道东西海岸之间有时差，也会令我感到害怕。总觉得那会是一通不好的消息。面对像事故或家人突然离世那种意外事件时，心里首先会否定事实，或者拒绝面对现实。即便头脑可以理解，内心也还是无法接受。

"父母的突然离世，导致爸爸的耳朵暂时失聪。耳朵里有一个形似贝壳、被称为半规管的东西，那里面装着耳石，我的双耳的耳石似乎都坏掉了。对了，你知道海螺吧？我们不是曾经在沙滩上吃过那新鲜的家伙吗？像吃海螺时把贝壳里装着的螺肉挑出那样，爸爸的耳朵里的耳石被取了出来。

"失去耳石的爸爸，好像处在深海的黑暗中，被沉默笼罩着度日。失去了保护身体的贝壳，处在极易受伤的毫无防备的状态中，如同光着身体生活。我一味地拒绝了周围的世界，把自己关在沉默之中。

"半年间我什么都听不到，但后来声音还是慢慢地回来了。我与父母之间的关系其实并没有多好，可我为什么会那么伤心难过呢？真是不可思议，我想是因为心底寂寞啊。

"我终于能理解全家人都不在的事实，是在几年之后。没错，我的心终于接受了这个现实。十三岁还过于年幼，从一开始就理解一切是不可能的。由于律师承办了一切手续，我无需面对烦人的问题。爸爸在被保护的状态下沉默地生活着。

"后来，我没怎么努力，就考上了常春藤盟校。毕业后到纽约工作，和你的妈妈莎拉结了婚。虽然就职于知名企业，但被分配到的研究所是个小部门，总算不用跟任何人说话就能完成工作，真是太好了。能够不被打扰地在这个岗位上工作几年是幸运的。这个小小的世界让人心安，让人心情平静。但我依然不会社交，参加派对或是去酒吧，都让我痛苦得难以忍受。无法变得善于交际。我啊心里很清楚，自己正是从你这个年纪开始，就再也没有长大了。但我从不感到后悔，反而非常满足。因为这就是爸爸的人生态度，是爸爸的做派。"

爸爸工作累了。然而，经历过失去至亲所带来的痛苦万分的体验的爸爸，却对我和妈妈做出了同样的事情。

爸爸经常抚摸着我的头发，说："泰，爸爸的宝贝。泰，爸爸可爱的孩子。爸爸永远爱你。"我是父母上了年纪后才怀上的独生女。在他俩刚放弃拥有孩子的念头后,妈妈就怀孕了。在他们看来这简直是奇迹,认为我是神赐予他们的礼物。

他们对我投入了永无止境的爱和金钱,娇惯着我。我在溺爱中长大了。爸爸以前总说:"你是女孩子,爸爸完全不知道你在想什么。"他让我随心所欲,从来没有对我说过"不"。

每当我想起爸爸,心里就浮现出难以忘怀的一幕。我不愿认为那时候爸爸在说谎。那是在事故发生前一周左右。我刚坐上爸爸在我的三岁生日时亲手做的秋千,爸爸就过来跟我说话了。我已经十二岁了,不怎么想跟父母说话。因为我觉得那样的态度很酷。

爸爸一跟我搭话,我就从秋千上跳了下来。爸爸在我的身旁像幽灵一般伫立着。

"泰,最近怎样?"

我没有认真回答,而是生硬地说道:

"不怎样。和平时一样呀。"

"那真是太好了,泰。最近都没能陪你一起,真是抱歉啊。因为刚换到新岗位,实在是太忙了。毫无头绪,手忙脚乱的。"

"我没放心上。明白的啦。OK?"

"这样啊,那就好。啊,泰,下次和爸爸一起去个什么地方玩吧?找个很棒的地方。爸爸真的好累。为什么那么忙呢?到底什么才是我想做的呢?有时候真想不明白,特别痛苦。"

"我说啊,请不要发牢骚啦。那是爸爸的工作对吧?我不知道该怎么回答才好,我还只是个孩子呢。"

"啊,当然,当然啦。是爸爸自己的事。不好意思啊,泰。你还只是个孩子呀。爸爸已经是大人了，应该自己找答案了，就像你说的那样。妈妈已经做好晚饭了，在叫我们了呢。"

"知道了。"

"泰，爸爸……"

"下次再说吧。星期天午饭后再说吧。可以吗?"

现在回想起来，我是因为害怕着爸爸认真的语气，像是预感到悲剧正在降临，才推托掉了。

最后爸爸脸上是怎样的表情呢? 我怎么也想不起来。我只记得他的脸部轮廓。爸爸背对着夕阳，只有银质眼镜架在秋日余晖的照耀下闪烁着光芒。爸爸瘦长的身影似乎被阳光吞噬了，慢慢地消失掉了。

和爸爸说完话的我，朝家中走去，准备去吃周日烤肉（译注：由烤肉和蔬菜搭配而成的英国传统料理）。我感觉到有什么牵绊着我的心，回过头看见爸爸。爸爸低着头，坐在我刚刚坐过的秋千上，并没有注意到我在看他。在混合着橘色、粉色还有偏灰调的藏青色的黄昏背景下，爸爸的身影和苹果树的枝丫像是黑色的剪影浮在上面。他的肩膀微微抖动着，好像在哭泣。我一时语塞，就这么一直站在通往厨房的白色房门前，久久地望着那情景。

看到爸爸哭泣，对我而言，空前绝后仅此一回。一想起爸爸，飘着烤肉和肉汁酱香气的黄昏景色就会一并浮现出来。我虽然身处现实，却宛如置身于想象的世界里。当时，爸爸和我仅仅隔着白色的露台，明明只有几步的距离，却感觉比银河更宽，令我无法跨越。

我虽然只有十二岁，但已经明白：爸爸在那个时候，已经被他自己的爱给碾碎了。

明明已经结婚了，却喜欢上了妻子以外的女人，找不到答案正是爸爸的懦弱。

爸爸一定是想得到我的原谅吧，原谅他从女儿的身边离开。尽管如此，却害怕得说不出口。因为是懦夫，所以也不能和恋人在一起。

或者，正如媒体所言，可能是因为把企业未公开的情报泄露给恋人而产生了负罪感。爸爸来找我谈话，到底是因负罪感，还是因良心发现呢？我不知道。

自那以后过了三年，一切仍埋藏在我的记忆深处，变得模糊不清。我只想知道爸爸事故的发生原因。真的只是一场单纯的事故吗？警方主张是慢吞吞地开着车的爸爸的错。警笛长鸣，警车高速行驶。警车是从很远的地方驶来，再怎么逼近十字路口，爸爸避开警车的操作也是过度了。警方为爸爸的遗体安排了尸检，进行彻彻底底的调查。他们投入大量警力，试图证明警方当事人是无罪的。警察再三调查了爸爸的宝马车，却得不到答案。他们用尽一切来查证。但除了爸爸始终保持时速三十公里行驶，而警车则开出了一百六十公里以上的时速以外，什么都没有弄明白。警车撞上爸爸的车的右侧，爸爸的方向盘失控。车子转了个大弯，朝路边的樱花树撞了上去。爸爸的头撞破了前挡风玻璃，气绝身亡。陪审员的讨论围绕着两个话题：第一，这已经不是第一次警察因车速过快而导致事故发生；第二，爸爸是个有社会地位的温和的商务人士，更何况，爸爸的驾驶记录也非常良好。陪审员们因此得出结论认为，事故原因在警察一方。事情发展到这一步，已经花去了两年的光阴，我们不得不耐心等待。社会上有一种谣传，说爸爸是疲劳驾驶。而媒体则依然怀疑存在内幕交易，不断展开调查。但没有出现任何证据。案件最终拉下了帷幕，但我什么都没有想通。

在我心里的某个地方，坚信着这只是一场单纯的事故，爸爸不是被杀害的，也没有自杀。就算爸爸没有选择我们，而是选择了那个女人，我也接受，因为这是爸爸自己的决定。但是，我不认为爸爸从我们身边逃走了，也不想那么认为。

爸爸最终到底选择了哪一方？他还没告诉我就这么离开了。都是爸爸优柔寡断的态度，才导致他的死谜团重重。爸爸的无力选择，反映了他内心的懦弱和悲哀。

# 3 在田径场上一直奔跑

妈妈简直是跟着爸爸一起去了。在终审判决宣布前的两年时间里，我们始终无法直面爸爸事故的细节。那里除了痛苦什么都没有。妈妈每次走进法院，都会想起爸爸的背叛，无法控制的念头如同海啸般汹涌澎湃地向她袭来。就是这种无法控制的念头，荒废了我们的生活。

"10月24日，约翰离世，我痛苦得要命，已经连哭都哭不出来了。天啊，我怎么会变得这么胆小？身边连个说话的人也没有。我一个人好孤独啊！葬礼一结束，朋友们就一个不留地离开了。我原本以为会有很多朋友围着我，实际上只有我孤零零一个人。我心灰意冷，要是能和约翰一起去了该多好啊！"

爸爸的葬礼结束后不久，我在妈妈的床头柜上发现了她的手迹。是写在日记本的封面上的。妈妈连封面也不肯翻开。她正陷入沉睡。明明写着"连哭都哭不出来"，脸庞上却还挂着已经干了的泪痕。

"妈妈，你吃了多少安眠药？"

"我梦见我孤零零一个人。我刚打了个盹儿。听到家人的欢声笑语，感到非常满足。约翰、你，还有我的父母都在。大家好像都特别幸福，你还是个小小的娃娃，紧紧地握着我的手。你的手小小的特别可爱，但也使我意识到这只是个梦，我醒了过来，想到这世上只有我孤零零一个人了，只有我一个人被留了下来。

"你已经长大了，要去上学。只剩我一个人待在家里。我特别难过，想着要不要跟谁打个电话呢？可是连一个能打电话的人都没有。能够依靠的亲人全都不在了。丈夫和父母都已经走了。我曾经当作是朋友的人，也都因为这次的丑闻而离开了。那些邻居，以及你同学的妈妈们，也开始对我避之不及。

"我这才意识到，大家喜欢的并不是我，而是我所拥有的东西。谁都不会想跟这样一个身陷丑闻的人成为朋友，对吧？但我也不能责怪他们。因为如果换成我，应该也会做同样的事。这么一想，就特别失落，极其难过，就想再睡一觉。亲爱的，请不要责怪妈妈。现在我什么都思考不过来。一切都被冻住了，情绪全都没有了。你暂时别来打搅妈妈。太伤心了。并不是觉得伤感，而是无法直面这种事情。我到底要相信谁才好呢？虚伪的丈夫？我被人说闲话，成了笑话。太丢脸了，还不如死了。对不起啊，说出这样的话来。可我真的受不了，所有的事我都受不了。我恨大家，我恨一切。"

妈妈几乎是在睡梦中给了我这样的回答。

我一时语塞。我能理解，对妈妈来说，面对这样的事实是一种多么痛苦的体验啊。毕竟她才刚刚知道爸爸有恋人、背叛了我们。妈妈不能原谅那种事。爸爸为何而死，对妈妈来说已经不重要。是自杀，还是事故，抑或是凶杀，已经无所谓了。

"泰，不用担心我啊。傻傻的我，傻傻的泰。我不会留下你一个人的啦。妈妈再睡一会儿。你先一个人待着。我想睡一觉。"

说着，妈妈又睡了过去。

我不会让妈妈一个人孤苦伶仃，我盯着那张毫无血色的睡颜。妈妈酣睡着，打起了呼噜。我看到妈妈这个样子，痛苦得难以忍受。

三天里，妈妈一直睡着。除了水以外什么都没有入口。她起来上过几次厕所，接着又马上睡了过去。我一直待在妈妈身边，睡觉的时候也在一起。一想到今后，我就担心得不得了，但是现在，我必须振作起来。妈妈已经无法理性思考一切了。我只能等待妈妈清醒过来。在喝水或者上厕所的妈妈的眼睛里，光消失了。

然而，过了一段时间，我又再次看到那蓝色的瞳孔里闪烁着秋日的光芒，妈妈再次找回了人生。生命之光在妈妈的眼睛里猛烈地燃烧着。

妈妈醒来，和我说起话来，于是我拿来妈妈最喜欢的柔软的蓝灰色羊毛毛衣让她穿上。柔软而又暖和的毛衣，与洒下明媚阳光的秋日正合适。毛衣将妈妈温柔地包裹着。

我对妈妈说："艰难的日子已经过去了，我们要干点什么呢？""妈妈，想不想吃点什么？吐司？或者汤？"

"泰，谢谢。这衣服，非常暖和呢。是我所有衣服里，穿起来最舒服的毛衣啊。"

接着，妈妈终于从床上起来了。她抱着我，亲吻我。

妈妈从沉睡中醒来的那天，我在心里把爸爸封印住了。

从那以后，我再也不会在妈妈的跟前提起爸爸。

可是，妈妈的做法却与我截然相反。

身体恢复后，妈妈再次提起自己被爸爸背叛。没完没了地重复着那些话，永远不会完结。愤怒的情绪仿佛完全左右了妈妈，同时又守护着妈妈似的。

妈妈从她不被父母疼爱的童年开始说起。哀叹着过去的种种。执着、偏见、忧郁、羡慕、嫉妒、背叛等等，所有负面情绪都从妈妈的心里迸发出来。明明想忘掉那些情感，却压抑不住。妈妈说这是她现在唯一能思考的。抛弃了妈妈的朋友、嘲笑着远离了妈妈的人，还有传播谣言的陌生人——妈妈指责他们。

我是她在这世上唯一的亲人，她也许是想通过对我发牢骚、哀叹给我看，来原谅她自己的过去吧。

妈妈的负能量好似地幔里翻滚的岩浆般激烈。妈妈的哀叹跟坏掉了的 CD 唱机似的反反复复播放着。对我来说，就好像淅淅沥沥下个不停的冬日的雨。冰冻的雨滴砸下来，令我心情沉闷。妈妈的心被冻住了，装满了悲伤。我始终默默地倾听着妈妈的牢骚。我感觉自己像是变成了一张被人用力踩踏的门垫。我是独生女，我不知道小孩子又该如何阻止父母的哀叹。

妈妈不停地发牢骚，我眼看就快溺毙了。我无法忍受妈妈的视线，连对家人最后的爱意也丧失了。妈妈的悲伤，重重地压在年仅十二岁的我的心上。

没过多久，我开始对妈妈大声嚷嚷。"请不要再那样想了！"最初我应该是说了这样的话。从那以后，我被愤怒给左右了。十二岁的我的情感，与妈妈的悲伤不相吻合。彼此都承受着深深的悲伤，妈妈和我变得总是在吵架。

进入仲裁程序后，身边的人都离开了。我家变得非常空旷，即使大声说话也没关系。而且，我们已经成为被社会抛弃的存在。妈妈把她所有的情绪向我全盘托出。妈妈对审议爸爸事故的法庭害怕得不得了。我必须接受妈妈所有的情绪。对判决的下达，我也感到害怕不安，不知所措。

有一天，我突然觉得自己受够了，朝着妈妈大喊大叫起来。

朝着主张自己是受害者的妈妈，我大叫起来。

我想通过大喊大叫来改变家庭环境。除此之外，我不知道我还能怎么办。为了活下去，我想只能这么做。

妈妈越是哀叹自己的厄运与丈夫的背叛，我心中关于爸爸的记忆就越淡。妈妈将自己的坏运气多半都归咎于爸爸、父母和舅舅。总之，自己被朋友无视，或是被人说闲话，都是他们的错。

妈妈的牢骚没完没了延绵不绝，而我决心不搭理她。

我和奥利维亚一起在田径队里跑步。在圆形跑道上不停地奔跑。只要埋头一圈一圈地跑下去，即使没有家也过得下去。

我将爸爸的记忆也全部删掉了。我让爸爸不曾出现在我的人生。

我通过我的唯一奥利维亚，与这个世界保持联系。通过这种联系，我想把过去的事都一笔勾销。我甚至拒绝考虑妈妈。我完全无视家人，以及关于我们的谣言，在田径队里拼尽全力奔跑。因为我已不是我，我想成为另一个人。

我也向从前跟我一起玩的想象中的朋友莱伊寻求帮助。虽然莱伊没有给我回应，但我总觉得我能感受到她。我就这样慢慢地回到了现实世界。虽然没人帮助我，但我学会了自己的事情必须靠自己解决。不用理会他人，遗世独立才是最重要的。

我想，人们即便善待我，也不过是为了利用我罢了。

我在田径场上埋头奔跑。没过多久，我开始感到呼吸困难，身体里的细胞变得松松散散，从我的身体里完全消失后，在别的次元里重生，然后再次现身。我可以听到细胞的生命之音，新细胞的诞生之音。我把新鲜的空气满满地吸入肺中，为新生的细胞送去新鲜的氧气。在细胞更新换代的过程中，我陷入昏暗，置身于看不到尽头的隧道中。

那是个没有时间概念的世界。在那里，我可以感受到实实在在的东西。不存在疼痛和痛苦。我感到情绪高涨。那是个完美的世界，存在着各种各样的东西，洋溢着宽恕和爱，是一个光辉灿烂的完美的世界。我虽是彻彻底底孤零零的一个人，可并不感到孤独。"我"存在于自己小小的内在世界里，同时也存在于宇宙之中。"我"在这个充满生命力的世界里，无论在哪儿都能够存在。长跑者虽然只能独自品味孤独，但"我"的存在却是无穷无尽地蔓延开来的。我只有在奔跑的时候，才能够超越时空。

在那之后的三年里，我拼尽全力长跑。通过这种方式，即便遇到痛苦的事情，我也能够活下去。

我对妈妈大喊大叫后的第二天，妈妈突然找了一份志愿者的工作。后来她告诉我，她想找回自己。她很快就喜欢上了这份新工作，全身心地投入进去。她太过身陷其中，几乎到了不着家的地步。我突然发现，就算没有我的扶持，妈妈也会变好。我意识到妈妈已经不是一种脆弱的存在了，而我也已经不是一个不能独自看家的小孩了。我开始一个人在家生活，又回到了我小小的幻想的世界里。跟父母一样，我也是个自我主义者。爸爸所践行的正是这样的生活方式。在这个世界里，孑然一身，将他人拒之千里。这种生活方式真是特别舒服。

我对外面的世界筑起了高高的围墙。跟谁都不亲密，对谁都不亲近。除了苹果和奥利维亚，我断绝了与周围的关系。我把过去的一切都丢掉了。我的过去只住着亡灵。我是独自生活的幸存者。我谁都不需要，除了奥利维亚和苹果。就算我死了，应该也没有人会为我感到悲伤吧。连妈妈也肯定不会觉得我可怜。失去我这个最理解她的人，她只会觉得她自己可怜吧。

我的存在如此微不足道，我与社会无牵无挂地生活着。过去每到星期天，我就期待去教堂。一到圣诞时节，我就满心欢喜。然而现在，对已经十五岁的我而言，已经没有什么能够让我心动了。我什么都不相信。我对这个世界无欲无求，也不想与世界有任何牵连。唯有一个心愿，希望世界别来妨碍我就好。这就是我。这就是我的人生。

# 4　金·诺瓦克的悬疑电影

"喂，苹果！"

我一边打开法式房门，一边呼唤着苹果。平常这个时候它应该在院子里，可苹果并没有出现。"哼。"我嘟囔了一声，回到客厅。我卧躺在沙发上，打开电视。本想要不要从厨房里拿些汽水和薯片过来，但是觉得麻烦就放弃了。傍晚播放的怎么净是无聊的电视节目？明明有好几百个频道，却哪个都不好看。二十四小时购物节目、老西部片、填字猜谜节目、以老明星为嘉宾的访谈节目、澳大利亚的爱情剧、英格兰地区的乡下旅游节目、模特选秀大赛、大富翁亲自面试的公开招聘节目（我怎么都无法喜欢上那个金发男人。一看到他的模样，心情就变得糟糕起来）、美食节目、主持人说个不停的节目——这种节目是看不起家庭主妇吗？没错，肯定是这样。制作节目的女性在社会上是成功的，是不会在这个时间点看电视的，而中产阶级以上的主妇正忙于社交。

　　一个频道接着一个频道地换下去，看到了正在播放中的黑白悬疑老电影。女主角是金·诺瓦克，还是奥黛丽·赫本？跟猫咪似的，特别漂亮。有一双和妈妈过去饲养的那只瘦猫咪一样的杏仁形状的眼睛。完全像是东方娃娃。不知为何，我喜欢这种悬疑老电影。女主人公被坏男人们追逐，慌慌张张地逃进自己的公寓房间。刚把门锁上，就被埋伏于室内的其他男人给殴打了……这是过去的悬疑电影常见的故事展开方式。

　　那时，我隐隐约约地听到后院的法式房门被打开的声音。

　　"苹果？"

　　"终于找到了。"我听到了一个低沉的声音。

　　我感觉头部遭到重击，向软皮沙发栽了下去。接着，我便失去了意识。

　　"喂，起来！"

　　那个男人抱着我摇晃。

　　"那东西在哪里？"

　　"喂，这孩子不动了。怎么办？"

　　"绑起来。"

　　男人把我牢牢地绑住。

　　"还瘫着的话，就那样放着。"

　　我对男人们的对话没有表现出反应。

　　"这孩子到底怎么了？"男人不安地说。

　　"打了头，就成这样了。"

"她看见我们了吗？"

"没，没看见。"

"试着让她含点威士忌怎么样？"

"那也没用。"

此时，鲜血从我的头上滴落到脸上。

两个男人面面相觑，惊慌失措起来。

"还有呼吸吗？"

"没有杀人吧？"

"我可不想成为杀人犯。"

"是这孩子运气不好。谁让她在沙发上睡觉，我还以为家里没人。"

"她看见你的脸了吗？"

"打了头，就成这样了。"

"喂，那就是看见啦，那怎么办？"

"没，没看见。别三番五次问同样的问题，烦死了好吗？"

"还是送她去医院比较好吧？"

"冷静点，别总问同样的问题。"

"要是真击中了，意识是恢复不了的。"

"那不关我们的事。就这样放着，我们快走吧。对了，那东西找到了吗？"

"没。"

"怎么会这样？那怎么办？不仅没找到东西，这孩子也快死了。妈的，怎么这么不走运！"

"这孩子可能已经死了。反正迟早会死，我们还是赶紧离开吧。走了。"

"知道了。走吧。"

"喂，这孩子不会觉得疼吧？"

"没时间可怜她了。走了。"

那两个人是谁？

他们在找什么？和爸爸的死有没有关系？

我在完全失去意识前，思考着这些问题。

虽然我不知道是我亲眼所见，还是我心里的想象，但在最后一刻眼前浮现出来的是我养的猫咪苹果的脸。

苹果露出一副似乎特别难过的神情。

接着，我的电源被切断了。光消失了，变成了黑暗的世界。

我的脑子骨碌碌地旋转着，再也听不到电视的声音。我被一片漆黑和彻底的沉寂笼罩着，进入了"Zero 的状态"。

# 5 我是谁？

女孩沐浴在强光下，横躺在手术台上。从监护仪上显示的生命体征数据来看，这孩子还活着。脑电波、心率、血压、血氧等，所有的生命体征都被记录下来。主刀医生终于开口，发表诊断意见。

"没有意识。重度颅脑外伤。看样子，需要再次开颅，但现在姑且关上吧。如果出血、脑压上升，就再打开一次。"

喂，我在这里呀。活着的哦。

"这孩子救不了。我们已经尽力了。还是联系器官移植的负责人比较好。"

"可能会救得的。她还那么年轻，里奇。"

你们搞错了吧？我就在这里。看不见吗？

"父母来了吗？这么年轻，真可怜。对了，米奇，能帮我挠挠鼻子吗？很痒啊。"

"不要说蠢话，彼得。"

喂，大伙儿，你们到底在说什么？我好好的呀。我在这里。听得见吗？

正当我那样叫喊着的时候，横躺在手术台上自己的模样映入眼帘。

沐浴在强光下，正横躺在手术台上的是我。我像在太平间里看到的爸爸的遗体那般苍白。脑袋的周围聚集着身穿蓝色长袍的人，他们正配合着工作，宛如聚集在蛋糕屑旁的蚂蚁。

那些人的长袍被弄脏了，上面有好些鲜血飞溅的斑斑点点。应该都是我的血吧。我的脸色惨白，看上去不像还活着的样子。

突然间，我意识到自己正在上方俯视这般景象。我是谁？我离开自己的身体在做什么呢？

氧气泵"咻"的声音十分刺耳。我甚至连自主呼吸都做不到了。

我被装上了呼吸机。喉咙上连接着软管，但不可思议的是，既不疼也不难受。

为什么我会俯视自己的身体？我开始思考这个问题。我离开了自己的身体，可为什么还能这样思考？为什么？为什么呢？我为什么会在这里？发生了什么呢？

我毫无头绪。脑子里一片混乱，什么都想不出来。我到底能从这里出去吗？这么愚蠢的事，已经够多的了。为什么我在这里呢？我死了吗？这里确实是手术室。一切都沐浴在强光下，闪耀着光芒。这里的所有人都穿着可怕的蓝色长袍，戴着口罩，都探头窥视着我的脑袋，我的脑袋就像被覆盖住了似的，只有这部分我是看不见的。

太好了!

　　肯定是不看为妙。手术工具泛着银光,散发着血的气味。我还是第一次知道血的气味是这样的。

　　看样子还是出去比较好。我边想边寻找出口。虽然找到了门,却打不开。我发觉自己似乎变成了空气,明明存在于这个空间,却又好像不存在似的。我在门前站了好一会儿,刚巧一名护士穿过了我。跟着这个人也许就能出去。我试了一下,果然非常顺利。

　　我跟着的这位护士名叫雷切尔,她的名牌上这样写的。雷切尔有着丰满的身材,看起来很亲切。

　　雷切尔在更衣室脱下手术时穿的长袍,换上另一件,脱下手套和口罩,洗了洗手。脱下口罩的她略微显得年轻了一些。她一来到走廊上,就径直往前走去。

　　妈妈一个人待在手术室旁的一间小小的等候室里。

　　她看起来正不知所措地哭泣。爸爸葬礼结束后她也是这种状态。妈妈的脸上毫无表情,疲惫不堪。

　　"妈妈,是我呀。"

　　我急忙到妈妈身边抱住她,但妈妈好像什么都没有感受到。此时,我终于意识到,人的眼睛是看不见我的。我用双手挡住光,光却仍能够穿透。"怎么回事啊?"我嘟囔着。看不见我啦!

　　雷切尔先做了自我介绍,随即跟妈妈详细地说明了我的情况。她说我被送到抢救室时头上流着血,多半是碰到了什么事故,警察随时等待细听我的陈述。雷切尔对妈妈说起话来沉着冷静,语气诚恳,是一位能够安抚患者家属的专家。妈妈在她的声调中感受到了希望。为了承受眼前的局面，她对雷切尔产生了依赖。

"雷切尔，泰勒没事吧？没有死吧？"

然而，雷切尔的回答却击碎了妈妈的希望。很棘手，她说。虽然她的声音体贴入微，但经验丰富、值得信赖的雷切尔护士心里明白，即便是再艰难的局面，她也有义务全部传达给家属。

"您女儿能否恢复，现阶段还无法判断。但从我的经验来看，是个很棘手的病例。您的女儿的大脑受到了严重的损伤。开颅手术时，血流如注，脑压上升不上来。现在就等着大脑表面的创伤愈合。

"实际上，她目前正处于病危状态。她被送来之前拖延了时间，这一点非常不好。出血导致了脑压上升，受伤时恐怕还遭到了摇晃，颅内也发生了感染。说句实话，我认为她已经无法恢复如初了。能够从目前的状态恢复到说话或是走路，就已经是奇迹了。接下来的数小时里，我们会密切监测您女儿的情况。祈祷着她能得救。

"我们会竭尽全力救治您女儿，但是……"雷切尔继续说了下去。

"我非常遗憾地告诉您，如果意识无法恢复，您女儿就会处于脑死亡的状态。到目前为止，她已经几度脑电波呈水平直线。恐怕连脑干都受到了严重的损伤，正处于深度昏迷的状态。感染有扩散至脑干的危险。虽然注射剂加入了抗生素，但是根据 CT 图像所示，脑干正肿着。未来两三天是个坎啊。"

雷切尔刚说完，妈妈就像婴儿一般啼哭起来。

身边连个安慰的人都没有，妈妈便毫无顾忌地哭了。

"都是我不好。丈夫的去世让我失去了自我。我被众人攻击，为那些几乎不认识的人而恐慌，甚至连打电话都做不到。我害怕得不得了，只能先保全自己。而且，我想再这样子待在家里会伤害到泰吧，于是走出家门，试图用工作来把过去忘掉。可是我这样做，完全没有尽到作为母亲的责任。

"我沉迷于新工作。在外工作真是特别开心，不再被人称做'托马斯太太'，而是被叫做'莎拉'，像是回到了过去年轻的时候。我感到洋洋得意。可是泰呢？父亲去世了，母亲也突然消失了，只剩她自己一个人。虽然我允许那孩子养猫，即便如此也不能改变她孤零零一个人的事实。我可爱的孩子，泰勒，成了换回我自尊心的牺牲品。

"我的丈夫是出车祸去世的。他出轨被揭露后，成了大新闻。我因那件事对泰勒不停地发牢骚。那孩子觉得我烦死了。雷切尔，我没有为那孩子做过任何事。所以不可以让她死啊。我不能接受什么最糟糕的情形。脑死亡之类的绝对不可以。她要接受最好的治疗，钱的话我有，救救那个孩子。美国是医疗资源最丰富的国家，应该能够救活那孩子的吧？想想办法吧。救救泰，救救我的泰。"

雷切尔，明明在手术室最繁忙的时候，却没有打断妈妈徒劳无益的话语，无论何时都与她娓娓道来，还像亲人一般地倾听她的话。

妈妈像个不停啼哭的婴儿。雷切尔温柔地抱着她，嗵嗵地轻拍她的后背："我明白，我明白啊，托马斯太太。"宛如我小时候给我打针的温柔医生。

我的心情变得复杂起来。眼下我快要死了，话说明明是人生中最为重大的场面，却冷不防地想起那么无聊的童年记忆。怎么能说出"我明白你的痛苦"这种话？所谓患者的痛苦，来自下一秒针打下去的小孩子，或是被告知女儿快要死了的我妈妈。只有神，才能理解患者真实承受的痛苦，才能与身陷死亡之地的患者产生共鸣。

尽管如此，我依然认为雷切尔是个好人。即使她是出于职业精神才这么做的，但至少能感同身受地说出"我明白"。在爸爸死后，我弄清楚一件事，我和妈妈两个人被放任不管，身边能够表达出明白我俩有多痛的人一个都没有。我们没能遇见能够理解我们真正的痛苦的人。

"请一定要救救泰。"

妈妈边哭边说。雷切尔握着妈妈的手，像是在安慰她。不过，等到另一个女人走过来，她就轻轻地站起身，打算回手术室去了。

"米歇尔，她就拜托你了。我回去啦。如果有什么变化，我会过来通知的。米歇尔，这位女士现在特别脆弱，请多加注意。"

有着大天使米迦勒的女性名字"米歇尔"的中年女人身材苗条，头发乌黑如炭。如同爸爸过去拥有的荷兰陶瓷人偶。米歇尔安安静静地坐着，一动不动，等待妈妈停止哭泣。

妈妈恢复平静后，开始向神明祷告，米歇尔随即摆出一副轻松的样子，跟妈妈搭话。虽然我从米歇尔的表情中领会不到任何情感，但是她所提起的事情似乎使妈妈更为痛苦。

"托马斯夫人，我可以称呼您为莎拉吗？我叫米歇尔·克拉斯，是器官移植顾问。我想外科护士雷切尔·汤森德已经跟您说明了您女儿的病情，目前吉凶未卜，我建议您做好脑死亡的准备。

"我非常理解您的艰难处境。我接下来的请求在您看来可能难以承受，但还是想请您听我讲一讲器官移植的意义。器官移植可以帮助身患不治之症的人们。"

妈妈吓了一跳，凝视着米歇尔。她之前没有发觉雷切尔不在了而米歇尔来了。

妈妈一副不知所措的样子，非常害怕。是不是有什么坏消息？妈妈惶惶不安。

她不再哭泣，用失神的蓝色眼睛盯着米歇尔。

米歇尔盯着妈妈的眼睛，开始说明如何成为器官移植的捐献者（提供者），以及这项事业的社会价值和重要性。她说同意成为捐献者展现的是人间大爱，甚至补充说时间紧迫，说成为捐献者是在与时间赛跑，被判定为脑死亡后必须马上摘除器官。米歇尔滔滔不绝地说着。已经感受不到痛苦的我，能够冷静地听她讲话，但妈妈不行。我担心妈妈。让我成为捐献者，对妈妈而言并不是件好事。如果妈妈被说服了，等于要她自杀。我知道妈妈有多么脆弱，我想让米歇尔闭嘴，但她就像是下个没完没了的春日霖雨似的绵延不绝地说个不停。


突然，妈妈愤怒起来，叫喊道：

"够了，你这个笨女人！马上给我闭嘴好吗？泰勒没死。不要说那孩子死了，不要指望那孩子。多么厚颜无耻啊！到底在想什么啊？你还不知道我是谁吗？我叫莎拉·富兰克林。婚后才改姓托马斯。我的弟弟是州议员埃尔顿·富兰克林，先父给这家医院捐赠过巨额资金。所以决不允许发生那种事。你对我说着那么可怕的事，就像是为了我最宝贝的孩子的肉而群聚着的鬣狗。希望我女儿死吗？快走开吧！我不会提供器官什么的。我已经不想和你这样的人讲话了。"

妈妈刚想握紧拳头站起来，但下一秒，身子就陷入沙发，哭了起来。

"如果发生那种事情，我绝对不会原谅你。"

米歇尔静静地注视着妈妈，表现得若无其事，就好像被家属怒骂咆哮是自然的。

米歇尔把文件拢到一起，起身走出房间。离开之前，她用平稳的语调告诉妈妈：

"托马斯夫人，您还好吗？我会带手头得空的医生或护士再过来一趟。我声明一下，我只是按平常的程序办事而已。当患者出现脑死亡的可能，成为捐献者，对患者来说是一个选项，同时也是一种权利。这不过是手续的一部分。我非常明白您悲痛的心情。我们团队目前正上下团结一致，抢救您女儿的生命。最终结果会由医生来说明。在那之前，我们会竭尽全力救治您的女儿。"

妈妈完全无视米歇尔的存在，像孩子似的哭个不停。我对雷切尔和米歇尔感到抱歉。

"求求你们，请不要认为妈妈很坏。希望你们别那样跟妈妈说话。妈妈现在正承受着难以估量的痛苦。她觉得此前三年里很对不起我。妈妈不会说谎，像个孩子似的，因此经常被人误解。妈妈无论何时都会尽全力做到最好，她就是这样爱着我。"

米歇尔应该是收不到我的抱歉的，她就抱着那样一副坚决的态度走出了房间。

米歇尔不适合这份工作。换成雷切尔的话，或许能更好地与妈妈沟通。面对患者或是患者家属，共情能力以及与对方共同承受痛苦的态度是不可或缺的。雷切尔试图理解妈妈的痛苦。虽然不能明白真正的痛苦，但是她至少尝试着想象了。

米歇尔却告诉妈妈有多少人为了活命在等待捐献者，以及那将会是一份多么美好的礼物。她把自己的想法强加给妈妈。米歇尔并不是捐献者家属的伙伴，只不过为了有效率地提供捐献者，淡淡地转达关于捐献者一方所需要的准备。

妈妈好像一只瑟瑟发抖的小兔子。她现在需要的是关怀体贴，以及谁能给她一个拥抱。

## 6　妈妈的爱与执念

夜幕慢慢降临医院。窗外光线很暗。一想到这将是人生的最后一夜，我就觉得连那片黑暗都是特别的。从手术室里出来后，我一直待在妈妈的身边。

雷切尔进进出出手术室，妈妈一直在与她说话。

说起我是个怕生、性子烈的孩子，从来都没有离开过妈妈的身边。理解能力强，很快就能记住积木玩法。虽然早早地就开口说话了，但是只跟妈妈讲话。有个想象中的朋友，总是只跟那个孩子玩。最喜欢苹果，经常给我做烤苹果奶酥。把盖了许多心形印章、用丑丑的字写着"妈妈，我最喜欢你"的信放到钱包里一直随身携带着。

妈妈跟素不相识的雷切尔说起那么无聊的往事。雷切尔就像是在听人讲述严重的病情似的点着头。总之是个温柔的人。

妈妈，喂，我在这里哦。看不见吗？我一直在你身边你却不知道。我心急如焚，焦躁不安。拜托拜托，谁能救救我？我不能丢下妈妈一个人。如果我不在了，谁来听妈妈的哀叹呢？没有人能待在妈妈身边啊。

我为妈妈担心得不得了，意志消沉。不能留下这种状态的妈妈。我不在的话，不能直面现实的妈妈该怎么活下去？对妈妈来说，那样太难了。我可怜的妈妈。

这将是我人生的最后一天，我终于明白这是真的。妈妈和我不再相互争吵。煎熬于内心的执着，被社会的刻板印象束缚着的不仅仅是妈妈，我也一样。我误解了妈妈。现在，我终于明白妈妈是发自内心地爱着我。妈妈真是个有骨气的女人，决不会背叛我，总是真诚待我。虽然我们之间有过很多争吵，但我总是站在与妈妈平等，甚至高于妈妈的地位。那并不是因为妈妈优柔寡断，而是因为她的温柔啊。

我不能成为妈妈执着的对象。我一边想着，一边以这种看不见的模样，心怀爱意地紧紧拥抱着妈妈。

"我可怜的妈妈，不必为我哭泣。这不是妈妈的错，别再伤心了。爸爸的事也一样。妈妈是受害者，都是爸爸不好。妈妈能那样说真好啊。也许妈妈并没有那么想，但我对妈妈始终心怀感激。妈妈，我发自内心地爱着你。能够与你一起生活真的很开心。我只有一个遗憾，就是还没有交过男朋友，就离开了人世。

"妈妈，不要为爸爸的事而烦恼。他完全是自作自受。爸爸骗了我们。隐瞒出轨的真相，是爸爸不好。所以，你别再消沉了。

"妈妈没法孤零零的一个人。好担心啊。连我也离开，妈妈承受得了吗？我能待在妈妈身边吗？肯定不能吧。她能找到另一个特别的人吗？不用担心我，因为我没事的。对了，奥利维亚还没来，她总是这样慢吞吞的。"

　　然而，我说的全是谎话。事实上我害怕得不得了。但在人生的最后时刻，只能跟妈妈撒谎啊。因为我是独生女，为了让父母高兴只能撒谎。我感到很恐惧。如果我的身体不在了，会怎么样呢？虽然目前灵魂离开了身体，但肯定只是暂时的。只要身体还在，就有可能回去。可如果身体也被埋葬了，我要到哪里去才好呢？

　　在走廊的尽头，我看到了奥利维亚的身姿。她脸色苍白，一边晃动着没有梳理的金色鬈发，一边朝我们跑来。她气喘吁吁，表情严肃。坐在妈妈旁边的我，站起来同奥利维亚击掌。当然，奥利维亚看不见我。

　　"莎拉，怎么回事？听说泰勒很危险。今天在学校里，我们还一直待在一起，直到下午才分开。我不相信什么病危。泰勒不会丢下我一个人的。不可以发生这种事。因为我们是像姐妹一样的存在。莎拉，泰勒和我从三岁起就一直待在一起。泰勒不会丢下我一人，就这样走了，她才不会死。泰，不可以离开啊。要和我一直待在一起。"

　　听到奥利维亚的话，我哭了。我觉得迫在眼前的死亡突然有了实体。

　　"奥利维亚，我也不想死啊。我到底做了什么？我做错了什么？"

　　我努力回想被袭击前发生在自己身上的事情，却什么都想不起来。我的头脑已经不能认真地发挥作用了吧。我什么都做不了。

窗外已经完全暗了下来。我最后一次眺望天空是从学校回家的路上，是黄昏的时候。我边啃苹果边眺望漂亮的橙色天空。微风，啃着的苹果，各种各样树的颜色……所有的一切都被笼罩在浓厚的金黄色里，美好的晚秋的一天结束了。被染成鲑红的天空，不一会儿应该会变成藏青色，寂静即将到来。

此刻，天空的颜色已经完全变了，被一片深邃的黑暗覆盖。满月的光投散在那片黑暗上。我在今晚就会死去吧。街上看不到明亮，黑漆漆的。透过窗户可以看见一轮满月。巨大的月亮在黑暗的夜空中发着光。爸爸去世那晚的记忆重新浮现出来。三年前也是在这里抬头看见了橙色中泛着红的月亮正在升起。那个时候，爸爸的身体正横躺在医院地下的太平间。我现在在手术室里，不久之后也会被挪去爸爸的那间屋子吧。

我家反复经历着相同的遭遇。我想这就是我的命运吧。

月亮在窗外眺望着我们。忽然，我想起了《晚安，月亮婆婆》这本绘本。我特别喜欢这本书，三番五次地央求爸爸读给我听。然后，就跟玩"我是小间谍游戏（推理游戏）"一样，连珠炮似的向爸爸提问。

妈妈、奥利维亚和我，在等候室里吓得瑟瑟发抖。

奥利维亚的父母正向医院赶来。埃尔顿舅舅和他的妻子阿什利貌似在说："今晚我们就不过去了。如果发生什么情况，请马上通知我们。"我听到那句话，近乎嘲讽地笑了。"妈妈，那些人只会说那样的话。我不在乎。"妈妈了解舅舅他们的本意，在电话这端回答道："我没事的。谢谢，埃尔顿。好的，总会有办法的。"客套的回答。对妈妈来说，这种情形在她活着的五十四年里一直是理所当然的，我在出生后的十五年里也逐渐习惯了。多么凄凉的人生啊。这种时候能打电话的对象几乎一个也没有。

"好的，我明白了。如果在四十八小时内，也就是后天晚上八点之前，如果泰没有好转，我就接受脑死亡。但是，在那之前的四十八小时里，请继续对她进行治疗。医疗保险不能报销的那部分费用我也会支付的。"

"当然，我们会竭尽全力。"

"听着，只要能救我女儿，我什么都会做。那孩子正命悬一线。我女儿还不应该离开这个世界，再怎么说也太早了。即使被宣布脑死亡，我也拒绝让她成为捐献者。我对律师也是这么说的。我和泰都不会成为捐献者。为什么必须提供器官给有钱人？提供给除了钱什么也没有的外国人？我曾经看过一部纪录片，说有钱的外国人等待着合适的美国捐献者的器官。太恶心了。为什么连外国人我们都必须提供器官呢？如果同为美国白种人就算了，外国人跟我们不一样，我的回答是'不'。让泰勒的器官成为外国人身体的一部分，这种事情我接受不了。"

妈妈说着又痛哭起来。对旁人表现出一副彻底自私自利的样子。奥利维亚困惑地盯着妈妈。这样的妈妈我生平第一次看到。

虽然妈妈的发言极其自私，但作为一名母亲，这种反应也可以说是理所当然。因为妈妈的人生正受到威胁，遗传了自己基因的孩子正处于危险中。

妈妈与做志愿者工作时相比，仿佛判若两人。直视自私自利是痛苦的。亲眼目睹了妈妈的自私自利，我心情沉重。

我不需要自己的身体。但是，如果我不在了，妈妈就会生活于悲痛之中，对她我感到十分抱歉。

"妈妈，请别再为我哭泣。无论爸爸离世，还是我受伤，都不是妈妈的错。所以别再哭了。妈妈我爱你。"

我一触碰妈妈，就会吹过一阵微风，然后撞到墙上，发出低沉的声音。那是我发出的信号。如果妈妈冷静下来，就会觉察到。可惜现在一片混乱，她什么都察觉不到。无法向妈妈传递我的感受。我完全无能为力。

妈妈是一位生活条件优越的女性，有着与年龄不符的可爱，但从来没有从别人那里获得过尊敬和信任，都怪她没有在外工作的经验。即使她明白人生是无可替代的，也无法发自内心地去理解。妈妈身上的名牌包包、大钻戒，以及出自设计师之手的高级定制连衣裙，都与医院的等候室格格不入，这令妈妈的存在显得更加悲惨。物质上拥有得越多，妈妈就越孤独。两者成反比关系。

不过，即便如此，妈妈还是让我看到了她母性的一面。虽然那份爱过于强烈，失去了平衡，但是我还是接收到了妈妈的爱。

以前，生物老师曾经给我讲起过哈洛的心理学实验。那个利用猴子宝宝完成的实验，是一种残忍可怕的虐待动物的行为。哈洛把刚出生的小猴子从母亲身边分离开来，然后观察那只小猴子，是喜欢抱着奶瓶的用铁丝做成的母猴，还是喜欢没抱奶瓶的用软布做成的母猴。结果，小猴子更喜欢的是没抱奶瓶的柔软的母猴。但是，即便在柔软的抱起来舒服的母猴身边长大，因为不能彼此交流，也得不到母猴的照顾，小猴子后来变得性格急躁，好像对一切都感到有压力，心灵被彻底破坏掉了。这是理所当然的，一只能够照顾和教育小猴子的母猴的存在是不可或缺的。玩偶妈妈虽能给予小猴子温暖，但什么都不能教给小猴子。对孩子来说母爱是必需的——只为了验证这个观点，就把那只小猴子的一生给葬送掉了。

　　母亲与孩子之间的羁绊是无法被斩断的。孩子无条件地爱着母亲，这种说法广为人知。即便是虐待孩子的母亲，孩子也会努力去爱她。对孩子而言，母亲是必需的。如果孩子厌恶母亲，那大概是对无法被爱所做出的反抗。

　　为什么人类会爱母亲呢？不正是因为人类的灵魂存在于心脏之中吗？出生前的胎儿在子宫里面听着妈妈的心跳。心脏的跳动传递爱的声音。孩子会无条件地爱母亲，不就是这个原因吗？

　　事到如今，我对时间已经没有了感觉。这非常不可思议，虽然很奇怪，但也很舒服。另一方面，一想到未来，我就感到害怕。

　　"妈妈、奥利维亚，救救我。接下来会怎样呢？我将去往何处？真的有死后的世界吗？我害怕得不得了。我不知道留在这里到底好不好。我为什么要被生下来呢？人生到底是什么？我无法理解，妈妈也不明白。救救我，别离开我。"

　　活着的时候，我就不明白人生的含义。深感恐惧的我敲了敲墙壁。但墙壁变得模糊不清，我感觉自己的手正慢慢变得透明。我惊慌失措。

　　身体被影子般浓厚的蓝色覆盖住了。

　　变成孤零零一个人好可怕啊。

　　每个人都会在弥留之际体会到这样的心情吗？我想，我一定会前往鲜花烂漫的天堂吧？家人和上帝会在那里欢迎我。这种太过现实的想法，让我的心情坏到了谷底。

我注意到自己的身体正变得透明。灵魂一点一点地回到了身体里，我继续一步一步地迎接死亡的到来。害怕和放弃之情在心中不断地膨胀，我即将认命接受死亡。

# 7　精灵茱伊

　　我依旧在手术台上昏睡，脸上毫无血色，看不到一丝生机。然而，从呼吸机以及生命体征监护仪发出的如同时钟嘀嘀嗒嗒走动般准确的声音来看，我似乎还没死。现场的医务人员之间弥漫着一股放弃的情绪。我自己由于经历了巨大的痛苦，反而是一副冷静淡定的表情。我早就感受不到疼痛和辛苦了。

　　忽然间，头顶上方传来一个美妙的声音，跟我说起话来。接着，天花板的角落里显现出一位有着银白色头发的美丽女性。她裹着件白色的长袍。明明是初次见面，却有一种强烈的似曾相识的感觉向我袭来。那个女人轻飘飘地浮在空中，来到了我身边，站在我的眼前。她与我隔着横躺在手术台上的我的身体四目相对。她的身体是半透明的。

突然，巨大的欢喜涌上心头。好怀念。啊，这是种什么感觉啊？被自然和平静笼罩着，充满了欢喜。我高兴得不知如何是好。她被耀眼的金色的光芒包裹着，我看不清她的样子。

"我叫茉伊，是个精灵。我其实一直在你身边。你不必再感到烦恼。"

她并没有说话，却能将所思所想传达给我。

"对，就是这样。我一直跟你待在一起。你很早以前就认识我了。"

"茉伊，是你吗？我清楚地记得以前跟你一起玩。可你不是个小孩子吗？我认识的茉伊是个小女孩呀。"

"泰勒，我们在一起玩的时候，你还是个年幼的孩子。年龄与我们精灵无关。我被你召唤的时候，你才两岁，你说你因为没有兄弟姐妹而感到寂寞，你想要一个一起玩的伙伴。于是，我作为你的朋友或姐妹般的存在，出现在你的面前。"

"够了，不要再欺负我了。不要再开玩笑了。"

我突然感到害怕，哭了起来。我完全不明白发生了什么，各种各样奇奇怪怪的事情已经发生得够多了。

"你能听听我接下来想说的话吗？你感觉困惑是正常的。是啊，该从何说起呢？首先，我可以读懂你的心。所以，你不说话也没关系。只需要感受就能传达。你现在很在意死后的世界，深感不安。此外，你也担心被独自留在世上的你的母亲，因此你不想死。在踏上下一段旅程前，你还想知道你父亲去世的真相。"

此刻，我即使想否定茉伊也做不到。我无法拒绝这个世界。我决定默认茱伊的话。眼前发生的一切都与我的意志无关，我只是在死前看见了幻觉而已。

"我希望你能够相信我。我先来讲讲你父亲。这样你就能相信我其实一直在你身边。自从你父亲发生事故以来，你就一直在思考一个问题。你的母亲，和在葬礼上出现的那个女人，两人之间你父亲到底选了谁？这个疑问给你带来了心理阴影。即使想忘记，也因为你母亲喋喋不休地向你诉说痛苦的事实而无法忘记。你因此变得郁郁寡欢。

"此外，你也很在意你父亲过世时在想什么。但我无法回答你这个问题，因为你很快就能自己找到答案了。

"接下来你就要踏上新的冒险旅程，所有的问题都会迎刃而解。全都会弄得明明白白。在知道答案、领会其中的含义之后，你会再回来。然后，重生。"

"停一下，茱伊，我完全听不懂。冒险，是指接下来我终究还是要死去？我能解开爸爸的谜团是什么意思？我不懂。临死之前都必须体验这么奇怪的事情吗？"

"泰勒，你现在不明白也没关系。只是，你必须去冒险。在那之前，我先来跟你说说你母亲还有父亲，以及你父亲的恋人吧。你很在意你父亲的恋人对吗？旅途开始前，你必须同自己的内心紧密连接起来。调整内心是很有必要的。为此，让我们解决你心中的疑问吧。那样你就会知道该往哪儿前进。"

"喂，但是我的人生很快就要结束了对吧？比起你刚才说的，我更想知道在死后的世界我能见到爸爸吗？能见到过世了的外公外婆吗？能见到虽然我没见过面，但因意外而去世的爷爷奶奶吗？有天堂或地狱吗？莫非，你是决定我要去往何处的看门人？或者说，那些全都是虚构的？如果身体不在了，我也就消失了吗？茱伊，算我求求你，请告诉我真相好吗？我已经没有时间了。而且，我已经不想再这样注视自己的身体了。妈妈有可能改变主意，说让我成为捐献者也没什么不可以。那样就糟了。在那之前，我的心会消失掉吗？即便如此也没关系，但请你现在就告诉我。"

"没事的，时间还非常充裕。这个世界里时间的前进方式，与你的世界是不同的。在这里，时间是并行的，过去、现在、未来，只是不同次元，它们是同时存在着的。你现在正处于超次元的世界。这个世界里，心以光速在时空中前进。实际上，你甚至正在超越这个速度。你试试看，就像液体变成固体的瞬间，感觉像是被谁暂停了秒表，世界静止了，唯一运动着的实际上只有你自己。虽然你会觉得很不可思议，但很快就会习惯的。泰勒，等到这个混乱的状态结束后，你会康复，要好好珍惜和你母亲的关系啊。我现在说的这些话，即便你有可能忘掉，但也一定会残留在你心中的某个角落，对你往后的人生产生影响。这是真的。还有，你很想知道你父母的想法，以及与你父亲有染的那个女人的事吧？"

"我当然想知道那个女人的事。可是，确切地说，我讨厌爸爸有恋人，因此，就算想知道她的事，也会努力压抑这种念头。但如果接下来我即将死去，我想在离开前知道她的事。如果不这么做，我会因为太过在意而无法前往死后的世界。"

# 8　王的审判

"来参加葬礼的那个女人名叫黛莉拉。人如其名，是位有着妖艳魅力的漂亮女性。你的父亲约翰、母亲莎拉，还有这位名叫黛莉拉的情人，他们三人是三角关系。从这段关系里能学到什么，是作为他们的宿命，事先确定下来的。那个关系宛如不可分割的不均衡三角形，无法得出数学上的答案。那是个扭曲的三角形。

"黛莉拉是三姐妹中最小的那个。和你作为长女出生的母亲正好相反。你母亲因为是长女，被教育要忍耐各种各样的事情，而身为小女儿的黛莉拉则在溺爱中长大。《圣经·旧约》里的大利拉是个背叛了恋人参孙的女人，她与那名字真是相配。只要是为了自己，就能轻易地背叛他人。她坦率而又随心所欲地生活着。虽然她并非出身于非常富裕的家庭，但她是被家里人宠爱着的。

"集家人的关注于一身的她，认为那是理所当然的。无论怎样都无法让她感到满足，只要是姐姐们拥有的东西她都想要。父母的爱、衣服、男朋友、宝石，甚至是廉价的饰品，如果不把姐姐的东西全部弄到手，就会不舒服。用俏皮的笑容贩卖感情，过后总会做出背叛他人的事情。

"她虚假的笑容非常有魅力。天真迷人，特别有异域风情。你父亲被骗也是情有可原。只要她一微笑，再坏的事都能被包容。

"她总能得到原谅。尽管采取的是浮于表面的浅薄的态度，但还是被接受了。即使被姐姐或朋友抱怨也无所谓。欲望和诱惑支配了她的心。她的欲望深不见底。什么东西一到手，就会马上想要别的。可悲的黛莉拉的人生就像是驾驶着一辆没有排挡的汽车。她天生具备美貌和才智。尽管如此，才智并没能打败诱惑。因为才智和心灵是另一种东西。她优秀的头脑如果运用于商业或科学研究，一定能使她成为一名出色的管理者或科学家。但是，她眼里只有钱。沉迷于绚丽夺目的宝石、高级餐厅、吸引异性的香水、高级定制连衣裙，等等。想成为万人迷的她，一个劲儿地只注重外表。一双引以为傲的黑色大眼睛，红润的厚嘴唇，匀称的身材像铠甲一般，挑逗着他人。是不是宛如一位可怕的魔女？但是她也有优点哦。那就是，无论好事还是坏事，她都不会撒谎。她微笑的时候，并没有试图隐藏挑逗的心意。表里如一。

"设下圈套时，故意弄得马上就能被揭穿似的，并没有想要糊弄他人的意思。只要注意到这一点，就能从她身边逃开，人们却没有那么做，而是成了她的猎物。表里如一是她的特征。

"请试想一下，如果你是她的话，你不会出席出轨对象的葬礼，做出伤害对方家人的事对吧？可她却那么做了，表达出自己的愤怒和自尊。主张他最爱的人是自己。

"已经四十几岁的她自知容颜衰老，想着做点什么吧，于是接受了美容整形手术。可并没有想象中那么顺利。已经无法像过去那般靠魅力吸引人了，周围人对她扭曲的内心也厌烦起来。朋友们因她充满恶意的内心，纷纷离她而去。素来疼爱她、无条件包容她的母亲，也即将离开这个世界。如果她母亲去世了，此后能够守护黛莉拉的人就一个都没有了。

"她不会爱人。虽然她知道如何被爱，但如何爱人，她不懂。姐姐们已经不想跟她有任何瓜葛。她反反复复的背叛和自作主张的态度令人厌倦。姐姐们厌烦了她的背叛，也不在意她霸占了母亲的爱。她们是不会伸手搭救她的吧。黛莉拉也没有真正的朋友。她利用了朋友。越是这种时候越想有朋友在身边，可是谁都对黛莉拉背过了身子。能够帮助她的人一个也没有。

"虽然从现在起黛莉拉将失去所有，但是破坏人际关系的罪魁祸首是她自己。直到现在，她从未对谁坦诚相待。众人皆知她将会度过孤苦伶仃的一生。她不知该如何是好，已经束手无策。于是，她哀怨地想到了自己失去的东西，也就是你父亲。

"就算黛莉拉与你的父亲结了婚，也肯定不会知足的吧。因为她天生无论什么东西到手都不会满足。实际上，她曾经有过孩子，但她把那个孩子交给了收养孩子的中间人。一想到照顾孩子之类的事情一眼望不到头，她就毫不犹豫地做出了决定。她是天主教徒，不能堕胎。接下来，她很快就会想去寻找女儿了吧。但她的女儿在领养家庭里过得很幸福，并不想见亲生母亲。这是一种什么样的人生啊！疼爱自己的母亲很快就要不在了，被家人厌恶，连亲生女儿也见不到。无论自尊心受到怎样的伤害，她依然坚定地表现出若无其事的样子。

"葬礼过后,你的母亲说她跟个恶魔似的。'恶魔般的人'是指对他人不管不顾、直面自己的欲望和冲动的人。他们同贪婪做交易,缺乏良心和怜悯。在死后的世界里,虽然没有地狱那个东西,但是恶魔般的人聚集的地方被称为'地狱'。那里聚集着贪得无厌的人。在那里,他们依然相互杀害,抑或是背叛。

"顺从于自私自利,就会走上凄惨的人生。连最基本的社会规则都不明白。背叛、憎恨,甚至犯下杀人的罪行。与那种人一起生活,会遭到背叛、欺骗、伤害,尝遍痛苦的滋味,让心一直淌血。

"泰勒,如果碰到那种人,要马上逃开哦。那种人像刚刚渗出的鲜血般释放气味,你马上就会知道。他们是不能接近的危险的人。那种人就生活在我们的身边。大多头脑聪明,有些颇具特殊才能。如果是医术高超的外科医生,能够不夹带私情,瞬间集中在任何事情上。优秀的商务人士也一样,开除手下时毫不留情。为了拯救更多的人而抛弃一部分人。他们能够毫无负罪感地瞬间做出那样的计算。那种人里,只有病人才会遵守社会规则。毫无感情地实施行动,这究竟是怎么一回事,我也不是很清楚。

"无血无泪的人的欲望和冲动是无边无际的。那个已经被污染的心,就好像没能截流而溢出大坝的水,奔腾不息。不可以接近那样的人,因为非常危险。


"你虽然不去教堂,但也一定在宗教课上学习了解过吧?执着和冲动是多么令人痛苦呀!爱为什么会让人感到痛苦呢?但如果有真爱,是可以克服执着和冲动的。

"有两名女性分别生下各自的孩子。但其中一个夭折了。失去孩子的母亲，主张另一个婴儿是自己的孩子，跟其亲生母亲争执起来。她们去找所罗门王，请求给予裁判。国王在审判场上，吩咐下人准备一把剑，将孩子劈成两半分给她们。当剑的刀尖碰到孩子准备分割时，亲生母亲大叫起来：'救救那孩子！说谎的人是我。请把这孩子给那个女人，求求您不要杀他。求求您……'这时，谁才是孩子的亲生母亲，在场的所有人都已经明白了。

"如果有真爱，就会放下执着。大部分人都很自然地具备了这样的爱。

"你母亲是个充满母爱的女人。只是，偶尔那份爱朝着意外的方向去了。你也听到了她在等候室里所说的话了吧？莎拉展示了她自己的爱。与盼望自己的孩子能够得到捐献者提供的新鲜器官的母亲站在截然相反的立场上。后者总在祈求别人家的孩子快点脑死亡，并对产生这种念头的自己感到厌恶。

"无论站在哪个立场上的母亲都没有错。谁都不能否定其中的任何一位。任何一位母亲，都是既美丽又丑陋。

"你母亲的优点是非常明白自己的缺点。她不断自我批评，认为那是自己必须背负的罪。另一方面，她又认为自己是受害者。她试图全盘接受，却做不到，便自责起来。她还总无条件地信任他人，结果很快又被欺骗了。但不管怎样，你母亲已经意识到了问题，她能从恶性循环里挣脱出来的。如果她不再依赖所谓的'爱'，就不会继续执着。过不了不久，她就能和你一起解决问题的吧。

"莎拉与黛莉拉不同，她并不爱慕虚荣。但问题是她完全没有自信。她认为自己从来都没有被任何人爱过。因此，她用丈夫或父母的社会地位、财富、盎格鲁–撒克逊直系白人的身份来自我装饰。明明那些东西并不能决定灵魂的价值，可是没有自信的莎拉不得不依靠那些东西。

"所以说，我无法指责莎拉。你的母亲，成长中总在跟优秀的弟弟埃尔顿比较。正如你也知道的那样，你母亲的弟弟埃尔顿五官端正，头脑灵活，多才多艺。你母亲有事没事就被拿来跟弟弟相比较，于是彻底地失去了自信。就像是《圣经·旧约》里出场的、不被神所爱的该隐（译注：《圣经·旧约》里一个出于嫉妒杀掉弟弟亚伯而被神流放的罪孽深重的人物）。她已经明白帅气的埃尔顿是怎样吸引父母关注的。他出类拔萃，以第一名的成绩考上哈佛大学。是令父母骄傲的儿子。在那种环境下长大的埃尔顿瞧不上姐姐莎拉。因为他知道父母只爱自己。如今他仍是采取这种态度，往后也不会改变吧。他对你也一样。你们母女，在他看来是'二等公民'。

"埃尔顿即使碰见你也不会和你打招呼的对吧？晚餐的席次安排也是如此吧？你们母女到外祖父母家时，总是坐在离外祖父母最远的位置上对吧？埃尔顿一家却坐在祖父母的身边。

莎拉小时候觉得不可思议的是，父母明明能够看见自己的身影，为什么会无视掉呢？常常给父母问安，总是注意他们的脸色。畏首畏尾，连自己都不喜欢自己了。莎拉尽心尽责地做着长女该做的事情。她想要自己是被爱的，没有把真实的情感表现出来。像憎恨弟弟亚伯的该隐那般，对埃尔顿感到不爽。嫉妒才华横溢的弟弟。可怜的莎拉没能得到父母的爱，事到如今，连说想要你们爱我也做不到了，因为父母已经不在这个世上。在你还很小的时候，他们相继因病去世。莎拉在这个复杂混沌的世界里孤身一人被抛下了。

"你母亲经常被指责到伤心难过。'为什么这么简单的事却做不到跟埃尔顿一样呢？'埃尔顿像天使一般招人喜爱，你却相反。你到底是从哪里来的？到底是像谁啊？'你也能交到男朋友，真了不起啊！'我们最宝贝的是埃尔顿。'莎拉，你给我好好听着。父母爱的是我，不是你。'即使一直被责难，莎拉依旧固执地不愿承认父母不爱自己。因为不那么做，内心就几乎要崩溃。她不想否定自己的存在。

"她难以接受丈夫或父母不爱自己这个现实。莎拉幻想自己是父母和丈夫心中最重要的存在，是值得被爱的。'因为继承家业的是埃尔顿，请你忍耐一下。'因为你是姐姐，请你忍耐一下。'因为你是女孩子，头脑又不聪明，请你忍耐一下。'你母亲在孩提时，总被喋喋不休地念叨着'请你忍耐一下'。

"你父亲去世以后，你母亲越来越难将自己的情绪压抑在内心深处。由于你父亲的丑闻，你母亲失去了社会地位，再也装不出被爱得满满的样子。但是，泰勒，请温柔地对待她。你母亲是个'成年孩子'。在她心中有个'内在小孩'。她的心没能成为大人，仍然像小孩子一般。她被丈夫、弟弟、父母刁难她的言行给深深地伤害到了。

"这个心理创伤时至今日仍旧折磨着她，今后要同你一起将它治愈。如果能够直面过去，不再自责，就能够从过去中解脱出来。然后，她才能关注到与她在相同环境下成长起来的人。你母亲很快将成为一个可靠的大人。克服曾经的变故和家人带来的问题，从心理创伤处毕业。

"现在，她父母发自内心地期盼她在现世里能够成长。他们活着的时候，专注于对儿子的爱，没能认真地看待女儿，但在灵魂的世界里看得清清楚楚。她的父母正期待她发生转变。

"你父亲约翰度过了一个孤独的孩童时期，特别内向，在心中筑起一道高墙，把心关了起来。那里谁都进不去。你父亲就在自己筑起的城堡里生活。因为没有同父母一起生活过，所以对旁人害怕得不得了。悲观消极的性格，没有自信，特别讨厌跟朋友一起玩耍。还有，他背负着许多心理创伤。

"和你很像呢。由于三年前发生在父亲身上的丑闻，你也变得不信任他人了。不论同人说话，还是到人群中去，你都会感到害怕。你父亲也同你一样是独生子，被保姆带大。与忙于社交生活的父母分开生活。从十一岁起住到学校宿舍，开始一个人的生活。他总是很孤独。在校园生活中，从来都没有过幸福美满的感觉，反而会在宿舍里被欺负。你父亲像小树枝般纤瘦，对其他学生而言，正是合适的目标。他除了数学成绩以外，没有自信，没有自豪。即使如此，几年的校园生活他还是一味地忍耐了下来。

"十三岁那年，他收到了父母因飞机失事而丧生的消息。你父亲从宿管阿姨和校长口中得知这件事后，绝望地回到了自己的房间。房间里还住着别的学生，不能在大家面前哭泣，便在被窝里蒙头哭了起来。他不明白为什么必须承受这种痛苦，感到自己完完全全地变成孤零零的一个人了。约翰爱他的父母，但再也无法当面表达，他永远地失去了那个机会。正因如此，他悲伤得快要疯了。一想到父母不知道儿子有多么爱他们、有多么感谢他们，他就哭了起来，责备这个性格内向、顽固不坦率、净会批判的自己。在那之后，有一段时间里，约翰失聪了。你母亲也在你父亲过世后失去了味觉。重要的人离世后，就会像这样失去知觉。

"约翰现在和我们一起在这边的世界里。虽然他对过去的事闭口不谈，但我们是知道的。全都能看得清清楚楚。

"我们即便没有交谈，也能相互感应。约翰虽然懊悔自己的人生，但也满怀爱意。只是因为内向的性格，他不能很好地表达自己。

"他一生里只流过两次泪。第二次是在一个黄昏。即使我不说，你也知道那是什么时候的事吧？他害怕地哭了。他意识到可能将会失去你。

"他还是个与莎拉很像的人。独自一人被留在世上，活着的时候应该学更多的东西。然而他被压力和情绪给压垮了。"

"茱伊，我们，是怎么交流的呢？"

"我能够读出你的情感。我们相互感应，然后传达给你必要的信息。

"约翰、莎拉、黛莉拉——这三个人的人生是在出生前就已经规划好了的。他们三人是以灵魂成长为目标的一个团队。他们经历的痛苦是为了成长而事先筹划好的。

"这也是你们出生在这个世界上的重要理由。体验痛苦是为了进步。

"你父亲约翰的死震惊了周围的人，也影响了他们的人生。他们以这次冲击为契机，能够似潮起潮落的波涛一般慢慢地重新审视自己的心。但是，由于这次的波浪很汹涌，有着近乎能够改变现实中掌握时间的方法或者应有的心理状态的威力，你的母亲感到痛苦和郁闷，然而，那是面向未来的第一步。她会慢慢地明白，打动这个世界的不仅仅只有眼睛所见的物质。事情必定有着自我追求的一面。请给予你母亲再多一些理解。没有不会长大的人类。等你也成长到你父母的年龄，就能够明白吧。

"人出生在世上，一边生活，一边感受痛苦。到了临终的瞬间，才发觉几乎什么都没有学到。小孩子本能地明白这一点。大人的灵魂如同婴儿一般我行我素，但一些孩子的灵魂却相当成熟，能够准确地理解人生的构造。所以，你有能够教给你母亲的东西哦。你能够指明道路。虽然你无法摆脱你母亲的不满，但是请忍耐一下。你母亲正在努力奔向终点。有些孩子能够堂堂正正地说出：'国王是瞎了吗？明明光着身子却意识不到吗？'有那种能力的孩子，是灵魂得到进化的孩子，是不会被媒体信息所迷惑的。他们会对这个世界的黑暗面或痛苦，毫不犹豫地发出批评的声音。"

## 9　塞雷娜，转生

"茱伊，你还没有回答我的问题哦。妈妈和黛莉拉孩提时候的秘密我已经知道了，但是爸爸的死是怎么一回事呢？如果那时候我同爸爸说了话，就不会发生事故了吗？我好想知道啊。"

"对不起，我现在还不能回答你。我刚才已经告诉你，你必须自己去寻找答案。

"关于你父亲曾经思考的问题，我稍后再谈。我希望你能先好好地了解你的母亲。在那之后，我将再次出现在你面前，给予你第二次机会。

"你是约翰和莎拉的孩子，十二岁之前，是在父母所倾注的满满的爱中成长起来的。直到你父亲突然离世为止。

"此前，你有着优渥的成长环境。住在高级住宅区，身体健康，过着令人艳羡的生活。世上有饿死之人，你却衣食无忧地上着一流

66

的私立学校。你从没意识到社会阶级的存在，除此以外的阶级从未映入过眼帘。

"泰勒，但你也绝没有贪得无厌。从不挥霍无度，也不骄傲自大，总是不忘良心。

"就算没有经历过贫穷的生活，你也发挥想象力行动起来。为了让贫困阶层的孩子们能够接种上疫苗，你在学校策划并组织募捐。你在街头募集捐款的时候，我就在你身边。这种行为在这边的世界里会被登记在案。你没有任性妄为，对母亲的不满也是耐心倾听。每天去上学，从不旷课。

"你的全名叫'泰勒·塞雷娜·托马斯'对吧？

"实际上，你有一个名叫塞雷娜的双胞胎妹妹。明明是同时出生的，她却在出生后马上停止了呼吸。你们是同卵双胞胎。她有着和你相同的面容，想法也是一样的。你们一边漂浮在妈妈的羊水里，一边一起笑着，或是身体相互碰撞着，还唱着歌，度过了一段幸福的时光。你俩都满怀期望，讨论过在这个世界要如何一起活下去。我为二人，二人为我。你俩合二为一。她的名字是有着'月亮'含义的'塞雷娜'。你的父母虽然给你准备了别的中间名，可是妹妹夭折了，那个名字就成了你的中间名。

"你知道月亮和地球曾经是同一个星球，但是后来分开了各自成为星球。你和妹妹塞雷娜好似一体。

"你们在羊水里分享着妈妈的血液。但和你有着相同面容的妹妹在出生后，因身体太小马上就夭折了。就好似同地球相比月亮特别渺小，她也是小小的。"

我的天啊！

秘密一个接一个地揭开，有种倾听所有人告解的天主教神父的感觉。到底在对我诉说什么呢？有什么意义呢？我无法全盘接受。

双胞胎妹妹会责怪我吗？我活了下来，她却死了。我的生日成了她的忌日。难道妹妹是为了我的幸福而牺牲了自己吗？一定是因为我是个坏心眼儿的胎儿，让自己长得更大。于是妹妹就牺牲了。神啊！我从出生的那一刻起就背负着罪。就连妈妈也可能在内心深处讨厌着我吧。

爸爸打开了潘多拉的魔盒。

我以为自己是独生女，却与连面都没见过的妹妹分享着父母的爱。虽然我跟奥利维亚像亲姐妹似的，但我们不是家人。

我以为我是孤零零一个人，然而并非如此。虽然如同此刻，我甚至想象出一个茱伊待在我身边，但我以为自己是孤零零一个人就意味着，我否定掉了因我而逝的双胞胎妹妹。我做了件非常过分的事。

但是，如果妹妹跟贪得无厌的黛莉拉一样呢？我也能忍耐并与她分享父母的爱吗？如果她是个自负心强、嫉妒心重、将父母的爱都霸占了的孩子呢？跟妈妈的弟弟埃尔顿舅舅一样？

如果是那样，我是无法忍受的吧？嫉妒之火熊熊燃烧起来，可能会像亚当和夏娃的第一个孩子亚伯的哥哥该隐一般斗争。

有没有另一种可能呢？在学校还有家里，我们互相帮助，和睦相处呢？像在妈妈的子宫里分享血液那般分享喜悦、爱抑或是痛苦？

不对，这样思考的本身就是错误的。总之，都怪我那时没能跟妹妹好好分享通过脐带传输而来的妈妈的血液。

我俩之间存在着不公平。我永远失去了另一半。

忽然，我发觉茱伊正温柔安静地注视着我。我的心像是被她的温柔紧紧拥抱着。

"泰勒，不用担心。我已经感受到你的困惑了。但那不是你的错。我是想着你应该知道，才告诉你的。而且，这么做你妹妹塞雷娜也会高兴的。她说她永远爱你。如今她最喜欢的人仍然是你。从来没有过嫉妒的感受。她的情感里充满了纯粹的爱和理解。至今都与你分享着爱。

"你将和你的双胞胎妹妹塞雷娜一起重获新生。

"我将给予你第二次机会。泰勒，你性格温和，珍惜同好朋友奥利维亚的友情。你现在知道了，自己还是带着双胞胎妹妹的那一份生命活着的。你将有两段人生可以选择。接下来让我们分别来看看吧。

"一段是从眼前的危急状态下活下来。这将是一段必感痛苦、非常艰难的人生，你必须拼尽全力努力才行。这段人生非常短暂，而且始终身体残疾。从中你肯定能学到很多东西。仅仅是过平常生活，也不得不求助于你的母亲。连去上厕所，也必须呼唤你母亲。大脑受到严重损伤，神经失去功能，因此无法随心所欲地控制身体，还会感受到剧痛。但是过一年会恢复，到时候也能开始走路。过程非常痛苦。但你俩在这段人生中得到的不仅仅只有痛苦。一边体验疼痛，一边可以找到自己的使命。你将会明白什么才是自己应该做的事以及人生中最重要的事。

"奥利维亚作为好朋友将会支持你。她的态度跟往常一样没有变化。因为你和奥利维亚在这段人生中是灵魂伴侣。你的母亲也会取得非常惊人的成长。你、奥利维亚和莎拉将一起活下去，分享人生。

"你将会明白要为他人做点什么。遗憾的是，这个世界正变得越来越糟，不做点什么的话，几年后与总统之位不相匹配的人将掌握大权。对他而言大权在握是件好事，但也会把人们推向悲惨的世界。

"在这段人生里，你必须改变世界。你必须发起行动。但可悲是，就在目标即将完成前，你会死于意外。那是自现在起五年后的事。

"不过，你母亲和奥利维亚会继承你的事业，推进计划。你们成立的基金会将继续运作，向第三世界派遣医务人员或教师。

"你的死不会白费。虽然很多人伤心难过，但他们也由此意识到自己的职责。你的离世遭到媒体的炒作，可你欢迎这样的炒作，因为基金会将由此得到宣传，募集到更多的捐款。这些捐款将被用来推动第三世界的疫苗接种、计划生育教育，以及帮助被性剥削的女性。

"这段人生虽然只有短短五年，但特别浓墨重彩。能够学到许多重要实践。对你而言，就像是到实验室里实习，将会是一场难得的体验。

"另一段人生，你将经历转世。你会在目前的状态中痛苦地停止呼吸，然后在未来的世界里重生。那里没有莎拉或奥利维亚，你将独自过上一种完全不同的人生。但也是浓墨重彩的人生。

"你将体验喜悦、悲伤、孤独和接纳，同时学习自己应该做什么以及如何解开宇宙之谜。你也许会在那段人生里找到答案。

"你会拥有一个跟现在的泰勒不同的身体，经历波澜壮阔的一生。你会亲眼看到未知世界的结局，从中能学到很多东西。作为没能坐上诺亚方舟的人，目击世界末日。"

"茱伊，虽然可以选择人生让我很开心，但是无论哪段人生，看起来都充满了苦难。"

"可是，泰勒，难道有没有苦难的人生吗？没有谁能过上一种只有幸运降临的快乐人生。如果有人坚持说自己正过着那样的人生，他不是头脑有问题，就是在撒谎。正因为有着大量困苦和悲伤，人类才会成长。

"泰勒，快去吧。最后你还会回到这里。到那时，你再告诉我你的选择。

"体验来世期间，你会忘掉和我的约定。在这里所获知的一切，包括父母或妹妹塞雷娜的事情，你都会忘掉。但下次和我见面时，你又会想起来的。

"泰勒，无论选择哪一段人生都没关系。你像平时那样，做出决断，找到自己的路。你差不多该去了。泰勒，我爱你。"

我对茱伊的话一知半解。但是，隐隐约约，我感到自己接下来必须体验的将是两段艰难的人生。

转瞬之间，我被明亮而又温暖的光芒笼罩着。
"没事的，会没事的，泰勒！"

充满慈爱的柔光指引着我。我心满意足。那道光芒是爱，是全部的希望。在那里面，我感受到平静。

我失去了意识，回到了横躺在手术台上的自己的身体里。

# 泰勒的选择 1

# 1  通往冒险之门

几个小时过去了。我的主治医生终于从手术室里出来，朝妈妈所在的房间走去。妈妈害怕知道结果，不安得瑟瑟发抖。她和奥利维亚把手紧紧地握在一起。

一位名叫珍妮特·福克斯的女医生沉着冷静地解释了我目前的状况以及将采取的治疗方案。

我的大脑遭到猛烈撞击，被诊断为"闭合性颅脑损伤"。目前病情危重，心跳、体温、呼吸等基本生命体征越来越弱。

尤其是脑内控制运动的部分受到了严重损伤，脑脊液也在减少。由于大脑暂时失去了颅内脑脊液的保护，在被送来时大脑功能已经下降。大脑被打到颅内突起，出血量相当大，正处于生命垂危的状态。经外科团队开颅发现，脑脊液漏，大脑在失去保护的状态下遭到摇晃，导致受伤、出血，令我陷入昏迷状态。医生们认为我的大脑时日无多，正慢慢死去。

我是在受伤后一小时才被送进医院的。当时，住在隔壁的玛妮正巧来我家通知我有小型宠物犬和猫咪遭到袭击。就是在那时，她发现了头部流血、昏倒在地上的我。说起这件事，前不久附近曾发现过猫咪的尸体，每具尸体都被刀具割了脑袋，当局呼吁居民要多多注意。

玛妮是一位年过五旬的单身女性。爸爸过世前，我们邻里之间从不打交道。但爸爸过世后，在我们为附近的闲言碎语而痛苦时，玛妮突然变得很热情。妈妈和我虽然对她并没有完全敞开心扉，但因为我们渴望来自人们亲切的交谈，也就很欢迎她。

福克斯医生继续往下说道："泰勒只有十五岁，细胞还有恢复的能力。大脑损伤本身不构成大问题，目前状态也非常良好，所以我们能够先对颅骨骨折进行治疗。特别是因为像她这样年纪的孩子康复的案例很多，我们是抱有希望的。现在继续对她使用抗生素。至于意识的恢复，接下来的四十八小时是关键吧。我们一步步前进，一边仔细监测她的身体状况，一边采取适当的治疗。我向您保证，我们会全力以赴救治您的女儿。我很理解您的不安，但目前我们能做的也只有这些了。"

福克斯医生又继续说道："大脑表面的创伤估计不久就会愈合、止血，取决于抗生素治疗对大脑肿胀有多大效果。"

我离开自己的身体，和妈妈还有奥利维亚一起听医生说明，这是种很奇怪的感觉。

我已经可以自由自在地进出身体，不依赖他人也能到门外去。

我回到自己的身体里。脑袋被绷带一圈又一圈地包扎起来。我依然躺在手术台上，所有生命体征都在监测下。失去意识的身体上连接着许多软管。软管都被汇集到接连在大腿上的主管，维持着我的生命。我依旧脸色苍白，一动不动地横躺着。感受不到一丝疼痛，却觉得冷得不得了。感觉并不是从空调处吹来的风。一定是从死后的世界吹来的吧。无所谓了，连接那儿的门已经大大地敞开。

迄今为止在这个手术台上横躺过的患者中，有多少人像我一样从身体里溜出来穿过大门，朝着死后的世界启程而去呢？现在的我，跟横躺在太平间的爸爸一样。虽然过去被说过我很像妈妈，但是像现在这样从上方注视，会发现我和爸爸惊人地相似。

跟雷切尔说的一样，福克斯医生也认为，即使我恢复了意识，也很难过上正常生活。也就是说，我有可能无法正常说话，双手双脚也可能无法运用自如。医生说我也许很快就能转移到隔壁的重症监护室了。妈妈依旧在哭泣。她说："只要能救那个孩子，无论怎样的状态都没有关系。正常，抑或是不正常，那有什么差别呢？我只要泰勒能活下来就够了。"我理解妈妈的话。迄今为止的三年间，我们始终痛苦地生活着，完全不知道正常生活和常识究竟是什么。那种东西，我们已经完全不知道了。

如果出现百万分之一的奇迹让我恢复意识，我会服下止痛药，并开始锻炼肌肉。不然的话，我会忘记如何活动身体，作为泰勒的记忆也会消失。我无法想象自己变得不是自己。如果我的人格彻底改变了，现在的我就可能会被困死在那里面。

我的身体依然在昏睡。只有灵魂彷徨着离开了身体。我完全听得懂医护人员的对话。不是用脑袋而是用心去理解。真是不可思议的体验。

即使伸手想去触碰妈妈，我什么也都抓不到。透明的双手不过是我通过意识创造出来的幻觉，穿过妈妈的身体抓到的只有空气。我是"无"。谁来教教我？我的灵魂有重量吗？我只是幻觉吗？

一切都令人害怕，不寻常，时间的感觉也和平常不一样。我明明感觉已经这样漂浮了很长一段时间，但实际上被送到这里不过才几个小时。

这是特别的瞬间。身体处于危险状态，正在慢慢地死去，却充溢着漫天欢喜。仿佛身体只是个容器似的。我将去往何处呢？

妈妈和奥利维亚跪在地上，祈祷我能获救。像虔诚的基督徒似的。

我紧紧地拥抱着没有意识到我在这儿的两个人，跟她们说"谢谢"。我很高兴，她俩都从心底里觉得我很重要。虽然我可能就这样死去，但是有人真心为我感到悲伤，让我临终的一瞬变得完满，我一旦明白了这一点，就感到非常幸福。

意识到这两个人是特别重要的存在，对我来说比任何事情都关键。正因为有她俩在，我的人生才变得有价值，才闪闪发光。

"妈妈，奥利维亚，谢谢你们。"我在心中喃喃自语道。

然后，我失去了意识，宣告这场不可思议的体验结束了。

## 2　痛苦中的希望

我在重症监护室里睁开了眼睛。正在检查生命体征监护仪的护士注意到后，惊讶地叫来其他的医护人员。

几分钟后，我被穿着蓝色或粉色长袍的人们围着。妈妈跑进房间。我喉咙装着呼吸机不能讲话，但还是很高兴能见到妈妈。眼泪从我双眼中滴落下来。虽然我并不清楚自己为什么会在这个地方，可看到妈妈的脸，还是松了一口气。

意识刚恢复，就有一阵不舒服的感觉朝我涌来。我处于一个没有知觉的世界里。所有的知觉都消失了。什么都不能理解。即使看到称为 A 的文字，也无法识别。不能理解物品的形状或含义。身体疼得不行，似乎发生过什么事情。不知名的恐惧朝我袭来。我为什么会在这里呢？为什么身子动不了了呢？我完全不明白。

我试着去读些什么，试着去理解，但只是像面对难懂的物理符号般束手无策。就算看见人类的脸，也不清楚那是脸，十分可怕。只有妈妈的脸让我觉得没关系，其他人在我眼中看来就像是五彩缤纷的青蛙。因为他们的脸被口罩遮盖着，两眼分开长着，看起来就跟青蛙似的。很热，我不停地流汗。我看见五颜六色的青蛙在房间里来来回回蹦蹦跳跳，我失去了语言能力。福克斯医生正在跟妈妈说明情况，但不知为何，我竟然能听懂。

"已经没事了，脱离了危险期。但是，接下来长路漫漫。我无法确定她的大脑究竟受到多大的损伤。只能通过 CT 扫描的图像进行推测。我也和神经外科的专家会诊过。目前看不出脑干肿大，已经摆脱了所谓脑死亡的最糟糕的局面，但出现记忆丧失或极度混乱，以及意识障碍的可能性依然存在。或许会出现被称为'谵妄'的突发性精神障碍。

"让我们小心翼翼地守护她。继续关注生命体征，预防并发症。虽然泰勒还只是处于半醒状态，但我们要开始物理治疗了。按摩活动肌肉，给予刺激。这是为了使身体发生变化，关节不会变得僵硬。能否从重症监护室里出去，要看几日后的情况。我祈祷泰勒能平安无事地从这里出去。为了刺激大脑，请您经常跟她说说话。等到意识完全恢复、不再依赖机器，就可以移出房间。今后几周内，我们将继续监测生命体征，使用抗生素。她有时候会头脑发生混乱，横冲直撞，所以病房还是单间为好。那是大脑损伤恢复的过程中常见的事。如果泰勒出现那种状况，并不是她的自我意志想那么做，而是意识障碍的问题，请您理解。

"虽然从那种状态中康复的患者为数不少，但是也有些人会长期处于头脑混乱、彻底失忆的状态。这点请您谅解。我们先以上半身能够起来为目标，进行身体机能的恢复吧。之后再进行康复训练。

总之不能不活动。肌肉没有麻痹这一点非常重要。运动神经的记忆在大脑之中。所以，必须从早期阶段起就开始活动身体。如果得了废用综合征，康复就无望了。症状会一味地恶化，无法恢复到从前的状态。出院后康复训练也是必需的。可能要在轮椅上生活，可能无法使用双手，也可能双手颤抖不止。说不准具体会出现怎样的症状。一切都与康复训练有关。至于说话的能力会变成什么样，现阶段还不清楚。"

我静下心来，冷静地接受了自己的现状。我无法即刻相信医生的话，因为我自己什么都没感觉到。

时间的流逝异常缓慢，让我痛苦得不得了。

我恢复意识的消息传遍了急诊室和重症监护室。

后来妈妈告诉我，在我睡着的时候，手术室护士雷切尔和其他的手术医护人员来看望过我，还同妈妈说了说话。雷切尔一把抱住妈妈说："太好了，我真的太高兴了。因为你的信念，才使泰勒恢复了意识。"除了妈妈和奥利维亚，还有人为我活着而感到高兴，我又喜又惊。

奥利维亚急匆匆地来看我，是妈妈打电话通知她的。那时候我还在睡觉，妈妈告诉我奥利维亚特别高兴。后来奥利维亚对我说："接到你妈妈电话的那一刻是我人生中最棒的瞬间！泰勒，我爱你。"

意识完全恢复需要好几个小时。呼吸机让我难受得不行，我用手指提出诉求，希望能把它从喉咙处取下。装着呼吸机，就好像被谁压住了喉咙似的，特别疼，让人想吐。我拼命忍住恶心。

我处在混乱的正中心。我并不是十五岁，而是变成了一个两三岁的小孩。我在差不多那个年龄的时候，晚上，对在卧室里睡觉害怕得不得了。我能看见可怕的妖怪或幽灵的身影，我确确实实地感受到了他们的气息。可是每次我一把父母带到我的房间里，怪物们就都不见了。就是那种感觉。

剧烈的晕眩和头痛刚停止，我就感到脑袋里好像有虫子来回爬动，正在咯吱咯吱地啃噬着我。床上依旧有几只青蛙跳跃着，它们正死死地盯着我。我朝着医护人员提高了嗓门，气急败坏地胡闹起来。

我茫然不解。摘下呼吸机让我变得舒服些了，但情况却反而恶化了。我一边撒泼，一边想把连接在身上的软管和细线拔扯下来。我异常兴奋，双手被绑了起来，宛如朝着月亮咆哮的大灰狼。我一直在做噩梦，梦里我被可怕的恶魔追赶着。

我满身是汗，睁开眼睛。一切都同汗一起从我的身体里消失了，但虫子仍在我的身体里来回爬动着。

青蛙鸣叫。我只能分辨出妈妈和奥利维亚。其他人都是四方脸。我分不清哪儿是眼睛、哪儿是口罩。我无法把周围的世界看得清清楚楚，我的感觉变得迟钝。一切都很奇妙。这里不是三次元的世界。在这个奇怪的世界里，我害怕青蛙的鸣叫声。

我晕眩得厉害，一切都出现了重影。我疼痛不止，头痛欲裂。我什么都忍受不了。

医生对妈妈解释道，不用担心，出现这种症状是意料之内的事。我一会儿被魇住，一会儿呻吟，一会儿又突然说起话来。后来奥利维亚告诉我，那时候我就跟动物似的。昏迷期间处于万籁俱寂的平静时刻，一旦恢复意识，就会疼得撒泼打滚。奥利维亚边笑边说："你那时候特别可怕，好像《化身博士》啊，笨蛋泰勒。"然后，挤着我的身体嘻嘻地笑了。

在家中客厅遇袭之后的记忆全都没有了。虽然警察来问东问西，但是我什么都不记得了。从我倒在沙发上的那一刻起，记忆就中断了。接下来的记忆是从我在重症监护室里睁开眼睛、妈妈的身影映入眼帘开始的。我连在医院重症监护室和单人病房时的记忆都逐渐淡忘了，其他的更不可能记住。但不可思议的是，我失去意识的那几天的记忆中有种特别怀念的感觉，我总觉得好像有点什么。

那几天我是幸福的，我感觉自己从未有过那种喜悦。但我越是想记起来，就越是记不起来。就好像在浓雾对面隐约可见的光。明明就在身边，却又够不着。一切都是暧昧的、模糊不清的。

康复训练第一阶段的目标是离开重症监护室。三天里，共有四名患者被送进我的房间，但他们接着又全都从另一个出口出去了。能活着离开那里的，只有我一个人。我因为失去意识，不怎么记得最开始的三个人。可我想起了最后一位。那人就在我的隔壁床。虽然我们之间隔着帘子，但我可以清清楚楚地听到人们的对话，所以我知道他快要死了。全家人都赶来了，为他的离世而流泪。他好像是心脏病发作。他的夫人悲伤地哭泣着。还有一个小男生，似乎还在上小学。家人刚与他作别，他就从这个房间出去了。

他到哪里去了呢？还能感觉到什么吗？还是说，由于大脑已经失去了功能，往后不用再感到不安，也不用再感到恐惧了？一想到死后的世界，我的心不知为何动摇起来，感觉心里的某个地方被触碰了。

抗生素对抑制大脑的感染发挥了作用，肿胀被治愈了，于是我从混乱的状态中脱离出来，能够一如既往地思考和观察了。不过，即便如此，很多事我依然记不住，也很难分辨人们的面孔。

我已经恢复到可以离开重症监护室、转入单人病房的程度了。

我睡在病床上被转移到单人病房。从很低的位置仰望天花板，映入眼帘的是几处以前从未注意到的斑点。那些斑点动起来，像人脸似的。

在病房里，物理治疗师给我做肌肉按摩，把我的腿时而弯曲，时而伸展。这是康复训练的一个环节。妈妈也整日温柔地按摩着我的腿。

在床上蹦蹦跳跳的青蛙的身影逐渐消失了。可虫子仍旧在身体的表面爬动，让人恶心。我烦躁难耐。那只虫子只稍微动一下都会让我不舒服。神经反应就是如此。

软管和注射针管一件一件地被取下。原本插满软管的我的身体轻松了许多。

最后取下注射抗生素的针管。我通过鼻管摄取营养，脑袋被绷带一圈圈地包扎起来，固定住。

康复训练从练习起身坐在床上开始。工作人员帮我把床摇起来，我却因视角发生变化而害怕得不得了。

身体似乎能动了，比疼痛更早感觉到的是恐惧。一切都是崭新的体验。我无法依靠迄今为止十五年的记忆。我已经彻底忘记了肌肉的运动方式。

接着，我练习起身坐到轮椅上。我像是降落在月球表面的宇航员，好像处于失重的世界，什么都不清楚，轻飘飘的。我感觉自己的脑袋同地面距离很远，陌生的视角让我不知所措。

坐上轮椅也是一件辛苦的事。有种朝着谷底潜水的感觉。我感觉双腿并不在自己的身体上。只不过在床上睡了一小会儿，此前十五年间熟悉的感觉就全部都消失了。意识到这件事令我惊诧不已，悲不自胜。

虽然婴儿有着强烈的好奇心，但对刚从重症监护室里出来的患者而言，冒险却是一件非常可怕的事情。年纪不小了又成了病人，我第一次明白了那所谓的生理上的软弱。

我刚能说话，警察就来找我反复问同样的问题。

我回答说我只记得遇袭之前发生的事，后面的我都不记得了。总之，我失去了几天的意识。我记得我打开通往后院的法式房门，呼唤我养的猫咪，但苹果没有回来，于是我坐到沙发上，看起了电视。警察推测我的脑袋是被强盗打了。我接受警方的说法。妈妈曾经说想在家里放把枪，但遭到了我的反对。即使有枪，不用也没有意义，反而有可能被那把枪击中。作为代替，我们随身携带手机，这样就能够寻求帮助了。

随着病情逐渐稳定，我又开始能够理解周围的世界了。原本只是含糊了解的事情，现在能够看得清清楚楚了。我不再像过去那般胡闹。医生说我很快就能出院，还能够自己进食了。医生告诉我，计划不久后就让我开始复健训练，并在专家的指导下接受语言疗法。

妈妈和奥利维亚从医生那儿得知，就算我失去全部的记忆，也是很正常的现象。但现在我依然残存着部分记忆，这让她俩特别高兴。这意味着我们还可以共同拥有过去。这几乎可以说是奇迹，是令人振奋的消息。

"我们的回忆没有消失真的是太好啦。哎，不可以忘记哦，知道吗？因为你是我的姐妹。从很小的时候开始，我就只有和泰一起玩的记忆呀。除了泰，我没有其他的玩伴。所以，如果泰的记忆没有了，泰对过去的回忆就只存在于我的记忆之中。那是很可悲的，那种东西根本算不上回忆。不能共有回忆是不行的哦。我不需要能够自行改变、自我糊弄的回忆。那样会非常寂寞。泰，你和我是一体的。我们要永远在一起，可以吗？"

妈妈对我们说："谢谢奥利维亚。我呢，因为父母双亡，没有人可以跟我讲我的过去。你们的友情要是能珍惜一辈子就好了呢。"

"莎拉，别担心，泰和我会一直在一起，直到变成老奶奶。对吧，泰？"

奥利维亚这么说着，双手紧紧地抱住了我的身体。我有奥利维亚在身边好幸福。虽然看不清奥利维亚的模样，但是她的温暖传递了过来。只要能和她在一起，我想这个世界就没有那么糟糕。

妈妈花了好多时间帮我按摩像树枝一般僵硬的手臂和腿。她依照物理治疗师所教的按摩方法。为了防止肌肉僵硬，她还三番五次地帮我翻身。在我睡着的时候也必须这么做。


在妈妈和奥利维亚用爱所包裹的崭新记忆的支撑下，我努力进行痛苦的康复训练。坚持接受康复训练成为了我的目标。就算是为了她们，我也要变得更好。从病危中存活下来，我想这说明了是我自己选择了这艰难的人生。

想到这一点，我感觉有什么东西挂在心头。我知道这崭新的人生会很艰难很痛苦。我很疑惑自己为什么能够预知未来，但这种疑惑的感觉很快就消失了。

　　我终于能够自主呼吸了，开始进入缓解疼痛的治疗阶段。我的身体能动了，还能俯卧在体操垫上前行。从看过我最后一次血检报告的医生那里，我终于得到了出院许可。

## 3　宇航员和圣诞节

　　刚开始能说话的那几天里，我与妈妈聊天谈心。一切都在出了重症监护室后，各种各样的知觉都在慢慢恢复，还可以毫不费劲地说上话。

　　最棒的是，随着时间的推移，我能够用语言来表达自己的情绪了。

　　"妈妈，我在睡着的时候好像经历了很多事情。虽然没能记下所有，但是一睁开眼睛，我发觉我已经摆脱一切，获得自由，也不再执着了。我并不是随随便便这么想的。怎么说呢？我觉得现在的我可以原谅一切。妈妈，感谢您一直以来为我做的一切。爸爸的事令我百感交集。怎么说才好呢？当我发现过去我所相信的世界全是虚假的，便背过身子拒绝接受事实。但我认为那样的态度不好。我已经明白了我并非独自生活，因此我卸下了肩上的重担。我一直以为我就像是坚信自己的肩膀能支撑起整个地球的希腊神话里的神，是阿特拉斯般的存在。我顾影自怜，独自痛苦。对于这样的我，神又给了我一次机会。虽然我不知道今后自己会变得怎样，能否从伤势中恢复，但我不想永远闷闷不乐。不知为什么，现在我觉得我能够重新生活。"

"泰，我也有相同的感觉。我也是顾影自怜。直到他们告诉我你生命垂危，我才终于意识到这一点。我清楚你人生的意义。我对你做过很多过分的事。总是伤害你。请原谅妈妈。明明应该把你放在第一位考虑，我却只能看见自己的痛苦和悲惨。实在惭愧啊。我太自私了。直到可能会失去你的时候，我才终于意识到。我向神明祈祷。请让我再做一次这孩子的母亲。这次我一定让这孩子幸福。但其实连这样的祈祷都很自私啊。对不起。

"泰，去年圣诞节我和你争吵时，你说过的话你还记得吗？'我虽然明白这不是妈妈的错，但是我只想要一个普普通通的家庭而已。一个充满爱和欢声笑语，爸爸爱着妈妈，两人永远露出幸福的样子，开心吃着饭的家庭。我不需要金钱，只需要充满欢声笑语的家庭。'你说着那样的话，我万分羞愧，特别失落。

"于是我回你一顿怒吼。但那不是你的错，只是我在找借口而已。你却没有责怪我。是我在假装听不懂你的言下之意。全是我不好。我依赖自己的女儿。你在很小的时候就总是陪伴我、鼓励我，因此我到现在仍无意识地认为你我是一体同心。

"我是个多么糟糕的母亲啊！你变得性情暴躁，我归咎于青春期，认为聪慧如你一定能理解我。身为母亲，原本应该保护你，我却反而完全依赖你。我真是个白痴啊。我应该先注意到自己的愚蠢，

89

而不是让你想办法。我在差一点点就要失去你的时候才终于意识到。我要是在餐桌上露出笑容就好了。我没能代替你死去的爸爸，营造出愉快的氛围。明明可以那么做，我却没有。泰，对不起。该死的自尊心。归根结底，我只考虑了自己啊。"

"妈妈，不是那样的。我只是在思考宇航员的事。我想到了完成所谓从地球到宇宙的远行后然后又返回地球大冒险的宇航员所感受到各种各样的事。宇航员都说，在宇宙中眺望蓝蓝的地球，让他们感受到美丽的神的存在。神真的在于那些人们的身边，所谓的世界充满了神的爱，现在的我明白了。虽然我完全不记得濒死时发生的事情，但我感到自己曾经像宇航员一样飘浮在空中。死亡的时候，是不是也会有宇航员在宇宙里的那种感觉呢？我现在特别满足，充满了感激之情。

"好似来自神的召唤。虽然我还不明白要怎么做才好，但是我想我必须回应那个声音。我得救了，我必须好好活着。奥利维亚和我，能不能做些对世界有益的事情呢？虽然还没跟奥利维亚说，但我们一定能做到的。妈妈也来帮忙吧？我们一起来为世界做贡献吧！实践宇航员所感受到的爱吧！尽管我没法儿很好地表达出来，但不知怎么的，就好像在圣诞季似的，充满期待。"

"你说得没错！我也感到约翰和父母都在我身边。自从他们过世以来，我还是第一次有这种感受呢！现在，大家都在我身边。泰，我们能够谈论这种事，像是奇迹。在你快要离开时，我才终于明白。这一定是来自神稍稍提前赠与我的礼物呀。可能是通过你，我也受到了神的召唤。我们一定可以做些什么。"

　　我们看着窗外。一片寻常的晚秋风景。天色未暗，明亮的黄色月亮却已经升起。飘浮在灰色略微带粉色的天空中的月亮，看起来非常寂寞，好似被埋在了傍晚的天空里。

# 4　康复训练、学习、感谢

一个月后我终于可以出院了。虽然在这个国家住院一个月是件大事，但因为我差点儿死去，所以只能如此。我无法去上学，就只能退学了。为了在轮椅上生活，我必须进行康复训练。在警方的侦查人员看来，我只有身体受伤已经非常幸运。听说好多受害者在精神上也痛苦万分。他们问我遇袭的经过，我什么都不记得。如果记得的话，反而会给我带来心理创伤，让我受到严重的PTSD（创伤后应激障碍）的折磨吧。

我一日不落地去地方医院的康复中心。

康复训练非常辛苦。只能一点一点地按部就班。一试图挑战任何新的东西，剧烈的疼痛就会向我袭来。疼痛的时候，只能放慢节奏，缓慢推进。以前轻而易举就能做到的事情，现在没有一件我能够好好地完成，除非付出难以想象的努力。现实让我非常沮丧。双腿完全动弹不了，好像两根木棍。虽然知道脚上的指甲是自己的，但实际上我并没有知觉。腿上的旧伤也好像在非常遥远的地方，难以触及。手脚肿得厉害，差不多是以前的三倍大小。尽管如此，体重却减轻了三分之一。腿部无法活动，却很醒目地强调它的存在。妈妈说是"淋巴循环不好"，一直在家给我按摩。

以前轻而易举就能做到的事情现在突然做不到了，情绪也似乎变得难以控制。我有了深深的挫折感。我用勺子将玉米粒一颗一颗舀起。还折了日本折纸。我没想到单单折纸对我而言就已经如此艰难。

每天早晨，我深呼吸一口气，然后从床上坐起来，摇铃叫来妈妈，请她帮我把轮椅推到床边，让我坐上去。上厕所、弯下身子、使用纸巾、开门、刷牙、穿鞋、穿衣服等一切日常生活，几乎全都需要旁人辅助，需要妈妈和我一起完成。身体残障之前，我从未想过仅仅是过日常生活也需要努力。我发现日常生活的里里外外和文化一样，是经过洗礼而来的，是不可取代的。

我好似又重新回到了婴儿时期。

就连说话，我也只能慢慢地说。一时间无法说出恰当的话。确实，我的大脑暂时无法运作了。我从来想象不到，无论是找到正确的词语，还是清晰地发音，竟会是如此困难。

即使我们的大脑能够理解残障人士所直面的困难，内心深处也根本理解不了。即使想要顾及公平，实际上也到处都是不公平。我身体残障后，才第一次理解那是怎么一回事。自己或家人只要没变成那种状态，就绝对不会明白的吧。比如，我们虽然知道"多样性"这个词，实际上却根本不明白那是什么东西，也不认真理会少数群体的主张。一样的道理。

不只是残障人士。如果我生在第三世界，或是作为女性出生在有着性别歧视的国家里，会怎么样呢？如果生来就是有色人种，或是跨性别者呢？少数群体受到多数派的歧视，苦不堪言。如果我是跨性别者，与同性恋人结婚，应该会遭到强烈反对吧？对多数派而言，就算只是往不同的方向前进一步，都是件不得了的事情。

我终于能够理解少数群体的诉求了。对这个国家的多数派而言，不费功夫也能过着平常生活，不认为平常生活有什么特别，但在少数群体看来，那是多么幸运的事啊。

本来，社会环境就应该尽可能地公平。以前的我，早上睁开眼睛，冲澡，吃完早餐后慢跑去上学。在学校和朋友一起上课，交谈，讨论课程。有时还会在电脑上查看课题，在电脑上写报告发送给老师，在田径队里训练。回到家后，做作业，看 YouTube，吃晚饭，偶尔为了减肥而剩饭，准备睡觉。我用的特级白色鹅绒被总是很暖和，将我包裹。空调调节着家里的温度，总让人过得很舒适。以前想当然地认为本应如此，现在才发觉这实际上很特别。

少数群体中的大多数人与那样的生活无缘。在我们看来是平常之事，他们却因为贫困而无法过上那样的生活。即使在同一个国家里，也有人生活于凄惨的环境。不仅没钱，也没人能依靠。从全世界的角度来看，像我们这样生活的人反倒是少数吧。我发现能够过上这种生活的人只存在于经济强国，其他地区大多数人的生活很辛苦。世界上还有些地区，孩子连学习的机会都没有，女人则被村庄束缚一生。

这不能说是公平。

为什么我以前从没注意到呢？因为我身体健康，便认为这样的生活是理所当然的。虽然我同奥利维亚一起为贫困国家组织了募捐活动，但是只是出于发达国家的怜悯而已，并不是真正的关怀。只是作为 IBDP（国际文凭课程）的学位项目 CAS（创造性·行动·服务）行动的一个环节而已。少数群体并没有想让我们怜悯。我追求用现实主义想象力和金钱的力量来改善不公平的行动力。行动和资金是必需的。这不是白日梦。

他们所需要的是能够推进项目的政治基础。我一直在思考这些问题。我要同妈妈还有奥利维亚齐心协力。首先确定必须做什么。如此一来，必定能找到解决方法，也能找到神召唤我的原因。

我被赋予了第二次生命。这次是为了痛苦中的残障人士以及少数群体而生的。这种想法越来越强烈。每次遇到艰辛或困难，我想起这份心情就能让自己振奋起来。我想要帮助别人，我热烈地祈望着。

春去秋来，季节流转。冬日里，妈妈成为接送我去医院的专职司机。奥利维亚每天一放学就来康复中心找我，并坚持不懈地说服我，一起去上大学吧。我也坚持说我会报考 SAT（美国的大学升学测评考试）或者 IBDP。她为退学的我送来了课本。她说"有志者事竟成"，让我跟她一起学习。她那样为我操心，我很高兴。

虽然康复中心的康复师说："泰，你按自己的节奏，一次做一点就可以了。"但我尽可能地多做练习。就算在轮椅上生活，也要尽可能地活动身体。不知为什么，我总觉得不能浪费时间。我不想放弃。我要能走路，我想要为那些跟我一样的人工作。刚开始我只能趴着活动，渐渐地身体能够倚靠着附近的横杆站起来了。拖着我不能动的腿，运用肘部让身体动起来，一点一点地前进。

到了冬天，雪花纷飞。我从位于医院旁边的康复中心的窗户向外眺望。患者大部分是老年人、脑梗死病人，或是跟我一样因意外受伤的人。我还不能进入训练池，一个劲儿地练习走路，或者像芭蕾舞者一样抓着横杆进行练习。

结果，为了练习抓住横杆，我就花了两个月。虽然受伤让我的人生发生了翻天覆地的变化，但是我并不怀念过去，或是感到悲惨。因为我知道我真正的终点是在别的地方。

虽然外面天寒地冻，但是我所处的地方很暖和。我期待休息时妈妈给我送来热可可。喝上一口就会有干劲。这种小事让我很开心。妈妈始终笑容满面，像溜溜球似的东奔西跑，为我们当司机。似乎特别满足。我们现在作为一家人，踏入了新的阶段。大家都不再发牢骚，留心寻找新生活中的快乐。紧紧盯住前方，一起朝前走。如果碰到无法忍受的痛苦，那就是布置给我们的考验。

我们克服了最大的难关。彼此间的羁绊不可动摇、无比牢固。妈妈露出灿烂笑容，她已经从过去中彻底恢复过来了。


在康复中心进行康复训练，我总有一种不可思议的感觉。

一在垫子上爬行，强烈的闪回就向我袭来。我觉得自己仿佛是在地球母亲的原始森林里爬来爬去的生物。我好似昆虫在地上爬行般前进，可以听到心脏的声音。我的心跳与地球连接在一起，溶于汗水之中。

　　为了增强肌肉，我喝起了蛋白粉。肌肉力量的恢复特别花时间。在床上昏睡期间没有运动肌肉，因此肌肉僵硬得无法动弹。腿像棍子一般。刚开始时积满了挫败感，我焦躁不安，捶打着不能动的腿，还会朝着妈妈吼道："闭嘴！出去！"在重症监护室里睁开眼睛后，我一直无法很好地控制情绪。心理咨询师对我这样说道："泰勒，你是青少年，每个人年轻时都会有一段时期是这样行为处事的。这很正常，不必担心。我也会跟你妈妈谈谈的。你的大脑受到了损伤，什么都做不了。"

　　尽管夸张的怒吼过后，强烈的懊悔之意会向我袭来，可我控制不了这莫名其妙的焦躁，总是对着常伴于身边的妈妈大喊大叫。妈妈注意到后，请求奥利维亚来安慰我。我一怒吼，妈妈的眼眸就流露出巨大的悲伤，就跟被信赖的人抛弃了的狗狗一样，于是我越发生气了。过了段日子，我对自己的愤怒又开始涌来。几度意志消沉，我体会到了悲凄的情绪。然而让人吃惊的是，妈妈不再像以前那般在我面前发牢骚了。对于他人也没有半句怨言。凡事都试图往好的方向去想。妈妈变得特别积极向上。

　　康复训练把我逼往极限，我尝到了痛苦和失落。很痛，我哭了好多回。我大脑里控制腿部动作的那部分没有好好地发挥作用。身体的一部分仿佛变成了机器零件。

　　我走不了路，只能如小宝宝一般吭哧吭哧地爬行。妈妈总在我身边，看护我练习。就这样，妈妈也同我一起重新开始。我俩重新开始生活。

　　妈妈已经不再发牢骚了。"我感谢神拯救了你。我爱你，泰。"妈妈经常说这话，还会紧紧地拥抱我。

妈妈曾经作为志愿者，在支援第三世界恶劣劳动环境中的女性和儿童的公平贸易中心工作。

那是一份非常了不起的工作，我对妈妈说那将成为我们行动的第一步。那样的妈妈让我感到自豪。

在我接受训练期间，妈妈给地区福利运动的团体讲解公平贸易，募集到捐款。她告诉孩子们什么是公平贸易，以及贫穷的孩子们是如何被当作廉价劳动力的。

现在，妈妈是我的骄傲。

我就这样生活着，有一天，想象中的老朋友茱伊突然出现在我梦中。茱伊依旧是那个从前跟我玩耍的小女孩，用孩子气的口吻对我说："这是你选择的人生啊。你自己挑选的。所以，就这样往前走吧？"这是怎么回事啊？虽然我完全不明白，但我回答"知道了"。

为了和妈妈、奥利维亚一起开启崭新的事业，我开始行动起来。我同妈妈商量，想做点对世界有益的事。奥利维亚也完全赞同我的想法。奥利维亚是我最棒的朋友。她正忙于 IBDP 的备考，却还总微笑着对我说"好呀"。特别温柔。

妈妈是最先为了拯救被残酷的劳动压迫剥削的女性和孩子而行动起来的人。她跟我坦言，在我失去意识的时候，她对移民和少数群体说了很过分的话。妈妈为拒绝让我成为器官移植捐献者时的所作所为感到羞愧。无论我要不要成为捐献者，她都发表了种族歧视的言论，说了否定穷人和少数群体的话。她为此感到后悔，心里充满罪恶感。

"约翰的葬礼过后，我彻底迷失了自己。真相渐渐明朗，我却莫名其妙地失落起来。周围人全都成了敌人。我心里堵得慌，无论什么样的背叛都不能容许，什么事都接受不了。为了忘掉过去勉强活下去，我开始了慈善商店的工作。我完全没有想过你，只一味考虑自己，因为我觉得只有自己才是受害者。

"我紧紧抓住我和我爱的人的过去。可明明就应该全部忘掉和原谅。即使回首过往，那里也不会有什么。在我的过去中只能看到幽灵的身影，因为那些人已经离去，正在安眠。我早就应该给他们自由，却花了三年才意识到这一点。虽然已经想到，我也不能完全做到。就在这个时候，你出事了。当我听说你遇袭受伤、被送进医院时，我对凶手感到怒不可遏。一时间，我相信是失业的移民或是黑人干的。电视上每天都在播放那种新闻，所以自然而然我也就那样想了。然后，我迷失了自己。这次我责备他人，也是为了欺骗自己，假装我能够为你做点什么。我后悔说出那样的话。我已经厌烦这种人生。我想同你一起朝着未来活下去。当你来跟我商量说你想开始新的事业时，我迷上了那种想法。我想做点新的事情。和你一起做有意义的事情。我想帮助你。

"泰，你得救了。我也因此获得救赎。我看着你在地上拼命朝前爬的模样，彻底改变了自己的想法。我必须改变呀。

"我很感谢你引领我到这里。你回家后，我们去了约翰的墓地。我已经不再为他的背叛而难过了，只觉得不舍。他也好，过去也好，我都已经不再执着了。因此，我祈祷约翰能够安息。我对我父母也做了同样的事。他们虽然不是完美的父母，但是发自内心地爱着我。

这种事实是不会改变的。我现在也非常爱我的父母，从心底里感谢他们。

"而且，泰，你总是给我制造改变的机会。多亏了你，我恢复了神志。即使半夜醒来，也不会再指责谁了，变得好多了。谢谢你，泰。我告别了过去，接下来要向着未来而生。你在很早以前就意识到了这一点，我却才刚明白。我一直没有注意到你在出事前其实就已经在改变了。虽然你现在四肢残障，但内心很坚强。让我们一起构筑未来。我们一定可以的，你一定会好起来的。泰，亲爱的，我爱你。"

妈妈俯下身来，紧紧拥抱我，亲吻我。

"妈妈，我也爱你呀。"

这是我发自肺腑的想法。我和妈妈终于和解了。我虽然丧失了许多身体功能，但这次经历让我获得的更多。其中一样就是妈妈的爱。我意识到这一点，心中充满对妈妈的感谢之情。

## 5　彼得·戈德堡博士和院子里的苹果

我第一次同住在隔壁的博士讲话，是在某个秋日的下午。当时我顺着妈妈新安装的斜坡，使劲想通过法式房门到院子里去。

"我来帮你吧？"

听到男人的声音，我抬起头。木栅栏的另一边正站着一位蓄着花白胡子、大约年过六旬的高个子男人。

他是最近刚刚搬到隔壁的宇宙物理学家彼得·戈德堡。他的身影我见过好几次。他在院子里跟太太嘟嘟囔囔："不可以浪费时间。我生活在皮秒（万亿分之一秒）的世界里面，这你可是知道的吧？"

虽然附近的人都称他为怪人，但是我和妈妈并不在意。传言是靠不住的。妈妈从墨西哥出身的博士的妻子雪娄处打听到了很多事。据说博士以前研究的是包括遗传基因和细胞在内的关于生命之谜的课题，但后来他因为想探索宇宙的秘密，就改变了专业。他特别成熟稳重，像个哲学家。

博士虽然和太太一起生活，但因为雪娄很多时候都不在家，所以他总是独自坐在装有窗户的书房里。透过窗子我能看到他对着电脑工作的样子。

无论何时，总能看到博士以同一种姿势敲打着电脑的键盘。这对老夫妇搬来此地，是在我发生意外前不久。


之前，在那栋房子里住着的是一个典型的美国中上层阶级白人家庭。那些人在爸爸的葬礼之后突然改变了态度，试图与我们保持距离。他们一家阳奉阴违的态度令妈妈烦躁不已。

那户人家搬走后，搬入的是一对远离尘世、看起来将他人拒之千里似的夫妇。他们确实有点奇怪。但是，正常或不正常，又是谁决定的呢？总之，我和妈妈对夫妻二人共同生活的新邻居发自内心地表示欢迎。


偶尔我会在院子里看到博士的身影。那天他坐在长椅上，身旁放着装有三明治、苹果、香蕉的塑料袋。仿佛是个小学生。我虽然上午总在院子里晒太阳，但与博士也只是互相打了声招呼。


附近的人议论纷纷，说博士是个很难相处的外来人员，妻子还是个外国人。在这个国家说出这样的话，很是奇怪。美国是有原住民的。如果时间回溯，我们全部都是移民。但附近的人就是决心不与这对夫妇说话。

然而，我还有妈妈，以及奥利维亚，已经习惯了被他人擅作主张、被他人误解，因此并不会相信那些传言。

就在这时，博士向我搭话道："让我来帮你吧。"那是十月中旬。我家院子里有一棵巨大古老的苹果树，果实染上了红色，正是品尝的好时候。

我人生重要的事，无一例外都发生在秋天。秋天是我的季节。

出生、死亡、相逢、离别。虽清爽宜人，却何处不生悲。那就是秋天。入夜后升起的满月的光照耀着我，洒落在我的记忆里，深深地铭刻于心底。这是我无法忘怀的重要情景。秋天是我的转折点。

又湿又闷的夏天的空气，变成了秋天凉爽而又轻盈的空气，令人惬意。迎面而来的清爽的秋风，带给人一种必须要改变的心情。我想那是一种暗号。

"如果不算太麻烦的话，可以请您帮我把树上的苹果摘下来吗？再这样下去，会全被小鸟吃掉的。其实这也没什么大不了的，只是苹果是我的最爱。"

"我也喜欢苹果。"

"那我俩分着吃吧，可以吗？"

"当然。"

博士将褐色的大开衫像袋子似的铺开，摘下苹果放在上面。我们分享苹果，坐在苹果树旁秋千对面的长椅上一起吃了起来。

"以前我做过苹果奶酥。但后来因为遇到袭击，双手残障，已经做不了了。"

"苹果最好吃的吃法是，将苹果核取出来，把黄油放在里面烤一烤。烤苹果最好吃了。"

"再放上一把葡萄干。"

"可以啊。"

我们继续默默地吃苹果。

"据说艾萨克·牛顿是在观察到掉落下来的苹果和悬浮在空中的月亮后，想到了万有引力定律。不管这是不是真的，但他在英格兰地区的老家确实有苹果树。"

刚吃完，博士就这样说道。

"说起这个，你知道英国兴建核电厂的新闻吗？不应该那样做。核电的建设不只是一个国家的问题。核武器和核试验也一样。必须作为国际问题进行讨论。核能相关的项目是做不到万无一失的。不通过几代人前赴后继的观察，是无法知道结果的。不应该只讨论经济方面的目的。关于核能生产成本的想法也开始发生改变。现在可以利用页岩油，还可以制造自然能源。再说，已经明确了在中东和俄罗斯有着比预想中更多的原油。核能发电大有问题。单单寻找核废料的保管地就很难，在环境保护方面也有问题。就算是为了下一代，也应该考虑保护环境的问题。你觉得呢？

"啊，不好意思。不该跟你这点大的孩子说这种话题。我就是因为这样，才被称为怪人。"

"没关系。那些事情我很感兴趣。请问您是在做核动力的研究吗？"

"可以说是，也可以说不是。我在研究宇宙物理学。量子中有许多粒子，它们就像波浪一般波动着。我正在计算光子（photon）的运动速度。在这个宇宙中存在着无数的粒子。这里也有很多哦，虽然人眼看不见。粒子的大部分仍是谜团重重。我以前是做医学生物学研究的，后来改变了专业。"

"您以前做过医生吗？"

"做过。但不是家庭医生。我在医院做研究。一心观察显微镜的载玻片。我研究微观的世界，因为想解开生命之谜。"

博士开始讲述他的经历：

"更早以前，我大学刚毕业还很年轻的时候，曾经想成为肿瘤科医生。但是，我才当了一年的肿瘤科医生就不干了，原因是我与我的第一位患者的相遇。生命之谜令我神魂颠倒，我无法再继续当医生了。那位患者是一位英国出身的女士。

"我当医生的时候，一般不会把病情明确地告诉癌症患者。因为我考虑到如果那么做，患者将会失去活下去的力气。我没有告诉那位女士她是癌症晚期，可是她仿佛早已知道一切。

"她头脑聪明，看穿了我蹩脚的谎言。因为只要稍微思考一下，就全都明白了。她的癌症正朝着第三期发展，甚至连她自己也已经意识到时日不多。虽然她说她没有家人，但她想活下去。对她而言，所谓死，就是世界末日，她清清楚楚地跟我说过这一点。

"那时候的细枝末节我至今都还记得。那已是四十年前的往事，却依然充满戏剧性地保留在我清晰的记忆里，实在不可思议。那位患者名叫艾莎。她之所以选择像我这般初出茅庐的年轻的主治医生，是因为她的状态令人绝望，其他医生都已经放弃了。但她很有钱，所以寄希望于新的化学药物治疗。而我们也想做新药的临床试验。于是教授指示我从她身上获取有用的数据。我毫不避讳地向她讲解了那种治疗以及可能带来的副作用。我提出了新药的临床试验方案。她是一个开朗而且很有魅力的女人。即使在医院的病床上也明媚闪耀，宛如太阳充满活力。即便只是在临床试验阶段，她也愿意接受那个治疗。她说她想跟疾病做斗争，便高高兴兴地在知情同意书上签了字。

"她是来自英国的移民。而我母亲也来自英国，所以我对她抱有亲切感。

"虽然她是有着盎格鲁-撒克逊血统的移民，但别把她想象成很高贵的样子。我希望你能联想到的是口音浓重的伦敦平民区居民。艾莎和我母亲都是从那个地方移民过来的劳动阶级。而且从我的姓氏也能够明白，我父亲不是盎格鲁-撒克逊人，而是犹太人。我是拿着国家奖学金去上的大学。而且幸运的是，我取得硕士学位和博士学位没有花一分钱。免费接受大学教育是我唯一能对父母昂首挺胸的一件事。

"虽然艾莎说她没有家人，但实际上她在英国有一个儿子。据说她还在伦敦的时候，没有能力抚养他，就把他交给了领养中介。她只知道那孩子是男孩，有双蓝色的眼睛。虽然只有这么点信息，但她还是委托了私人侦探寻找儿子。艾莎说，在没得到任何一点消息之前，她是不会死的。然而，不久因抗癌药的副作用，恶心反胃向她袭来，她还开始掉头发。由于当年处理副作用的措施不够发达，她为此受了不少罪。直到最后，她形同枯槁，在痛苦呻吟中死去。

"那是一种能引起所谓'肾功能障碍'的巨大副作用的抗癌药。是一种好药，目前依然在使用，只是在七十年代初期还有很多方面没有弄清楚。药物名称是'顺铂'。

"我一直照看她，直到她死去。她的生命缓慢地消逝。没有人来看护她，我便照顾她到最后。

"在快要失去意识之前，她用微弱的沙哑的声音嘀咕着：'医生，这个试验结果对研究有用吗？请解剖我的身体。这是我对我们共同战斗的回礼。我要把我的全部都留给这家医院。虽然终究没能找到我儿子，但是你就像我儿子一样。谢谢你一直陪在我身边。'

"我只能握着她的手。我不想哭泣，但我做不到。

"'真是个胆小鬼。你要做什么就尽管做吧。医生，如果我儿子还活着，应该跟你年纪相仿，或许稍微比你大点。他是我上了年纪才生下的孩子。托你的福，我也品尝到做母亲的滋味，谢谢。'

"说完这番话，那位年老的盎格鲁-撒克逊血统的女士就失去了意识，几天后咽下了最后一口气。

"我万分悲伤。与其说是对她，不如说是对自己。医学在事实面前无能为力。从医学来看，我早知她命不久矣，却依然为她的死亡而感到失落。在那之前，我从未目睹过死亡。从没见过将死之人。我就像她的家人一样，总想着她不会有事的。我不能接受她的离去。

"我不明白自己为什么对她如此用情。一定是因为她是我的第一位患者，而且同我母亲一样有着伦敦平民区口音吧。我从未体验过家人的离世，无法客观地思考她的事情。虽然在解剖课上看过死人，但在那里的只是具尸体，并不是经历过所谓死亡的过程的人类。一直照看她、直到她离世的我感到痛苦，心情低落。我无法理解那么活泼出色的人怎么就从视野里消失了，变成一具僵硬的冷冰冰的尸体。我丝毫感受不到人生有何意义。她从何而来，又将往何处去呢？我一心思考着这件事，度过了许多无眠之夜。

"我也参与了对她的解剖。虽然被癌细胞侵蚀过，但她的脏器与其他人并无不同。我不知道她与其他人到底有什么不一样。那里看不到她坚强的意志、希望和俏皮的笑容。死亡抹去了一切。她的身体彻底变成了包裹脏器的冰冷的容器。

"从那天起，我就一直在寻找答案。我改变了专业方向，提交了研究计划书，研究人类基因及细胞的生物学研究所录取了我。我刚开始使用显微镜研究微观世界，政府和医疗企业就向我提供了研究经费。最初我们与其他国家之间开展竞赛，但慢慢地变成了共同研究。虽然大多数研究人员刻苦钻研是梦想着有朝一日能取得专利，但也有一部分人是为生命之谜所吸引。

"虽然研究病理学很快乐，但很快会被人工智能取代。人工智能将基于大量数据，在基因层面进行分析，通过血液或唾液迅速判明患者得了什么病，从而提供定制的医疗方案。对人类而言，诊断变得没有必要，但照顾患者的护士仍是必需的，医生的存在则变成了只是将患者信息输入电脑。"

"那位女士的儿子后来找到了吗？"

"我不知道。但她经历过第二次世界大战的战乱，她儿子也很可能已经不在了。

"为什么我会对你倾诉这种事情呢？太不可思议了。我很内向，不怎么同他人谈起私生活。今天真是个奇妙的日子呀！仿佛身处另一个时空、另一个次元似的，身处我不应该存在的地方。"

"我很高兴能听您讲述。在那之后，您就不做医生了吗？"

"我想解开生命之谜，于是想研究量子力学。我无论如何都想知道生命的起源。我想那个答案不就是在宇宙里面吗？人类仅仅是装着水和无机物的容器。虽然不同的脏器有着不同的细胞，但那些细胞基本上每隔几周就会有一次新陈代谢。虽然那就是人类的生命，但人之所以为人的关键是什么呢？不是细胞也不是基因。至少在我看来，那并不是生命的真相。

"我的研究方向接近于宇宙物理学和宇宙医学。我想要知道关于黑洞、宇宙大爆炸以及爱因斯坦的相对论的真相。爱因斯坦是一位不折不扣的天才。虽然我推导出了许多的答案,但我们仍旧是无法企及他的研究。你知道引力波的新闻吗?当年爱因斯坦预测到引力波的存在,但实际上要过一百年才能够捕捉到。虽然至今几乎没能捕捉到引力波,但微小的它潜伏在这个浩瀚的宇宙的某个地方。我认为想解开生命之谜就要研究宇宙的基本粒子。因此,我改变了专业方向。科学一点一点地弄清真相。你难道不觉得在实验室里捕捉引力波,是个很棒的研究吗?"

"请等一下博士,我完全不明白那是什么东西。"

戈德堡博士笑了。他告诉我为了取得物理学的博士学位,他去了另一所大学学习。

我告诉博士我遭遇了意外,现在每天做康复训练,我们家是单亲家庭。博士似乎被我的话打动了。他说我能活下来,只能说是奇迹。

"泰勒,你没有死于急救室,真是太好了。明明受了重伤还大出血。明明大脑肿胀。你能康复真是太难得了。你的生命力很顽强。真是了不起啊。"


晚秋柔和的阳光包裹着我们。这是天堂给予我们无上幸福的一刻。在颜色漂亮的苹果还有栗子树叶颜色的反射下,我们的脸被染成了红色。是鲜艳的红色。

我清楚地记得太阳从色彩斑斓的树叶的对面照射下来,我俩的样子变得红通通的。一切都变成了红色,熊熊燃烧着。在冬天的天寒地冻到来之前,生物充满了能量。

时间慢慢流逝，我们交谈了两个多小时。

"博士，能和您交谈真开心。嗯……其实我有一个请求。"

"什么请求？还有，请叫我彼得。你们喊我的妻子雪娄不是吗？所以我希望你也直接叫我名字。"

"好的。我的请求是：我想每周一次听博士您讲课。只是谈话也没关系。刚刚提到的量子话题非常有意思。但我还是完全无法理解。

"意外发生后，我从学校退学了。现在专心于康复训练。但我很喜欢学习，便在家一个人自学。这种事我没能跟妈妈说。我知道妈妈总想给我最好的，她会给我聘请家庭教师，但我需要的有所不同。我是因为有兴趣才想学习。"

"是不是所谓的在家学习呢？"

"是的。您很了解呀。"

"我们家也有因病无法上学的孩子。我们自己在家里教。"

"原来是这样啊。我的朋友奥利维亚给我带来了她自己的教材，偶尔她也来教我。但是，我认为科学还是要跟着博士您学习。无论如何，我都想多增加些知识。"

"也不是不可以。"

"那是说'Yes'吗？"

"当然啦，只是我有一个条件，遇上像今天这样的秋日，你能不能允许我在你家院子里摘苹果呢？如果你答应这个条件，我就接受你的请求。还要先说好，我想要的是相互交流感想，而不是上课，可以吗？"

"当然可以。谢谢您，彼得。"

于是，我们开始了每周一次在院子里的相会。

从 2016 年开始到 2019 年为止，一共持续了三年。

# 6　与量子纠缠的灵魂

　　"当下是最好的时刻，因为我不知道明天会怎么样，人就是活在当下。如果苹果不摘放到第二天，它就会被鸟儿吃掉吧？有个男人即使腰缠万贯，但如果他死了，也只会给子女留下争斗的种子。即使后悔，也改变不了现状。什么都无法改变，因此单单后悔就是在浪费时间。难道你不这么认为吗？我意识到了这一点，变得不会害怕死亡。谁都无法避免死亡，所以担心是没有意义的。今日只能做今日之事。正所谓'明日是明日的风在吹'呀。自从那样想以后，我感到很轻松。等到那个时刻到来，我就能够明白艾莎的心情了吧？对癌症末期患者而言，最合适的治疗方式是什么呢？存在着彼岸的世界吗？我们无法向往生者打听。

　　"有个称为'电车难题'的思想实验。在那个实验里，前方一条铁轨上有一个人，另一条上有五条人命，拉动操纵杆可以改变列车轨道，到底救哪一条铁轨上的人？如果是我，罪恶感折磨着我，是做不到为了救五个人而对一个人见死不救的吧？因此，我无法成为一名有能力的医生。由于药效期待值低，我做不到向患者配发只能带来痛苦的试验阶段的药物，也做不到在事故现场运用治疗类选法筛选患者。所以，我更换了职业。我记录了那日的所思所想。没有使用电脑，而是用手写了下来。

"做物理学的研究，想象力和灵感是必需的。科学家必须使用右脑来做研究，因为这是一份需要不断探索的工作。我在笔记本上记下的内容都是我的宇宙、我的历史。可以说是我活过的证据。虽然那些东西有可能到了第二天就变得不需要了，但是它们使我前进。对科学实验来说，计算还有设立假说不可或缺，但想象力也是必要的。并且要在其中加入自己的思考。万一思考被推翻，第二天还要重新构建。那么做才能明白自己有多大进步，才能一步一步、一点一点地朝着目标前进。我每天都想着，当下是最好的时刻。

"你怎么想呢，泰勒？你度过了如此艰难的时刻。你在病危时，感觉时间的流逝与往常一样吗？

"在通常情况下，时间并非匀速前进。当然，与我这般老人不同，你应该觉得时间相当缓慢。我明白那种感觉，那种不同是由大脑的经验差造成的。人一上了年纪，每天就会反反复复做相同的事情。始终过着那样的日子，就会觉得时间的流逝加速了。

"相比之下，年轻的时候有很多新鲜事物要学习，于是感觉时间过得很慢。但是，我认为这样的说法是错误的。要问为什么，那是因为如果有光阴冉冉前行之日，也就有时光匆匆飞逝之时。每一天都是不同的。比如说，有一天明明觉得快要迟到了，却因为时间缓缓流逝，有了吃早餐的闲暇。但在另一天，明明感觉时间很充裕，清晨刚一如往常地冲了个澡，就迟到了。等到回过神来，发现自己在浴室里已经待了半个多小时。

"每一天，时间流逝的速度都发生着变化，我认为这不只是人类的感觉而已。难道不是时间的物理现象本身所造成的差异吗？时间流逝的快慢之差，并非只由大脑的运动产生。时间流逝是由个人随心而感，也是随大脑感知而成的。不同的人有着不同的日子。所以，有人感觉一分钟是一分钟，也有人感觉一分钟是十小时。究竟十年还是一生，并不会随着每个人对时间的理解方式不同而产生不同的感觉。时间是个性的集合。也就是说，它汇集在一个人的一生之中。"

我想我能明白博士所说的话。在田径队里奔跑的时候，和在爸爸葬礼之后，时间流逝的感觉是不一样的。而且，在我快要死去的时候，时间的流逝与往常也完全不同。我在另一个世界里，时间又进又退。我虽然已经记不清当时的状况了，但有种说不清道不明的不可思议的心情，仿佛陷于深度睡眠中，我脱离了世界。那段的记忆里，时间是不存在的。

"科学家们否定时间的问题、时间的悖论、灵魂的存在等超自然现象，说那些是大脑的运动所创造出来的假象。虽说那已成为了现代科学的常识，但实际上只是在逃避无法解决的事情罢了。

"单单用人类的大脑是无法说明那一切的。单单用大脑是无法将真实一网打尽的。唯一清楚明了的就是，所有科学家迟早都将死去。人类是生命有限的生物，背负着百分百死亡的命运。人类的身体与其他生物相比，并没有特别之处。我们的身体是由物质构成，人体里寄生着由原子构成的细胞和基因。为了能使脏器运作，细胞反反复复地更新，停留在宿主的身体里，团结一致地对抗着月球引力。人类不过是这样的一种存在，却一心关注经济和国力，学历还有名誉。那样的世界太过虚假。就如同过于关注细嫩的叶子，而看不到整棵树。那是意识的问题。当然，我们的日常生活，还有按时计算的工作时间是非常重要的，金钱支持着我们的生活。可我们却迅速迷失在真正必须考虑的重要的事情上，朝着错误的终点而去。难道上了年纪，即使不能走路，也必须拥有一个带有泳池的大房子吗？"

"你说的我想我可以理解。就像爸爸去世的时候，我和妈妈也像一同死去了一般，我们已经明白，对我们来说什么才是好的。我清楚地知道并不单单是物质上的。"

"泰勒，就是这样，而且这是现代科学所背负的矛盾。随着科学的进步，人类的生活变得越来越丰富轻松。要想过上那种生活，轻易就能做到。伴随着科学技术的发展，可能形成新的生活方式。我们感谢为我们提供能源的世界，但那并不能解开重要的谜团。那关乎人类的生命之谜，是生命的起源之事。

"我还是个医生的时候，曾经从同事那听说过一位情况不妙的癌症晚期患者的故事。那位患者说他有过濒死体验。他坚持说自己脱离了身体，只剩灵魂漂浮在周围。我的那位同事表露出不满，说他可不愿意奉陪那位患者讲那种蠢话。'反驳他的话会让他感到失望，所以我只是暧昧地笑了笑。但唯独一点令人费解，那就是患者确切地知道自己在昏迷期间所接受的治疗。'他皱了皱眉头，边笑边说，'因为这件事令人毛骨悚然，我也就没再思考下去。但确实是件怪事。'

"还有一次，他说：'哎，彼得，今天有个患者硬说他死去的家人前来迎接他了。病情一恶化，死期一将近，就会有很多患者这样说。'我问他有没有反驳患者。'没有，我才不会说那种话呢。患者很快要死了，为在幻觉中能够与家人重逢而感到高兴。他已经尝尽万般痛苦，任他去吧。一定是终期将至，头脑制造出了幻觉吧。我又不是个无血无泪的人。'

"科学家对灵异话题产生抗拒。这同他们自己所相信的世界相距甚远，既不符合科学也没有逻辑。而且话说回来，一旦产生那种想法，就不会被当成有学问的医生或研究人员。没有一个医生想被贴上相信玄学的标签。于是他们闭上嘴巴。医生认为那种体验令人毛骨悚然，或者不过是奇怪的偶然罢了。我却不这么认为。我想另辟蹊径。如果真有那种事发生，首先应该试着相信并接受事实。

"就算不认为那是科学，也不应该将假说阶段的想法否定掉。患者的言语中也能找到真相。能够找到幽灵的存在或死后的世界的证据。如果患者说出那种话，首先要接受，然后试着探讨其中的可能性。先根据自己的直觉组织逻辑，然后进行试验。虽然那种试验很多都没有结果，但话说回来，所谓的科学不就是这样开始的？这是重要的科学的解决方法。一味地否定不可思议的现象，就永远找不到答案。有时必须先接受，因为那是接近答案的第一步。

"科学家对用逻辑无法证明的不可思议的现象很容易用不科学来否决。然而，过去伟大的科学家则相信自己的直觉或感觉。万有引力定律、地球的自转、相对论就是这样子被发现的，它们为解开宇宙之谜打开了一扇崭新的大门。超常现象也是科学的研究对象。许多濒死体验的研究正在进行，这种现象被认为是打开意识之门的钥匙。急救医生山姆·帕尼尔得出了濒死体验中有关患者意识状态很有趣的研究结论。

　　"但是，像他这样的研究人员却被当成怪人，我想他很快会被忘却。被称为化学之母的居里夫人也和发明家爱迪生一样，曾在英国研究灵异现象。科学研究越是深入越是会发现，一切基本粒子的运动都遵循着大自然精巧的规则。在那里，能感受到是谁创造了律动。但很难说明是哪个伟大的存在创造出了那份律动。

　　"这只是我自己的观点。当医生遇到无法解决的问题时，不应该仅凭思考就得出结论。因为大脑就像是尚未弄清内部机制的神秘黑箱，虽然思考与这类问题有着密切的联系，但不能只通过大脑，还应该试着参考物理和化学的研究，才更容易找出答案。"

　　"彼得，虽然好像非常难，但我觉得我能够理解。我也有过濒死体验。我处于病危状态时，就是那个'黑箱'的状态。那时候的事情我什么都想不起来了。但我能清楚地感觉到，在那里存在着什么。虽然用言语很难表达清楚，但仿佛有什么在苍穹上飘浮着。我没有感到害怕。实际上，我感到满满的幸福。"

　　"我自身没有过那样的体验，不清楚真实状况，但我想死后什么都有可能发生。会有些既不能看见也无法感知的事。虽然这一点在科学理论上还未得到证实，也不知道是否真能被证实，但我认为人类的意识实际上寄居于心脏。或者更确切地说，大脑、心脏和肠子都带有想法。这些都被写进了细胞的基因里。

　　"脏器中最先形成的肠子，也具备大脑的功能，这已经是不争的事实。比如，沮丧的时候肚子会痛对吧？就是这个原因。肠子也管理人类的生命。大多数免疫系统接收肠子发出的指令，保护肾脏、肝脏、血管等。偶尔免疫系统也会依照命令攻击关节，或者导致过敏。为了使肠子保持健康的状态，摄取优质的食物、减轻压力是非常重要的。

　　"操纵人类的意识或想法的不只有大脑。人类的情感、心的律动、失落、对人的喜恶等感情，并不是由大脑而是由心脏控制的。如果得了抑郁症，医生会开对大脑起作用的药。吃了这个药，大脑就能好好发挥功能，下达指令，让身体动起来。燃烧能量让身体动起来是大脑给予人类的指示。如果左右脑之间的电子不能交流，精神分裂症导致大脑功能出现问题，患者就会被幻觉支配，无法保持神志清醒。那种时候，必须服用能够缓解症状的药物。然而，像抑郁症这类由情感为导火索引起的疾病，比如所爱之人离世、受到攻击、遭到背叛等而产生严重抑郁的情况很多。这种时候仅仅吃药是没什么效果的。心理咨询师或家人必须与患者对话，找到抑郁和不安的原因才行。"

　　"我妈妈也是如此。虽然没有吃药，但现在已经没问题了。我从病危的状态恢复过来，我们俩都变了。"

　　"那是休克疗法。一旦面对某个严重的问题，就会感到其他问题都是小事一桩，不值一提了，因为必须处理新的问题。

　　"虽然研究人员说会在 2020 年之前将大脑的功能全都研究透彻，但他们无法了解情感的运作。人类的智慧活动将很快由人工智能承担吧？人工智能将参照人类大数据的记录，分析人类的行动和劳作。但是，人类拥有人工智能所没有的情感，而且是难以预料的情感。人工智能只通过数据来学习人类，而人类有时会做些匪夷所思的事。那对人工智能来说是难以理解的。

　　"情感是心脏的领域，也可以说是意识或想法。我不认为那全部来自蛋白质集合的大脑。虽然脑内确实存在指挥人、涉及情感的司令部，但并不涉及我们本质的部分。我在想，意识、对他人的关怀，以及诚意之类的人之所以为人的情感是心灵的本质，它也许就存在于心脏电子之中的基本粒子里面吧？这种情感部分可能可以被大数据解析，但本质的部分对人工智能来说是无法理解的。你的心灵的本质寄居于心脏，向周围绽放出光芒。那正是你自己本身。泰勒，要让自己的内心发光，保持自我。

"意识或本质是寄居于心脏。

"微弱的电流流过心脏。那股电流让心肌搏动，使我们活下去。流动一旦停止，心脏就不能正常运作，会引起心室颤动。如果不能马上处理，人就会死去。我认为人类的灵魂是在细胞的电子之中的基本粒子里面。在细胞内部的基因信息中有灵魂。

"虽然很不可思议，但自从我搬到这里，这种想法就灵光乍现了出来。自古以来，心脏被认为是灵魂的核心。大多数宗教把心脏作为人的代表脏器。心脏被认为是用来感受爱、感动或不安的地方。我为什么会相信这些呢？伤心的时候，感觉到疼痛的并不是大脑而是心脏，不是吗？英语中将那种状态表达为'broken heart（受伤的心脏）'。不仅仅是英语，全世界的语言里都存在着展现心脏与情感相关联的表达。

"古人注意到强烈情感与心脏之间有着密切的联系。心脏本能地知道如何做出适合个人的反应。如果很久以前就有过这样的想法，让我们试着相信一下又会怎么样呢？不仅仅用大脑功能来说明一切不也可以吗？我是这样想的。虽说如此，但如何才能找到证明那种想法的证据呢？

"人类的身体大部分是水，也就是由 $H_2O$ 构成。其他部分由铁、钾、镁等矿物质以及其他各种物质构成。人类的意识之源在心脏的细胞中。组成我们心脏的基本粒子存在于细胞原子核的电子里。

"比如说，从前有人死后，传说那个人的灵魂将变成鬼火。人们认为灵魂将回到天堂。小时候，我曾经见过逝者家的屋檐上飘浮着鬼火。我记得自己看着橘红色的小火球飞向天空，感到庄严肃穆。我想人死后就是这样去往天堂的。现在，这个现象已经被弄清楚了。人死后，身体活动一旦停止，存在于体内的磷就被释放到空气中，并产生摩擦引起自燃。燃烧的火球由于比空气轻，便会升上天空。我小时候，遗体被埋葬以前是被安置在家中或教会里的。由于被放入棺椁的遗体没有经过防腐处理，便会产生那种现象。

"总之，死亡并不是归零。人类的本质被称为灵魂，一切与人相关的信息都会变成基本粒子向宇宙扩散。你知道'量子纠缠'吗？它是用来说明宇宙之中时间与其他次元的关系的。

"量子是单位，而且是最小单位。量子纠缠，是一种怎样的现象呢？很难解释到你也能听懂，简单来说，就是复制信息。打个比方，你有一台电脑和一部苹果手机。你用苹果手机拍下了我在吃苹果。为了备份，手机上设定照片信息将被保存到 iCloud（云端），于是那张照片就被自动保存到了 iCloud。即便如此，仍旧不放心的你又将照片保存到了电脑硬盘。还将那张照片发送给了奥利维亚。也就是说，你用苹果手机拍下的我的照片，被存放到了你的苹果手机、电脑、云端、奥利维亚的手机这些地方。我的照片信息同时存在于多个地方。信息在瞬间转移了。量子的运动速度比光快。是有可能同时存在的。我们无法准确预测量子会移动到哪里？它也可能转移到另一个次元里。啊，转移这个词用得不对。应该是同时存在。甚至存在于另一个次元或宇宙里。所谓的量子纠缠，大体上就是这个意思。

"先不管你能不能理解，但那是一件非常微妙的事情。

"量子信息飞越时空，也穿越宇宙，但无法同时出现在不同的时间或空间。这说法真是自相矛盾。爱因斯坦的相对论认为，量子信息并不存在于那里。但量子信息的存在本身却得到了证实。于是，物理学家创造出'量子纠缠'理论。这是指，在宇宙之中的 B 拥有着 A 的信息。

"这在理论上是不可能的，所以在他们在中心放个 C。于是，A 和 C 在量子纠缠下共有信息，信息发生了移动。相同的事情也发生在 B 和 C 之间。如果这个理论得到应用，瞬间移动也将成为可能，未来有可能成为现实。对此，爱因斯坦曾经说过：'上帝不会掷骰子。'在爱因斯坦关于时间和光速的理论中，这句话要怎么理解才好呢？因此，我们必须理解量子纠缠现象。但要理解这个现象的全部机制是不可能的，而且在对量子力学的研究中，无法将这个理论的法则转化为像'$E=mc^2$'这样的公式。"

"太复杂了。量子纠缠就像备份照片一样吗？"

"啊，有点不同，但你也可以那样理解。不是移动东西本身，而只是信息跨越不同的次元而存在。"

"那与我们的生活有关系吗？"

"它不像你每天要吃的面包和牛奶，但那是一门关于你从哪里来到哪里去，一门探索宇宙的起源和终点的学问。不懂量子力学也不会没命，但因为是非常重要的信息，所以还是事先了解为好。它对揭开人类的存在之谜是不可或缺的。"

"我们会在什么时候得到答案呢？"

"可能要花上数千年，也可能永远都不会知道。因为这需要几千个爱因斯坦级别的头脑。前提是到那时人类还存在。"

"要花上前所未有的漫长的时间，听上去有点浪漫。"

"对，事实上，这就是个浪漫的话题。"

"我认为量子中有被我们称为灵魂的意识。它是心灵的一个小碎片。人类的灵魂向宇宙扩散，变成小小的碎片。人类一死亡，身体的任务就完成了，意识作为量子信息或记忆向宇宙扩散。扩散以后，碎片仍旧会凑到一起，因此意识将得到延续。

"出生的婴儿是某个人的心灵的碎片。等待转世的碎片同别的碎片聚在一起，回顾迄今为止的人生。这是为了进化心灵。这仅仅是我的想象，但这种想法能够清楚地解释孩子所说的前世记忆的故事，不是吗？这个扩散理论是以量子力学为基础。灵魂寄生在所有的生物上。生物的意识水平越高，扩散的量子信息就越多。所以人类的心灵才会如此复杂呀。"

"动物也有灵魂吗？连苹果也有意识，也在思考吗？虽然我知道那孩子心里是有各种各样的感觉。"

"我是这样认为的。苹果在作为苹果被生下来之前在宇宙里获得了心灵的碎片。不会有错的。"

"真奇怪啊。"

"是的，我的想法确实奇怪。我正在埋头研究。有关人类的意识与量子纠缠的理论是有先行研究的。那是美国的麻醉科医师哈默洛夫博士和英国的数理物理学家、数学家、科学哲学家、拥有天才大脑的罗杰·彭罗斯所做的研究。哈默洛夫在研究他的专业领域麻醉学期间，想到存在于大脑神经元内部的细胞微管与内心意识之间会不会有密切的联系？他计算超分子级别的微管行为，发现微管行为很大程度上影响着麻醉中患者的大脑内部的细胞行为和想法。他推测微管是不是掌握了自行决定想法的信息呢？他在阅读过彭罗斯探讨神经元中的量子力学的著作后，便有了信心。

"哈默洛夫认为自己的理论可能与量子力学有关系，于是他写信给研究时间和次元的物理学家彭罗斯。后来，他们提出了人死后微管内的神经元量子将作为意识向宇宙扩散的假说，主张宇宙不是从无开始，而是从量子开始。我也有类似的想法。理论上，所谓的第五次元的光子的存储介质的扩散与宇宙有关，基本粒子的运动现象也就由此得到了解释。"

"太过复杂了，我完全听不懂。"

"无人能懂。在量子力学上，力被分成四种基本的相互作用，包括核力的'强力'和'弱力'、'电磁力'，还有'重力'。我坚信意识是基本粒子的集合，在我死后向宇宙扩散。但是，保管记忆的粒子却在别的地方。我认为它不在大脑的微管里，而是在心脏的电子中。这个理论还无法被证明，因为所需要的实验还没有全部完成。人类在出生之前将意识中的记忆和信息全部汇集成一体，然后孕育在某个人的心灵中。我想通过量子力学和宇宙物理学，来研究这个问题。我深知自己明明是个科学家，却说着很奇怪的话。但是，越是研究科学，就越不能被这个谜题所吸引。我并不迷信。"

"'强力'和'弱力'之类的好像小孩子说的话。物理学像是在做大脑训练。"

"确实如此。思考是很快乐的。

"我不仅思考生命的起源，还思考时间。我不否认时间从过去到现在，向未来前进。光是无法超越时间的。我的量子力学研究否定了爱因斯坦的研究，但追求新的方向是要花费很长时间的。我既不够有才能，所剩的时间也不多。虽然我寄希望于未来年轻的科学家能够有所发现，但目前我还是想要亲手解开宇宙的起源之谜，哪怕一点点也好。通过思考暗物质、波动力学、质量，等等。如果能解开这些谜题，也就能明白时间的结构。我注意到时间也是所谓的宇宙的纠缠。如果在实验中有量子超越次元，就能解开生命之谜了吧？如果时间能够并行存在，那么生命也同样能够并行存在。果然，通过物理学就能弄清楚吧？我愿意用一生来寻找能够证明这一点的公式和理论。迄今为止，我尝试过许多计算公式，但都不顺利。我对你说过，灵魂处于心脏，我却还没有找到相关的定律。

"虽然不清楚是否存在着死后的世界，但我想这也没关系，因为我们要享受当下。况且，我们总有一天会经历。即使没有死后的世界也没关系，但要是有的话就更好了，因为我想见见我已故的父母和朋友，还有我的第一位患者艾莎。我想问问她，我是否给她带去了痛苦。我一直都想问问她。即便她回答'是的'，我也做不了什么，但我就是想知道。我还想问问死于抗癌药的所有患者。虽然吃药、与疾病做斗争的是患者，但开药的是医生。对于活下来的患者，医生还能问问他有何感觉，死了就什么都问不到了，也就无从判断对患者而言，这是不是最好的治疗方式了。

"经医生之手对晚期患者实施安乐死，已经成了当下的热门话题。患者也可以自行决定何时死亡。但安乐死不包含死亡所应有的尊严。什么时候死亡取决于神，不是医生或患者自身所能选择的。实施安乐死是因为不想长期接受治疗。医生无法做出客观的判断。患者对痛苦的忍耐是否已经达到了极限，这种问题判断起来非常困难。

"我又在找借口了。归根结底，我无法直面患者的痛苦，便选择了逃避。我见不得病人因我的治疗而过世。我无法成为一名决定治疗方案的医生，因为我是胆小鬼，我不想承担风险。医生就像战场上的司令员或政治家，被迫做出艰难的抉择。站在这种立场的人必须知道，前线士兵的身后还有着几百万人。药物研发人员也一样。他们必须明白，眼前接受临床试验的患者身后，还有几百万人正在等待这种药物。这种事情，我是做不到的。"

人只要活着，伤痕就会日积月累。心中便会产生黑暗。等到那时候，黑暗也可以被光照到吧？当真能找到答案吗？但也可能如彼得所说，只要活着，就能很快找到答案吧？我想绝不会错的。

我正思考着，这时彼得又开口说话了：

"啊，我总说那么多话，真抱歉。让我们来看看你正在做的数学练习题吧。今天的题目是什么呢？"

# 7  猫咪的占星术般的弦实验

　　"我放弃从医后，之所以会再次进入大学研究宇宙物理学和量子力学，是因为我喜欢抬头仰望夜空。我成长于悠闲的乡下小镇。那个镇上的居民相互了解，大部分人都没有去过纽约或洛杉矶之类的大城市。

　　"虽是一座小镇，但夜空的星星美极了。那已经是最棒的了。数不清的星星在夜空中闪耀，像钻石一般，我切身感受到自己正处于宇宙中。我一仰望星空，就很兴奋，就会产生各种各样的想象。所谓的光速，是富有戏剧性的。在宇宙方面，我们的常识是完全用不上。那里究竟有没有能够解开时间、空间和生命之谜的答案呢？

　　"每当我仰望夜空，就会想：现在所处的地方就像是从一开始就计划好的命运。迟早有一天，我一定会回到天空里。我自然而然地这么想。当时我虽然还只是个孩子，没有科学方面的知识，但我想创造出能够解释那些现象的理论。这种不可思议的感觉要怎么解释才好呢？我身处此地，却不仅此而已。我感觉自己同时也存在于别的空间里。那个空间里似乎也有我的意识的备份。"

"我大致能理解您的意思。我在医院里肿着腿毫无知觉的时候，左脚的大脚趾似乎干裂了。大脚趾摩擦清洗过的床单，发出沙沙的声响。我却感觉大脚趾像是有别于我的身体的另一个存在，我不能相信它会发出那样的声响。明明是自己的身体，感觉却像是他人的，我仿佛是在遥远的地方眺望。无论如何我都不能切实地感受到那是自己的身体，我宛如从躯体里挣脱出来漂浮着。我觉得一切都不真实，已经没有了平常生活的感受。我想是不是连过去快乐的记忆也只不过是我自己的想象罢了。"

"这正是我想说的。那种事在哪里都有可能发生。我这个人虽然只有一个，但我会感觉自己遍布四处，像是同时存在于各个地方。泰勒，量子是世界上最小的单位。这个单位被称为'普朗克'，是根据奠定了量子力学基础的物理学家而命名的。爱因斯坦虽然留下了光子的假说，但他不称其为光子，而是使用光量子这个词。

$$E = h v, \quad p = \frac{h v}{c}$$

这个数学式，$E$ 表示能量，$h$ 表示普朗克常数，$v$ 表示波长，$c$ 表示光的速度，$p$ 表示粒子的动量。你知道光的波动说吗？"

"完全不知道。"

"你只有十六岁，不知道也理所当然。这个世界上的各种现象都可以用定律来解释，宇宙中的微观级别的现象一样。地球的诞生和生命的历史，如果用微观级别的数学式来说明，那就可以用到物理学。地球是如何诞生的？生命是何时被孕育的？虽然欠缺准确性，但依据那些公式，基本上还是可以解释清楚的。然而，我们还不能够用显微镜来确认地球的起源。也不怎么了解宇宙大爆炸不久后发生的事情。因此，我们无法弄明白生命的起源。人类虽然自以为了解一切，但实际上什么都不明白。越是学习科学，就越会意识到生命的起源难道不是与'Something Great（伟大之事）'有关吗？

"Something Great 是完美、慈悲、深厚、有思想的存在。你知道进化论吧？"

"知道。"

"那么，创造论呢？"

"不是很清楚。"

"ID 呢？"

"那是什么呢？"

"ID 是指'Intelligent Design（智能设计论）'。一个拥有智慧的存在孕育了生命，支配着整个宇宙，创造了数学式假说。你难道没有莫名的兴奋感吗？"

"有必要计算到那么细微吗？为什么有必要呢？由此能知道什么呢？"

"你问我为什么，我也不清楚。但是，如果人类推进量子力学的研究，追求微观和宏观的科学，就会弄清楚实验中的那个'为什么'吧？那是否定不确定性的坚不可摧的存在。被称为'神'或者'智慧'的存在将决定未来。那种存在还被称为'拉普拉斯的恶魔'。我想这难道不就是'命运'吗？"

"什么是'拉普拉斯的恶魔'？"

"一个名叫拉普拉斯的物理学家曾经说过：'我们要把宇宙目前

的状态认为是过去的果以及未来的因。有一位智者能知道某一刻所有自然运动的力和所有自然构成的物件的位置。如果这位智者对这些数据进行分析，他会把宇宙里所有的运动，从最大物体到最小的粒子，都包含在同一条公式之中。对于这位智者来说，没有什么是含糊的，未来只会像过去一般出现在他眼前。'（译注：原引《概率的哲学讨论》拉普拉斯著，内井惣七译，岩波文库）也就是说，有一个像全能的神明般的存在，对宇宙的一切了如指掌。"

"太难了。"

"那么，我们换个话题吧。你喜欢星相吗？"

"喜欢。我是射手座。"

"是个热爱自由的很不错的星座。也拥有出色的艺术品味。我的大儿子也是同样的星座。而我是出生在夏天的处女座。

"所有的学问都源自天文学。不可以轻视星相。因为历史是构筑在占星之上的。将太阳、月亮、星星的运动按照不同季节总结成历法。古代人经常观察星相，预测天气，这对农业很有帮助。

"国王统治百姓，能够预测天气的占卜师却不可或缺。国王将天气预报视为神谕，传达给人们。只要预报得准确，占卜师就不会惹国王不高兴。但如果预报错了，那只能丧命。所以他们拼命预测，观察研究夜空中闪耀的星星和月亮，将天体的运动汇总成详细的图，于是发展成了天文学。人们了解了雨季和旱季，这些知识被运用于农耕、航海、贸易、文化、金字塔、储藏、货币的诞生，乃至物流。人类由此了解自己，顿悟自身的命运。

"人类获得了无尽的权力、富贵和生命，这方面的知识被广泛传播开来。古代的占卜师就是现代的科学家。他们像政治家般巧妙回旋，向国王进言，巩固自己的地位。占星术就这样改进了。它要求每个人都遵循由生日决定的星星的宿命。占星术来自天气预报。占卜师主张仰望夜空的星星就能知晓万事。占星术预测有势者的未来。但实际上是权力的欲望支配着占星术，那不过是政治活动罢了。"

"我不知道星相是学问的开端。我每天早上看星相确认运势，虽然我并没有真的相信。"

"即便如此，如果知道今天是幸运日，心情也会很好吧？占星师就是这样抓住国王的心，由此发展出医学、文学、哲学、经济学的占星术。货币与生产小麦和开采黄金有着密切的关系。从那时起，人类就开始对宇宙产生了兴趣。通过观察星星来预报天气，知晓季节，接着在后来的时代里形成历法。凭借历法，发展出了历史、经济、战争武器和语言。学问也由此产生。"

"观察星星与战争有关，好可悲。"

"泰勒，确实如此。那是非常遗憾的事。人类就是一种通过使用武器杀害他人，来炫耀自己权力的生物。

"因此，如今才更需要深受女性欢迎的星相。男人们聚在一起，只会利用政治或科学，挑起争端。用亚当的肋骨创造而成的夏娃，一直都更聪明。"


虽然博士主要教我数学和科学，但有时也会谈论社会话题。各种各样的事件都能成为话题，我们谈论得滔滔不绝。不过，主要还是博士说，我来听。


"这些话我没有跟我的孩子说过，物理学我也只教给学生。但我想将毕生所学用我的语言传授给你。我光顾着自己说个不停，你有很多地方不能理解吧？而且我的话总是漫无边际，很无聊吧？如果你觉得这是在浪费时间，请不要犹豫，直截了当地告诉我。我会改用学生也能理解的简洁明了的语言来教导你。"

"博士的话我百听不厌，特别有趣。过去我从来没有从科学的角度去思考事物，学起来很有意思。"

"虽然我们有可能跳到未来，但无法回到过去，对吧？希格斯粒子的概念已经证明了这一点。光量子一旦加速，就会脱离时间轴。未来应该能够将这个时间轴与超弦理论结合起来考虑。根据这个理论，五次元以上的宇宙是存在的。基本粒子全部都处于一根弦上，那根弦的长度被认为是极短的，只有 $10^{-35}$（m）。让我们一起来思考这个问题吧。"

"彼得，你是说将来会有时间旅行？"

"有可能。想想就觉得十分有趣吧？如果充分利用这个理论，就能够知道自己的未来会是什么样的。但是，和爱因斯坦一样，我也认为即使无法前往未来也没关系，因为只要夜里上床睡觉，清晨醒来，不也就知道未来是什么样了吗？"

还有一天，博士告诉我一个特别有趣的实验。

"你知道'薛定谔的猫'吗？它是理论物理学家薛定谔博士为了反驳诺伊曼博士和维格纳博士提出的。名为诺伊曼的男人是个天才科学家。他是一名优秀的数学家、统计学家、物理学家，还被称为'计算机之父'。他在政治上巧妙周旋，参与投掷在广岛和长崎的原子弹的研发，由此获取了地位。你很喜欢日本吧？我从未到过日本，所以也就不谈自己的看法了，但我见过几个日本研究员，他们都是非常认真优秀的科学家。

"但诺伊曼并不喜欢日本人。那是战争时期的事情了，我也不便指责。总之，诺伊曼和维格纳运用统计，研究出了计算量子的方法。为了批判这个方法，薛定谔博士提出了'薛定谔的猫'的思想实验，质疑了物理学家所谓的'确定性'。你知道'薛定谔的猫'吗？"

"没听说过。"

"我可能要解释好久，要紧吗？"

"没关系。"

"首先，把一只活着的猫咪，与放射性物质镭、放射性物质检测仪和氰化氢气体一起放入同一个箱子里。放射性物质一旦释放出粒子，检测仪就会启动并释放氰化氢气体，于是猫咪就死掉了。但是，如果粒子没有通过检测仪，猫咪就不会死。就是这样一个实验。不打开箱子是不知道结果的。"

"这太过分了。为做实验杀了猫咪吗？"

"并没有杀了猫咪，这是一个证明物理学概念的实验，猫咪没有死，实际上也没有进行过这样的实验。这个问题相比物理学或科学，其实更接近于哲学。它是一个揭示微观级别的基本粒子将给宏观级别的猫咪带来什么样的影响的实验。

"我们以前讨论过量子，现在依然从量子出发吧。你知道牛顿运动定律吧？虽然万有引力定律很重要，但描述的是作用于像苹果那一类宏观物质的重力。宏观物质是有质量的。然而，微观物质原子和分子等元素，还具有波的特性。爱因斯坦的相对论无法计算波的运动。那种研究被称为'量子力学'。简单地总结一下就是，像重力那一类在学校里学到的物理学知识可以用相对论进行说明，但对于那些新学问，就行不通了。

"量子力学的研究还存在许许多多的谜题。但是，如果推进量子力学的研究能够解开微观物质之谜，那也就能弄清楚宇宙的开端和生命的起源。量子力学是从爱因斯坦、波多尔斯基、罗森批判使用统计手法的物理学家开始发展起来的。量子力学由此产生了一个悖论，被称为‘EPR悖论’，取自他们三人姓氏的首字母。

"此后发现了量子纠缠，说明量子是运动的，是存在于两个不同时空的。相对论无法解释那种量子运动。过去，人们以为在物理学的世界里，可以凭借相对论解答宇宙里的所有问题。那被称作‘量子的不确定性原理’。数学公式是这样的。"

彼得说着在门廊处弯下腰，用小石子写下了数学公式。这超出了我所能理解的范围。"薛定谔的猫"仿佛是个哲学话题。

$$\Delta\chi\Delta\rho \geqslant \frac{h}{2}$$

# 8 苹果、70年代和奥德兰公主

正值华盛顿州产的富士苹果上市，我给彼得买了几个。

那是发生在2017年冬日里的某一天。冬天，我们在客厅的暖炉前交谈。

彼得看见大大的苹果，特别高兴。

"泰勒，这真是太棒了。好漂亮的苹果。就跟骗白雪公主吃下的那个苹果一样。不对，比那个还大。"

"不但个儿大，还脆脆的，很好吃哦。"

"那真太棒了。我太太从不尝试新产品。她对食物很保守。所以我是第一次吃这么大的苹果。"

他看起来非常高兴，滔滔不绝地说个不停。虽然这种苹果很早以前超市里就有卖，但我什么都没说。看着彼得高兴得像小孩子似的脸，连我也开心起来。

"苹果是我必不可少的水果。"彼得说，"苹果有着各种各样的含义。你的猫咪名叫苹果，你为什么给它取那个名字呢？"

"没有什么特别的含义，只因为苹果是我的最爱，而且'苹果'这个词的发音我也很喜欢。但最重要的还是我第一眼看到那个孩子时，直觉告诉我它就叫苹果。"

"苹果其实很有魅力。夏娃成了那种魅力的俘虏，白雪公主也抵抗不了它的诱惑。人类一看到这个红色的水果，就忍不住要啃它。咬上一口，脆脆的口感，不会太甜，也不会过酸，果肉是清新的奶油色。所以，人类不断受到它的诱惑。圆圆的形状非常可爱，颜色像火星或血月。苹果是所有宇宙谜题的答案。仅仅是从树上掉下来，就或多或少在物理学家的脑袋中制造了灵光。"

"那不就是牛顿的万有引力定律？"

"正是如此，泰勒。在上世纪 70 年代，当时我还年轻，住在西海岸。那里到处都是一心想要尝试新事物的学生。那是个史无前例的时代。我们年轻人不仅要成为政治名流，还要利用科学创造美好的未来。我们相信自然与科学的和谐。相信披头士乐队的 Love & Peace（爱与和平）。

"你应该不知道吧？ 1960 年，斯图尔特·布兰德创办了名为《全球概览》的杂志。那是一个西海岸嬉皮士文化盛行的时代。

"那本杂志创刊号封面上有一张由 NASA 公开的从宇宙眺望地球母亲的照片。我订阅了那本杂志。虽然还不到 70 年代，但人们已经在努力创造有益于地球的生活方式，并把 IT、电脑、社交软件、带拍照功能的手机等我们当今所使用的工具作为未来的交流方式。当时硅谷充满了希望与活力，我们相信科学将实现一个美好的未来。IT 研究员们探索如何不通过语言进行交流。他们收集数据，进行分析。

回首 70 年代，那时候的我比现在更相信那种梦想。啊，对了，刚才我说到苹果。你有苹果公司制造的苹果手机吧？苹果公司创始人史蒂夫·乔布斯在受邀到斯坦福大学的毕业典礼上进行演讲时，介绍了 1974 年《全球概览》的最后一期。

"那一期的封底写着'求知若饥，虚心若愚'。那个演讲很感人。你有机会可以在 YouTube 上看看。

"我特别喜欢这句话。确实如此，要实现梦想，就必须做个傻瓜。人类既怀揣希望，又会想新点子，所以是唯一发展出科学和文化的生物。只要努力，我们有无限可能性。

"据说，用苹果当公司名，是因为史蒂夫·乔布斯和他的朋友都是披头士的粉丝。不知道这是不是真的。

"苹果给人们的想象力增添灵感，激发创造力。披头士因此成立了一家名为苹果的唱片公司。苹果有着完美的形状。放到手上，有一种将宇宙握在掌心中的感觉。

"艾萨克·牛顿通过观察苹果，想到了万有引力定律。如果换成洋梨或香蕉形状的水果，他就不可能想到了吧？不是苹果这般圆圆的水果就不行。苹果还激发了科学家的想象力。

"威廉·退尔曾经被命令射下放在儿子头上的苹果。如果苹果不是圆圆的形状，他是无法朝着无可替代的宝贝儿子射出那一箭吧？苹果就应该像地球母亲或月亮一样浑圆的。苹果是收纳于掌心的小小的宇宙。我说的苹果并不是你的苹果手机，而是那个大大圆圆的水果。"

"我知道呀。"

我们一边说着，一边在客厅的沙发上笑得前仰后合。

另一天，彼得教我有关宇宙大爆炸之后的历史。

"刚刚经历大爆炸的宇宙处于超高温、满是基本粒子的混沌状态。万分之一秒后，出现了质子和中子。三分钟后，二者结合形成了原子核。"

"就像案件搜查般细致严谨呀。"

"所谓物理学家，就像是追踪宇宙之谜的侦探或刑警。

"之后，原子核同电子结合，生成氢原子和氦原子。宇宙中现在依然存在着大量的氢和氦，以及氩和碳。还有其他一些基本粒子和未结合的电子在宇宙空间中交错飞行，妨碍光的前进。电子一旦与原子核结合，光就开始运动了，宇宙便成为一个一览无余的空间。这就是'复合'。日语称之为'宇宙的放晴'，你听说过吗？这是之前的一位日本科学家教给我的。我很喜欢这个表达。"

"好酷的一个词。就好像雨过天晴。"

"的确如此。就好像疾风暴雨，好像滂沱大雨过后。大爆炸开始大约三十万年后，宇宙变成了一个干净通透的空间，变得一览无余。由于电子的干扰，我们无法观察到之前的宇宙，只知道自那时起的宇宙的历史。在此之前，光是不存在的。虽然我不知道到底是从何时起人类开始注意到这件事，但是在《圣经·旧约》的'创世记'一章里写着：'神说：'要有光。'就有了光。'泰勒，你不觉得这正描绘了宇宙大爆炸之后的混沌与复合吗？不仅仅是神话。人类在 2016 年成功观察到宇宙诞生瞬间出现的引力波之后，终于站在了解开失落的三十万年之谜的起跑线上。

"宇宙充满着谜题。存在许许多多我们无法理解的'Dark Matter（暗物质）'，其中大部分还没有得到明确。所有物质之中只弄清了百分之五，而剩下的百分之九十五究竟是什么，我们一点儿也不知道。不只有 Dark Matter，还有'Dark Energy（暗能量）'。我估计这个 Dark Energy 正印证了我的假说。"

"Dark Energy，好像达斯·维达。"

"哦，你很了解《星球大战》?"

"从前我家养过一只名叫尤达的猫咪，而且 2015 年刚上映了《星球大战》的新电影。"

"那是你母亲那一代的电影。我也是同一代的人。70 年代，那真是个有趣的时代。从 70 年代末到 80 年代初，《第三类接触》《E.T. 外星人》等令人兴奋不已的电影轮番上映。"

"虽然我并不觉得是部令人兴奋的电影，但因我想知道尤达是个什么样的角色，所以我看了早期的《星球大战》，可我还是不认为那是一部多么厉害的电影。"

"那是因为当时还没有电脑特效技术。"

"新电影我也没看过，但我在网上查询了上了年纪的奥德兰公主的信息。没有那么可爱，不就是一个为了这部电影成功瘦身的阿姨演员嘛!"

"话可不能这样说。她很可爱，同过去毫无差别。你看，无论雪娄还是你母亲，都投入大量金钱，想要逆转时间，拼命保持身材和美貌，对吧? 她们二人对自己的美貌念念不忘，想要紧紧地抓住它。衰老导致基础代谢下降，焦耳博士所提出的卡路里消耗也会跟着减少。那是卡路里的问题。人类抵抗自然法则，在健身房里的机器上跑步，在瑜伽垫上做瑜伽。但这些都是徒劳，还很愚蠢。在构成人体的六十亿个细胞中，每天有百分之二十的细胞会死去，然后再生。年纪越大越会出现没能完美复制基因的细胞。细胞再生能力低下，欠缺准确性。就这样，我们按着基因信息走向衰老。尽管如此，人们却无视这种自然法则，欢天喜地地吃着高价保健品，又像小鸟似的小口吃着绿色蔬菜。女性认为高级化妆品里充满了魔法，拼命地使用。

"我们也不能忘记牛顿的万有引力定律。人类的肌肉会随着衰老而下垂。当然，与此同时皮肤也会下垂。我们将变得满是皱纹。试图与时间做斗争，进行美容整形，之后只会品尝到自然的报应。那样并不是什么美丽。明明简简单单、不加任何修饰、不在意、顺其自然，就能活得很轻松。

"不想减肥瘦身也没关系。等到上年纪，身体细胞不是停止分裂，就是增生基因功能不全的癌细胞，自然会吃不下，体重也就跟着下降了。但脑梗死或心肌梗死是另一种情况。总而言之，人类在临死前会变得什么都吃不下。像小树枝般瘦削。我一直在计算，往后我还能吃多少我喜欢的美食呢？因此，我认为减肥瘦身根本就是在浪费人生。"

"您对中年女性的评判可真犀利啊！我妈妈听到了会生气的。"

"不只对中年女性，我对中年男性也是如此。永远都保持性感和魅力，只不过是黄粱一梦。我们应该早早认清现实，进入人生的下一阶段。"

"彼得，你说这么多，不就是因为你很喜欢奥德兰公主嘛！我一目了然。"

"电影导演乔治·卢卡斯在 1977 年发布《星球大战》的时候，我就成了奥德兰公主的粉丝。她真是特别可爱。我想成为卢克·天行者，挥舞光剑，守护公主。

"我第一次看那部电影的时候，认为不可能有什么心灵感应。但现在都已经快实现了吧？所以我最近觉得特别兴奋。虽然上了年纪，但每个人都会衰老，所以我认为体重增加并不是什么问题。就连公主也会发胖呀。"

"彼得你啊！"

"谁都会变那样子。"

我们咯咯地笑成一团。

"好了，我该回去了。泰勒，你妈妈还没回来，晚饭怎么办？需要我帮忙做点吗？"

"没问题的。我只需要用微波炉加热一下，而且我妈妈很快就会回来的。"

"这样啊。"

那是个寒冬的夜晚。我们走出温暖的客厅，来到天寒地冻的院子。金牛座、双子座那些冬天的星座闪烁于头顶，释放出明亮光芒的新月也出来了。星星的光芒穿越了几十亿光年才终于从遥远的银河来到这里，给我们带来安宁。虽然我们是如此渺小的生物，但同时也是观察着星光的巨人。

我们呼出的气即刻变成了白雾，消逝在空气中。透亮的光芒一闪一闪，像是超越时空居住在别的星球上的奥德兰公主的微笑。

# 9　南丁格尔的统计

我认识彼得后，他很快就开始教我数学。

在奥利维亚带来的所有课本里，我对社会经济学和数学最感兴趣。

全部都由彼得教我。彼得唯一不能教的是外语。他说"英国人不喜欢外语"，装模作样得好像自己不是犹太人血统的美国人似的。我一看到那样的彼得就感到快乐。此外，由此知道了彼得并不完美，我也松了一口气。

遇见彼得之前我就很喜欢数学，现在我最感兴趣的是统计学。因为统计学能够灵活运用数学。

"泰勒，我们全部都已经学完了，很厉害吧？别带更高一级的数学课本过来了，因为我也只学完了标准数学，比这更高级别的课程我没上过。怎么办呢？不知道加利克老师肯不肯让你去上他的高级课程。我要不要帮你问问看？"

"好呀。反正我已经退学了。"

"嗯，真是太可惜。泰勒你是有才华的，必须好好利用。你上学的时候成绩很出色吧？你应该去上大学。"

在这个问题上，是彼得做的决定。

"大学随时都可以上，拿到毕业证书也不难，只不过大学教育对平民百姓来说花费很高。有些人会选择入伍，因为那样政府就会支付学费。能够申请到奖学金的人凤毛麟角。多亏了奥巴马总统，从社区大学转入正式大学变得容易些了，能够省掉头两年的学费。

"泰勒，你完全没有金钱方面的困扰，成绩也无可挑剔。大学之门随时向你敞开。"

"我没有想上大学。我只是想学需要学的东西而已。"

"这样啊，那你可以上网收看大学的公开课。虽然网上潜藏着许多危险，但也有魅力、优点和可能性。全世界大学的课堂都集合在网上。这次听了斯坦福大学的课，下次就听爱丁堡大学的，按照这样的方法来学习。"

"真是很棒的想法。这样我就可以自学了。"


然而，奥利维亚不同意。

"泰必须同我一起上大学。迄今为止，我们不是一直在一起吗？我们住得很近，上的又是同一所学校，参加的社团也相同，我俩还曾一起奔跑，可现在只剩下我孤零零一个人。我知道你正在努力，所以我也拼命学习。我想像过去一样，和泰一起体验各种各样的经历。"

"谢谢你，奥利维亚，但我还是不去上大学了。不知为什么，我总觉得自己好像没剩下多少时间了。会产生这种感觉可能是因为我有过濒死体验。总之，我觉得无论如何必须抓紧时间。"

我沉迷于统计学。只要基于数学的思维方式，满足各种各样的条件，就能够得到支撑自己想法的数据。妈妈得知我对统计学感兴趣后，很是惊讶。

"哎呀，那就是基因。你爸爸的基因在你的身体里起作用。约翰很喜欢数学。他特别擅长做各种各样的分析并加以利用。证券分析师的工作是他的天职。"

其实不用妈妈说，我也注意到了。我还沉迷于用电脑计算出无数的可能性。

我学习职业女性的历史，从中也获得了各种各样的知识。

在克里米亚战争中随军的弗洛伦斯·南丁格尔，是英国上流阶层中第一位成为护士的女性。她在不到两年半的时间里，在战场上作为护士大显身手。此后，她充分利用在前线做护士的工作经验，运用她所擅长的统计知识，对现代医院的确立和发展做出了贡献。她彻底改变了整个英国的医院制度。她并没有做什么复杂的事情。检查前要洗手，患者之间用床帘隔开，打开窗户换气，她只是将这些要点贯彻执行而已。她确立了现代医疗护理体系。她在战争中浴血奋战的经验和优秀的统计才能奠定了护理学的基础。如果我也想要事业成功，就必须时时提醒自己秉持以数值或经验为支撑的具体理论。

南丁格尔完美地做到了。她虽然出身于上流阶层，衣食无忧，却充分利用了作为世界第一位随军护士的经验，完成了伟大的事业。她的坚强和聪明值得敬佩。

我敬佩的另一名女性是海伦·凯勒。她尽管身体残障，却成功地经营了福利事业。对当下的我来说，她成了我巨大的希望。

南丁格尔和海伦·凯勒虽生活在不同时代，但都具有经济头脑和坚强的意志。两人都拉拢了时代和舆论。

海伦·凯勒巧妙地利用了媒体。她一定很清楚自己最大的卖点是什么。战略性地运用了自己戏剧性的人生。她同安妮·莎莉文积极活动，帮助失明者、聋哑人的团体，以及其他的社会福利事业。

海伦·凯勒主张，即便是残障人士，也应该获得与健全人士相同的机遇和教育机会。她非常明白自身的价值，也深知这价值的用途。她有着温暖的心灵和坚强的意志。

在那个时代是史无前例的。她不在乎自己的名声，用自己的方式关心救助人们。

有一点我非常清楚，那就是，在我和妈妈还有奥利维亚一起推进的事业里，对统计分析的有效运用是不可或缺的。

首先，不能利用网络上的意见，对吧？爸爸离世的时候，我和妈妈因为网络上的匿名用户受了很多苦。他们说妈妈是为了骗取保险金而杀夫，还说我是杀人犯的女儿。我们遭到了各种没见过也不认识的陌生人的攻击，仿佛与全世界为敌。

另一方面，在我脑袋受伤期间，我也收到了许许多多陌生人通过网络发送来的"祝你早日康复"的信息。

如今人们通过社交网络彼此联系。单击一下，就可以向欧洲的人们传达自己的意见，还能在亚洲人发布的 YouTube 视频下点个"赞"。以微不足道的兴趣或意见为开场，要么成为敌人，要么成为朋友。这是我从经验里学习到的。

我被卷入事件，成了残障人士。我的声音依旧发颤，话说不清楚，手也握不紧，走路需要拐杖，而且只能走得很慢。这样的我，是不可能利用统计分析和网络成为第二个南丁格尔或者海伦·凯勒的，对吧？

或许，可以利用之前发布于社交平台用于攻击我们的消息和传言，作为我们事业的宣传工具。

奥利维亚攻读新闻学和市场营销专业，我对此极为赞同。因为媒体宣传是奥利维亚拿手的领域。

奥利维亚有吸引人的才能。一头耀眼的金色鬈发，一双大大的蓝眼睛，还有两瓣自然粉嫩的厚嘴唇。长相漂亮的她还有着宽广的胸怀。与奥利维亚见过面的人都会成为她的粉丝。我是影子，处于幕后，她则大大方方地立于幕前。奥利维亚有着与生俱来的营销才能。因此，当她说她想加入我们的基金会的时候，我感到非常高兴。

我想让全世界贫困国家的孩子都能接受基础教育，想提供尽可能多的疫苗。为此，我们必须召集赞同我们想法的人。

我可能无法利用我残障的躯体，因为贫困的孩子应该比脑挫伤后努力进行康复训练的我过着更加艰难的人生。这一点让我左思右想。

"彼得，我有一个请求。你能帮忙用这台手机拍一个我的视频吗？虽然我也能够自己拍摄，但那样说起话来会很困难。况且，我想在这棵苹果树下，坐着秋千发言。"

接着，我便对着彼得手里的苹果手机，开始说话。

我还没有决定如何使用这个视频，但我想最好能用于基金事业的众筹。虽然我和妈妈已经把大部分财产都用来设立基金会，但还是不够。向非洲、亚洲各国派遣教师和护士的开销尤其巨大。

在大学学习市场营销的奥利维亚开始与各家企业交涉，请求企业出资运送药物，告诉他们这将给企业带来宣传效果。

## 10　与彼得的告别，秋天又来了

我们的事业渐渐步入正轨，但没过多久，彼得却与此相反，变得异常消瘦起来。我知道彼得身上旺盛的力量正在消逝。

"我已经无法长时间保持现状。我渐渐开始无法理解事物。你是我最后的学生。我早已不指导学生，留在大学里只是为了完成最后一篇论文而已。"

"你怎么啦？"

"我是医生，能够为自己诊断。我得了失智症。虽然吃着药，但是能有多少效果呢？之前我跟你说过有关时间的概念。我对于现在、时间和日期都已经没有了感觉。记忆也变得奇奇怪怪的。虽能清楚地想起过去的事，也知道现在正在进行的研究，却无法过平常的生活。

"大脑里的海马体无法顺利交换电信号。每一天、每一刻，记忆都在消逝。我的心到底在哪里呢？我们所依托的心究竟在哪里呢？"

我受到了很大打击，不知所措。继爸爸以后，我连彼得都要失去，这绝对不行。

彼得总在我的身边，给我恰当的建议。在学习上，只要我有不懂的地方，他都能给我解答。他是无可替代的。他是我出院回家后的心灵支柱。我不想失去亦师亦友的彼得。我的眼泪顺着脸颊流了下来。

"不要这么说。彼得，你渊博的知识是不会消失的。"

"不，如果我的大脑功能停止了，所有知识都将消失。可能会有为数不多的青年研究员对保管在图书馆书库里我的出版物感兴趣吧。仅此而已。我通过子孙后代，将基因留在这个世界上。这是作为生物最幸福的事。研究人员将爱因斯坦的大脑切片，试图在那里寻找宇宙，真是荒唐。人类一旦死去，全部都将化为乌有。只剩下已死的大脑还在那里罢了。宇宙在爱因斯坦的著作里。我并没有那么出色的才能。我一旦死去，大脑的细胞也将死去，因此我的记忆会消失得干干净净。很难过，但没有办法。只能接受事实。泰勒，你很棒。因为你从病危的状态活了下来。你是幸存者。你完成了一件了不起的事情呀！"

"我什么都没有做，全靠医疗团队。"

"不对，你错了。你有求生的力量。你希望继续留在这个世界上，所以发生了奇迹。我还没当上医生的时候就明白，难得一见的事情被称为'奇迹'。否则，没人会信赖庄家，没人会购买彩票。赌场也赚不到钱。"

"喂，彼得，你是说我的生命相当于赌场奇迹吗？"

"我只是在讨论概率的话题。我是从数学的角度来解释的。"

"这种事情很多的，彼得，不就与你曾说起过的那个叫某某猫咪的实验一样吗？我已经完全明白了。我有求生的力量和强烈的意志，所以才能从那样危重的状态中活下来。你是想说这个吧？"

"正是。"彼得的脸上浮现出微笑。我一边用袖口擦拭眼泪，一边也微微笑了笑。

彼得净开玩笑，连伤心事也变得好笑起来。他最擅长那样了。我一把抱住他。彼得也紧紧地拥抱着我。

"正是如此啊。我想我会明明白白、完完整整地留在你的大脑里。你跟婴儿一样幼小，所以细胞有再生能力。而且，再生的是与过去完全相同的细胞。泰勒，你知道吗？最近，细胞学领域研究发现，人类细胞在五年到七年的周期里会有一次更新。也就是说现在的你与七年后的你完全是两个不同的人，因为细胞全部更新了。

"我差不多也经历过十次细胞的更新。这么多次的更新之后，细胞也就疲惫了，也就变形了。虽然我应该已经完完全全变成了另一个人，但我的所思所想并没有改变。身体由脏器而来，脏器由细胞而来。只有意识是特别的。与身体的其他地方都不一样。我想我如果离去，意识也应该会变成别的什么吧？

"虽然我无法解释清楚，但不管怎样，在我们的肉体迎来死亡的一刻总会明白吧。我常常看到往生之人。我早已故去的母亲，经常在厨房给我泡茶。我也看到过我哥哥在院子里玩耍。我的孩子已经各自成家，他们偶尔来看望我，等候在玄关。但我看见的却只是他们小学生时候的模样。我住在过去的世界里。

"啊，我其实想说的是……我总是将话扯远，总之是因为我老了。泰勒，我想说，你的大脑将会痊愈。脑细胞的恢复用不上花费七年。因此，你要做的只是继续接受康复训练，尽最大的努力。"

听到彼得提起幻觉，我吓了一跳。我也出现过相同的幻觉。我觉得自己的内心消失了，无法真实地感觉到自己，不认为自己是自己。我无法相信自己的存在。明明所有的现象都堆积在眼前，我却没有任何切身的感受。时间和空间怪异之感也困扰着我。我也跟彼得一样，大脑的某个地方有点奇怪吧？

到了下个星期，彼得跟我谈起他与他太太雪娄初见时的情景。

"我同你谈论过各种各样的话题。关于宇宙、神、概率问题，还有统计。我认为你有那方面的才能。我们也说起过苹果和嬉皮文化。

"我还在旧金山的大学执教时，助手曾对我说：'可是，博士，科学能够照亮我们的未来。新技术可以创造出未来。'那位助手就是我现在的妻子。她是我大学研究生院硕士课程的学生。她终日埋头做研究。我同她结婚之后，也没有将她束缚于家庭，因为我与哈伯博士（译注：指德国物理学家，弗里茨·哈伯。他作为"化学武器之父"被世人熟知。他与研究员克拉拉结婚，但其妻子婚后无法继续做研究。）不同。但是，雪娄说想和孩子们在家生活。如果那是她的愿望，我没有理由反对。于是，她进入了家庭。现在孩子们各自长大，组建了自己的家庭。我有了孙子。雪娄过着每天都忙于社交的生活。"

"太浪漫了。与女学生坠入爱河，还有她曾说过的科学之中有未来，这些都好浪漫。"

"但是，科学技术绝不是一个浪漫的东西。这一点人们应该在第一次世界大战时就意识到了。科学一方面丰富了人们的生活，另一方面又分裂了人类。诺贝尔本身是达纳炸药的发明者。达纳以及别的炸药对经济及产业做出了贡献，却也杀害了几百万人。这个世界犹如学校教室。我们可以看看小学四五年级的教室。不同于他人、老实巴交的孩子总是被欺凌。人类会攻击与自己不同种族、不同宗教的人。明明都是人类啊，犹太人、阿拉伯人、库尔德人、中国人、印度人、盎格鲁–撒克逊人、凯尔特人、德国人、俄罗斯人、西班牙人、墨西哥人、日本人，大家都是一样的。我们首先应该从这样的基本事实出发，才能创造出新的世界。美国有白人，有黑人，有拉美裔美国人，大家共同生活，凝聚成一个国家。但有些人却试图排除掉与众不同的人，在世界上挑起战争。战争永远不会消失，就是这个原因。犹太人明明有过受迫害的历史，却依然会攻击其他民族。阿拉伯人被英国人背叛，被法国人利用，所以直到现在仍对欧美人抱有恨意。

"这些话我以前是不是讲过了？是啊，我已经不得不逐一确认，以前有没有讲过同样的话。我喜欢一部名为《西线无战事》的老电影，讲述了一个德国士兵燃烧爱国情怀的故事。那名德国士兵在前线体验了战争的惨烈，最后在谁都没有注意到他的情况下，独自离世。人类始终都干着蠢事。生命无可取代，人类却不珍惜。

"你小时候，有没有遇到过这种情况：你说朋友在学校或家里拥有特别棒的东西，大人却说不可以羡慕，要好好珍惜自己所拥有的东西？要珍惜家人还有朋友，不可以说谎，不可以偷窃。当然，也不可以伤人，更不可以杀人。然而，从国家的角度来思考，那些规则究竟会变成什么样呢？那并不是宗教、经济或意识形态的问题。

"那是'坏事'，我们正在犯罪。翻开报纸净是这样的新闻。网络攻击、黑客、恐怖主义行为、种族袭击、间谍、谋杀，还有战争。你和你母亲，还有朋友，正努力试图改变这样的世界。但是，大多数人对这些毫不关心。他们视野狭窄，只接受适合自己的信息。比如，这件衣服便宜，或者这个巧克力好吃，却不去思考这些产品是哪里生产的。我们像是一头扎进沙漠的鸵鸟。不会特意想去理解，也不会想去了解，只在意自己身边的事。自己所居住的小小村落就是全世界。但是，就算在这样的环境里，也会有天才诞生。有才高行厚之人，也就有德薄才疏之人。

"科学也助长了国家之间的相互对立。

"品德高尚、寸心不昧的科学家为国家公权力所摆布，变得痛苦不堪。

"我是英国裔移民，祖先是犹太人。那是我的根。我父母过去生活在波兰，在第二次世界大战期间逃到了英国。我父亲将全部财产留于故土，在英国作为一名出租车司机从头开始。我谴责纳粹带来大屠杀，也难以原谅日本偷袭珍珠港。我之前跟你说过，纳粹大屠杀是在人类暗黑史上极为残忍可耻的一件事。但是，人类从史无前例、令人厌恶的第二次世界大战里学到了什么呢？美国人至今仍在遭受恐怖分子的袭击。而我们自己呢？这个国家不也使用化学武器攻击过越南吗？不也在广岛和长崎投下过原子弹吗？正如你所知，原子弹分为两种：投放于广岛的是铀弹，长崎则是钚弹。还有在越南使用的，是名为落叶剂的化学武器。

"科学家希望弄清自己所研发的武器的威力。他们进行实验，因为这是研究的最后一步。总之，我想说的是，世间没有人是清白的。美国攻打伊拉克和利比亚，许多美国士兵因此丢了性命。我祈祷别在伊拉克战争或对抗恐怖袭击的过程中使用原子弹。

"核能是最强的动力，是最古老的能量。自从地球母亲诞生之日起，就存在着原子。但是，那股力量应该仅限于医学或为探求宇宙和危险物质内部的物理研究。那股力量的破坏力非常凶猛。我们必须事先明白，百万级别的能量即使只被使用过一次，也要等上几万年才能将残留物质全部无害化。否则，核废料将成为人类硕大无比的负遗产。人类发现了核能，体会过它的威力，理应了解它的可怕。

"许多国家为了研究核能，在沙漠或南太平洋进行核试验。也进行氢弹实验。其中有一个著名案例，是塔希提岛的大批居民受到核试验的危害。还有，我们知道目前核电站也并不安全。切尔诺贝利、三英里岛、福岛发生的核电站事故就已经说明了这一点。芬兰正在推进建设核废料最终掩埋场。这是一个从地面往下挖掘四五百米、在那里面掩埋放射性物质的计划。本国生产出来的核废料必须移放到那里。放射性物质无害化要花上几万年，这有可能导致未来人类从地球上消失，因此，掩埋场周围的告知牌上写着各种标语和图例，用来提示危险性。

"泰勒，你不觉得这样特别愚蠢吗？人类从开始使用核能至今，顶多六七十年，可那个放射性物质的终极掩埋场却要在二十二世纪到来之时才能建好。虽说那个掩埋场被誉为世界上最为坚固的，但不管怎样，它也是人类第一次尝试，这就像是连目的地都没有，就决定开车上路。该怎么样为未来着想呢？即使不能够处理废料，也要继续使用核能吗？接下来，人类要怎么做才好呢？已经知道石油能源无法阻止全球气候变暖，防止气候变暖应该需要寻找别的能源，但你相信几万年后世界还会存在吗？我想象不出来。因为，人类的历史至今也没有那么长。说不定会由其他生物来统治地球，人类可能会灭绝，从地球上消失。"

我试着想象了一下。想起没有整理过的家的样子。因爸爸的离世而陷入混乱的妈妈，没有请人来清洁房屋，我们家转眼间就变得如同猪圈般肮脏。虽然心情抑郁，但仍然需要进食，于是妈妈和我依靠麦当劳和披萨外卖来延续生命。食物垃圾散落一屋。麦当劳的褐色纸袋、披萨的外卖盒、中华料理的打包盒、超市的塑料袋、亚马逊网站的快递纸箱、裁纸刀……还掉落着其他各种各样的东西，我们却并不在意。我的衣服散落一地，从没给妈妈看过的学校发来的文件（妈妈总是卧床不起，虽然我也没想让她看）、一个月前的妈妈的药、空洗发水瓶、空可乐瓶、用完的支票簿、收据、直邮广告、嚼过的口香糖……杂七杂八的东西丢得到处都是。我们在日常生活里使用的大部分东西，隔天都将成为垃圾。如果不扔掉，将全部变成破烂。听了彼得的话，我感到害怕。假如核废料也以这样的势头增长，不就像是住在没有垃圾桶和电动吸尘器的家里一样吗？

"我至今仍对核能、原子弹和核试验抱有疑问。我质疑的是人类运用这些东西时的道德感。核能确实很了不起，我必须承认。但也必须承认它过于强大，人类无法一手掌握，即使它在医疗的发展、治疗、探寻生命和宇宙的起源上，是非常有用的工具。

"药物也一样。特效药常常伴有很强的副作用。关于它所带来的利弊，科学家能否清楚明了、简单易懂地传达给人们呢？核能本身并没有错，是人类的道德感和良心的问题。这与在家里放置枪却又不想使用枪是同一种心理。

"事实上，人类从广岛和长崎的原子弹受害者身上，获得了在物理和医学研究上极为有用的数据。原子弹的研发推进以犹太人科学家为主，是他们逃离纳粹后为打倒纳粹而研发的新武器。但潘多拉的盒子被打开后，那件武器却被用来对付日本人。有些科学家为在人身上使用原子弹而深感罪恶，想要做一名和平主义者。也有科学家主张在日本投下原子弹理所当然，没有任何罪恶感，或其他类似的感情。

"战争使我们罪孽深重。我对日本人既无好感也不厌恶。但战争期间，日本人确实贪婪。而且，在第二次世界大战中，还有许多美国人和英国人被日军杀害，所以我也觉得他们是敌人。但我也想换一个角度来看。现在回想一下，投放原子弹是正义的行为吗？你应该会说'不是'吧。我也认为'不是'。一种正义和信念的对立面存在着另一种正义和信念。我自己本身没去过日本，这样说也许有些大言不惭。你要去一次广岛，去看看原子弹留下的痕迹。我本来并不想谈论第二次世界大战，但说起原子弹的威力，则是另一个话题了。奥巴马总统访问广岛真是了不起。我们至少要去了解原子弹究竟是个怎样的东西。

"有很多人并不知道原子弹有着多么巨大的破坏力。

"无论我是不是日本人，我都认为原子弹应该从这个世界上消失。原子弹不能保护我们。相反，它是伤害人类和地球母亲的武器。现在许多国家遵循各自的正义和信念，持有核武器。一旦使用了核武器，人类将会灭绝啊。

"这让我想起了爱因斯坦的预言。"

"什么？"

"他曾给杜鲁门总统写过一封信：'我虽然不知道第三次世界大战会使用怎样的武器，但我知道第四次世界大战用的肯定是棍子和石头。'爱因斯坦曾试图阻止在第二次世界大战末期使用原子弹。"

"那是什么意思？"

"意思是如果再这样继续使用原子弹，第三次世界大战后文明将不复存在吧。

"爱因斯坦曾经在科学家呼吁研发原子弹的联名信上签名。但他后来为此感到懊悔。于是，他与得知要在日本投放原子弹而感到惊慌的利奥·西拉德博士一起，给杜鲁门总统寄去请愿书。之所以寄给杜鲁门，是因为当时罗斯福总统已经过世。结果却没有赶上，第一颗原子弹被投放到了广岛。为自己签署了联名信而懊悔不已的爱因斯坦成了和平主义者。他也谴责哈伯博士。这件事我也说起过吧？我最近净是重复以前说过的话。哈伯博士是一位协助纳粹德国开发毒气武器的科学家，而爱因斯坦则是一位具备道德伦理意识的科学家。他能够明辨善恶。

"科学家具有道德感是很重要的。因为科学家同政治家一样，掌握着人们的性命。科学家应当有正确的伦理观，不应该被邪恶缠身。你作为我最后一名学生，我想传授给你的只有这一点。世界和平取决于我们的良心。如果我们有坚定的意志，就能够确保和平。无论怎样的组织或政府都无法笼络我们。

"泰勒，现代医学无法治疗我的失智症。虽然我已经吃了好几年的药，但大脑还是完全被破坏了，所谓的'我'将一天天地从这个世界上消失。雪娄每天早上都会为我做三明治，然后装在密保诺的袋子里。她在那个袋子上注明'午餐'的字样，放在餐桌上。如果不那么做，我就会忘记吃午餐。我每天一边吃着三明治，一边准备一周一次的讲义笔记。现在我已经不用教书了。以前还能指导研究生的论文，现在也做不了了。我的大脑已经跟不上了。

"我否定哈默洛夫博士的理论，一定是因为我不愿相信自己的心在大脑的神经回路里。如果真是这样，等到人死后，神经回路会被销毁得一干二净，也就意味着我的灵魂被毁灭了。

"记忆渐渐地消失。明明是自己的研究领域，我却连对宇宙的兴趣也丧失了。我现在正思考有关灵魂的世界，想要对未来保持希望。我还是放不下对自己的执念。即使在死后的世界里，我也想做自己。我应该做一个更坦然的人。"

我满腔悲伤，哭了出来。

"没关系，你还能继续做研究。别留下我一个人。彼得，你还不能走。我从你这里学到了各种各样的知识，也产生了许许多多的共鸣。灵魂寄居于心脏的理论也让我兴奋不已。我想再多听听你的课。"

"泰勒，没有什么是亘古不灭的。快乐的时光终究会结束。这四年期间，我和你密集的谈话时间比和家人还多。我很抱歉，让你感到伤心难过。说实话，相较于死亡，变得不像是自己更让我害怕不已。我想要永远保持自我。我为自己的存在感到骄傲。很遗憾，那只不过是我的心愿而已。所以现在，我想要平静的生活。生病虽然是件难过的事，但我也应该感激。"

"神会保佑你。我会为彼得祈祷。"

"我不信神。"

"嗯？"

"我是指宗教上的神。长年研究科学就会发现，微粒或宏观宇宙和人体有着犹如节奏般的定律。这一点我们以前也谈论过。在宏观和微观的科学世界里，存在着从宇宙传来的一定节奏。有能够听清的时候，也有完全听不到的时候。我的话可能很奇怪，但并不矛盾。

"在数字中也能找到节奏。如果遵循定律，适当地利用数字，就能够发现常识很少能考虑到的东西。存在着'Something Great（伟大之物）'。是什么管理着我们扩散在宇宙里的意识碎片呢？我能感受到它的存在。你能在重症监护室里脱离病危状态，也多亏了它的存在。它的存在遵循它独特的定律，是关于'人生何时走到尽头'这样的定律。一切都要遵循这个定律。我想我得这个病，也是由那个存在决定的。那里蕴含着某种含义。是存在之谜的一部分。你也许会觉得这不是一个科学的说法，对吧？但越是研究数学公式、定律和宇宙，就越会情不自禁地感受到那股看不见的存在的力量在起作用。"

"希望 Something Great 能指引彼得。"

"谢谢你，泰勒。我发自内心地感谢你。你让我在过去的四年里，整理了自己的所言所想。给我带来了很好的机会。"

彼得一边说着，一边弯下腰，用栎树枝在地上写起了数学公式。

看着那样的他，我难过不已。

那是 2019 年 10 月，是我最后一次与博士认真交谈。

自那以后，彼得开始把我叫成他的女儿或孙女。我目睹了彼得内心的混乱。彼得不知道自己为何记忆混乱，他非常烦躁，难受得捶胸顿足。

他在夏天里披着厚实的羊毛开衫，在寒冷的日子里却只穿着一件 T 恤在附近徘徊。

"难道不是吗？"他在院子里看到我，就那样跟我打招呼。然后，像是否定般"切、切"地咂着嘴，仿佛是在生自己的气。我看到他那样很难过。我想，他教给我的量子纠缠和心灵运输，不正是将他从这个世界里解放出来所必需的理论吗？

我抬头望着万里无云的天空。自从彼得的最后一堂课以来，季节已经轮替了五次。晴朗的冬日，低沉的天空是湛蓝色的。天空的颜色映入我的眼帘，非常耀眼。我不得不一直抬着头，因为不向上看，就会被发现我正在哭泣。

距离同彼得初次交谈，已经过去了四年。神从我的身边将我的朋友夺走了。他是我除了奥利维亚之外的第一个朋友。

虽然我家院子里的苹果树一到秋天就会结出很多果实，但分享苹果的朋友已经不在了。虽然彼得人还在，但他的心已经不在这里了。彼得曾说心灵寄居在心脏。但像他这样一点一点地失去自我的患者会是怎样的呢？

2020 年伊始，雪娄把彼得送进了养老院。她说在那里彼得不仅可以找到交谈对象，也可以交到朋友。我想与彼得告别都不行，因为雪娄说彼得看到我就会产生混乱。他们很快就出发了。我只能在卧室的窗口目送彼得离开。

2019 年彼得的授课结束后，我好像偶尔也会失去记忆。

我出院时医生曾经说过可能会有后遗症。我脑部挫伤的程度，连那名女医生也不是很清楚。她说最糟糕的情况是有可能会突发癫痫，所以要十分留意。每年还要接受一次脑电波检查，也不能考取驾照。

通过康复训练，我的运动功能恢复了。现在我能拄着拐杖行走，可大脑变得混乱，这让我很痛苦。以前我记得所有的道路，就像能准确回家的信鸽，如今却经常迷路。以前我只要大致看一下地图就能到达目的地，现在却做不到了。

头脑混乱、找不到路的我终于能够理解彼得的痛苦。我就算绞尽脑汁，也永远到不了目的地。我的头脑越来越混乱，感觉越来越烦躁，巨大的压力仿佛要将我压碎。最后我彻底丧失了自信，决定打电话给妈妈。

我独自一人，不知道该如何是好。

我到底要去哪里？我在寻找什么？

我和彼得徘徊在过去的世界里。

我们试图寻找幸福的记忆、快乐的回忆，还有知识。我们想在心里找到它们。这是彼得一直以来的研究，是回到家、回到研究所，还有回到自己的过去和记忆的手段。也是所谓的经历人生。

我经常头脑混乱，可这是大脑功能障碍引起的，我也束手无策。为了防止我忘记自己是谁，或突发癫痫，我开始把写有我的名字、住址和电话号码的卡片放进包里随身携带。

我对自己的健康失去了信心。我接受了自己的残障，可大脑的功能会变成怎样，从表面上无法判断。我的内心也是如此。内心会随着年龄和受到的伤害而发生变化。就像彼得说过时间的概念一样。最近我变得特别容易疲劳，很快就疲惫不堪，焦急地盼望着快一点，再快一点。我不知道自己为什么会那样想，我总觉得有什么事情必须要完成。我知道时间所剩无几，但这种急促又让我深感烦躁。

# 11　苹果的旅程结束

出院以后，大约一年过去了，我依然在轮椅上生活。我无法好好运用手臂和手，也无法好好说话。除了出门进行康复训练，大部分时间我都待在家里。期间，侦查员会时不时到我家走访。每到那个时候，妈妈会陪着我，跟我一起听侦查员讲述案件的进展。

来访的不是我曾经在医院里见过的侦查员。他们没有穿制服，而是穿着笔挺的西装。与其说是警察，不如说更像商务人士。他们眼神凌厉，思维敏捷。脸上一副无所畏惧的表情，身手也很灵敏。他们注视着坐在轮椅上的我，对我表示慰问。仅仅是那种态度，就已经让我感受到了他们的诚意。

闯入我家的强盗，既不是外国盗窃团伙，也不是流浪汉。既不是侵占房屋的人，也不是非法居留的外国人，更不是毒品贩子。他们的目标是苹果。两耳耷拉的我的猫咪苹果窝在客厅的飘窗处边晒太阳边打盹儿。苹果的脖子里植入了 IC 芯片，袭击我的强盗以为那个标签里隐藏着 IC 相关信息。苹果之前的主人在 IC 企业工作，作为商业间谍嫌疑人，遭到逮捕。但没人知道他把信息藏在了哪里。嫌疑人在被捕前曾经丢弃过一只宠物猫。在知道这件事后，强盗开始寻找猫的下落。那只猫相貌独特，要找到它并不难。

侦查员告诉我们，强盗还没能抓捕归案，但希望我们能允许他们读取苹果 IC 芯片上的信息。妈妈和我立刻猜到了警方的办案方式，他们肯定已经逮捕了犯人，却向我们隐瞒了实情。

间谍事件是仅限于 IC 业界内部，还是涉及国家机密？我们一头雾水。我们在爸爸过世的时候，就已经了解到警察的办案方式。警察绝对不会透露真相，却要求我们提供真相，一个劲儿地掩盖重要信息。

对于态度强硬的警察，我和妈妈提出几个交换条件。

首先，从今以后，关于这个案件，别再请求我们协助，也别再来找我们。其次，要去我们经常光顾的宠物医院摘除苹果身上的 IC 芯片，要让我和妈妈、我们家的律师，还有地方报社的记者同行。手术一结束，就要立即将苹果还给我们，让我们带它回家。爸爸去世时只会哭哭啼啼的妈妈，现在像是变了一个人。她独立思考，率先提出要与侦查员讲条件。那样的妈妈让人感觉特别可靠。

坚强的妈妈一定能够将苹果从危机里解救出来。任何人都夺不走苹果。

除了让报社记者同行之外，妈妈的其他条件都被接受了。我们虽然想向媒体公开，但如果能立即将苹果还给我们，我们也就没什么不满了。律师的公司在纽约，他说他将直接开车前往宠物医院。

宠物医院的挂号预约原本已经满了，但侦查员一个电话，就变成了能够立即为我们进行摘除手术。其中似乎有什么内幕，但我们也无所谓了。人生常有意料之外。

接着，相关人员在宠物医院集合。妈妈在手术文件上签了字，兽医答应我们，苹果会马上回来。

我们家的律师和一名侦查员会同手术。

这是个简单的手术，差不多五分钟就可以完成。

没过多久，苹果就从麻醉里醒来，我们把她带回了家。

后来，警方联系了我们，告诉我们芯片里录入的是什么信息。讽刺的是，那并不是机密信息，只不过是猫咪的姓名和住址罢了。

"我叫琼，是一只白底茶褐色斑点、两耳耷拉的长毛猫。双眼的颜色分别是蓝色和金色。出生于 2012 年。"

苹果的本名居然是爸爸的名字"约翰"的女性形式"琼"，这让我和妈妈忍俊不禁。"我说妈妈，苹果生于爸爸去世的 2012 年，今年应该四岁。她也许是爸爸的转世！"

"爸爸的事已经过去了。我不会再回首过往了。我受够了做一具行尸走肉、遭受他人非议的日子。"妈妈回答道。妈妈心情舒畅，积极开朗。

面对谜团，人们总会左思右想，而谜底往往很简单。袭击我的强盗现在一定后悔自己所犯下的罪行，一定为触犯刑法感到懊恼。妈妈想起了住在附近的玛妮，案发当天她来过我家。"玛妮发现倒在沙发上的你，叫来救护车。她来是为了告诉我们，附近的猫咪和小狗好像遭到了袭击，要多加注意。多可怕啊！那伙人惦记着苹果身上的 IC 标签，在找到苹果之前就已经袭击了别的猫咪和小狗。"

这并不是笑话。只不过是一条关于"苹果本名叫琼"的信息，就使我遭遇了不幸，让我的身体成了现在这副样子。我忍受着痛苦且望不到尽头的康复训练。但我们不会为此怨恨任何人，因为我们明白即使怨恨也只是浪费时间，即使愤怒也只是平添痛苦。虽然真相大白了，但一切已成定局，无法挽回。我的身体再也恢复不到过去的状态了。但我和妈妈以此为契机，似乎明白了人生中最重要的是什么。所以，我们不怪任何人。

我还是一如既往地爱着苹果。只要那个孩子在身边，我就能够打起精神。柔软的毛摸起来特别舒服。苹果是我的贴心好友。只有苹果和奥利维亚才是我的好朋友。

芯片摘除手术过去四年后，苹果因急性肾炎离开了这个世界。它才八岁。有一阵子苹果的体重突然开始下降，眼看着明显瘦了。她开始大量饮水，变得毫无食欲。走路也不灵便了。我一喊她的名字，她就跟跟跄跄地站起来。由于苹果大多数时间在院子里，等我注意到她的异常时，已经为时已晚。

我把苹果带到宠物医院。医生说除了静脉注射以改善脱水症之外，没有别的办法。做了血细胞计数的检查，数值结果表明苹果的身体已经处于末期状态。苹果在我的床上还有衣柜里尿尿。一开始，我所有衣服都有股尿骚味，但后来尿骚味消失了。兽医告诉我，那是肾脏恶化的标志。

体重开始下降半年后的某一天，苹果"喵喵"地叫着，朝我摇摇晃晃地走来。她已经好几个月没有叫唤了，现在却发出声音。她跟跟跄跄地在我的身边转了几圈，想跳到我的膝盖上。好像为我用尽了最后的力气。但它最终没能站稳摔倒了，趴在我的脚边。我用我无法自由活动的手臂，将她轻轻地抱到膝盖上。苹果好像特别痛苦，似乎也意识到自己大限将至。她注视着我的脸。虽然我不知道它是否能看到，但我也一直盯着她的脸。我们彼此深爱，使得告别非常痛苦。我想起了妈妈饲养的猫咪尤达来向妈妈作别时的情景。当时尤达的样子和苹果现在一模一样。苹果特别自豪，对我充满爱意，像是在问我："我已经可以离开了吗?"接着，苹果闭上眼睛，咽了气。

我只能哭泣，仿佛永远地失去了最重要的一部分。

彼得和苹果都不在了。孤独感和空虚感朝我袭来。我和妈妈一起将苹果埋葬在苹果树下，用苹果最喜欢的、我的设得兰毛衣包裹她的遗体，装进葡萄酒木盒。在里面放上苹果玩过的老鼠玩具、猫咪喜欢的香草茶、苹果的小枕头、梳子，还有我的照片，也一并放了进去。我们满怀着爱意，把箱子埋在曾经埋葬尤达的地方。最后我们道别，祈祷她能够安息。我们没有立墓碑。那时已是寒凉的晚秋。

# 12　奥利维亚和我

那是在我能够直起身子、稳稳当当地坐在椅子上之后发生的事了。我和奥利维亚还有妈妈同心协力，成立并运作起一家基金会，为生活在非洲和亚洲的穷苦的孩子们提供教育和医疗。我们认为要改善孩子们的生活环境，最重要的是提供教育。读书能够改变孩子们的一生。

这原本应该是谁都无法侵犯人类的生存权。可我们无法消灭仇恨，于是发展成了战争。从根本上改善问题才是当务之急。接受现代教育可以开阔眼界，才不会被宗教领袖、教师、村里的大人和父母的言论所迷惑，学会自我思考。摆脱迷信、怪论、政治和父母，从而学会自由、公正地进行自我判断。有了教育，就能够独自思考。寻求从"我们"到"他们"的视角转变。我和妈妈还有奥利维亚反反复复地讨论这方面的相关问题。

　　我们从支援非洲孩子的活动开始。从力所能及的事情入手，这是我们的方针。面向中东地区的活动进行得很困难。牵涉到政治，我们无从下手。而且，亚洲各国里也有已经实现经济发展的国家，需要我们支援的国家十分有限。

　　我们向非洲各国提供疫苗，派遣护士和小型学校的建设人员。

　　随着调查不断深入，我意识到世上存在许许多多惨不忍睹的事情。如果不是特意去了解，很容易一无所知地略过。

　　这是奥利维亚告诉我的。早在基金会设立前，奥利维亚就已经着手进行相关的调查，还委托营销公司进行调研。我绝不愿意看到这项事业失败。我希望它一定要成为当地人能够完全信赖的基金会。

　　奥利维亚告诉我她必须做的事。她的想法让我产生了共鸣。我们定下了发展事业的道路。

　　"泰，我们并不想把西方民主主义或基督教强加于人，也并不想做穷人的生意。我们是想建立一个环境。一个公平的环境，一个孩子们能够学到世界上谁都可以平等拥有的能力及潜力的环境。

　　"我们虽然不是狂热的基督徒，但我想传播所谓在神的面前无关肤色、人人平等的价值观。女性应该是孩子的守护者，而不是家庭的财产。我想要传达这种观念，因为世上净是不公平。我想普及新生儿的疫苗接种和避孕措施。许多孩子出生不久就早早夭折。每个人的生命应该是平等的。你怎么看呢，泰？"

　　我和妈妈只留下仅供生活使用的存款和房子，把其余一切财产都投进了基金会。爸爸和妈妈双方父母的遗产、爸爸的存款、爸爸过世时的保险金、事故的赔偿金，这些钱加起来金额巨大。我向冬日来临前拼命收集树木果实的松鼠学习，决心慎用这笔钱。

妈妈说她已经不需要钱了。

"钱只会带来痛苦。衣服、宝石、包包和鞋子都一样。泰，你不觉得没有钱反而会更快乐吗？前往天堂需要钱吗？大审判时，难道会检查钻石的大小或手表的品牌吗？有再多钱，也只是虚空一场。这个社会真愚蠢啊！那个女人出现在葬礼上时，世人都在背后笑话我们。人们总会抱团嘲笑别人，比如一名有色人种进入某个群体，那群人表面上彬彬有礼，实际却已经开始了排挤人的游戏。特别残酷！我已经决定不再回首往事。约翰的死、父母、背叛、你的受伤……我有了各种各样的经历，才明白人生的意义。我终于能够理解什么是宝贵的。迄今为止，我究竟在坚持什么呀？我已经放下了所有的执念，能够将精力集中在即将开始的项目上了。"

妈妈说得很对。

奥利维亚是一个热心肠。明明和我是同学，有着相同的成长环境，奥利维亚的想法却一直比我先进。在学校，她总是牵挂着生活在第三世界的穷人。而我却总与那些保持着距离，认为那只是遥远地区的人们的问题。奥利维亚邀请我捐款给慈善项目时，我帮了她的忙，但也没怎么多想。奥利维亚总是积极向上，大公无私，充满爱心。我们的项目在她的指导下才有所进展。

"小学校也行，总之让我们先建起来吧！我们需要找到适合这份工作的老师。要找年轻、坚强、公正的。"

我很清楚奥利维亚为何会脱口而出这样的话。她担心我们。我身体残障，而妈妈若在当地办公，年纪又太大。面试员工的办公室必须开设在纽约。我们计划在纽约进行员工培训，然后再派往当地。同时我们也招募护士。我们决定以学校为据点，提供疫苗接种和基本的卫生教育。如此一来，我们还必须拿到药物。我们有必要与联合国儿童基金会（UNICEF）商谈。

"抱歉，我没能捐赠任何东西。"奥利维亚三番五次向我们道歉。她大学毕业后没有就职，而是投身于这个基金会。她将本领和才干都奉献给了这个项目。她为在非洲建设学校、派遣员工，完成了大量的工作。

奥利维亚说，我们三个人的队伍好像"三个火枪手"。我们一边嘴里塞着三明治，一边笑作一团。"'人人为我，我为人人！'呀。"

在项目的进展过程中，奥利维亚和我的关系也开始发生变化。

爸爸还活着的时候，感觉是我在领头，奥利维亚紧跟其后。现在却是她带领我们。我也怂恿她站到幕前。奥利维亚接受采访，每天都忙于宣传。以前，我们不用说话就能心心相印，现在却频繁地交换意见。大学毕业后，奥利维亚完成了进一步的成长。最先注意到那种变化的人是我。奥利维亚现在是一位充满自信、善于交际的职业女性。

说起这一点，我们从小到大从未谈论过有关政治或未来的话题。如果没有这个项目，也不会有这样的机会。我们不过只是不用说话也能心心相印的好朋友罢了。我不会嫉妒她的变化，反而很高兴她能成为现在的样子。我觉得她的事就是我的事。我们好似双胞胎姐妹。我一想到这一点，心里就一阵刺痛，感觉像有什么东西在警告我。我想为了她打好基础，以便今后其能够顺利地将基金会进行下去。

奥利维亚的妈妈是来自意大利的移民，所以奥利维亚是移民二代。她的面容像她父亲，有着盎格鲁-撒克逊血统。一头金色的鬈发，五官明艳，特别温柔，有着不输她母亲的热情，奥利维亚过去从未谈起过她自己关于社会、政治和历史的看法。不过基金会设立后，她走遍世界各地，似乎有了坚定的想法。

我一同奥利维亚说话，就特别开心。但是由于谈话内容漫无边际，有时我不得不总结一下奥利维亚想说的话。大学毕业后，奥利维亚好像变了个人。我完完全全地信任她。多亏她在身边，我和妈妈才没有被孤立。我一直很感谢她。

"泰，前阵子我不是和支持我们事业的教师还有护士一起去了非洲和亚洲吗？只有出国看看，才能够客观地观察自己的国家。我很清楚美国是一个由移民组成的年轻的国家。"

"那么，你有什么想法呀？"

"嗯，我知道这个国家是我们这些欧洲血统的西方人建立的。早在生物课上我们就已经学过了，如果回到过去，若只谈论美国，就会发现所有的人都是有血缘关系的，都是由一对夫妻所生。"

"这是什么意思？能不能再说得简单些？"

"抱歉，我总是说些莫名其妙的话。我指的是 2 的 10 次方的计算。"

"这样啊？听起来很有趣，不是吗？"

"我就知道泰会这么说。可我并不觉得有趣，所以记不太清了。

"把计算范围限定在第一个孩子，这样就可以计算出下一代有多少人出生。2 的 10 次方是 1024 个人。泰，你试着算算看呀。一般来说，人几岁成家？"

"嗯，虽然现代人的结婚年龄差不多在三十岁左右，但统计上大约二十五岁上下吧。因为城市以外地区的结婚年龄变小了。"

"如果第一代的结婚年龄从二十五岁开始算的话……我要算一算。"

奥利维亚拿出手机，开始计算。

"第十代是 250 年，第二十代是 500 年。也就是说，一对夫妻能够衍生出 297150 人。这不就能算出我们国家有多少移民了吗？"

"好厉害，这不就和受精卵的分裂速度相同吗？奥利维亚，你思考过美国原住民的问题吗？"

"嗯，随着事业的开展，我渐渐开始思考这个问题。我们援助第三世界的孩子和女性，试图了解安全网无法救助的人们，对吧？迄今为止，我们没有关于那些人的知识，自然也就不会想去了解他们。不仅仅是第三世界，就算在我们的国家里，也有很多那样的人。我完全不知道原住民曾经经历过一段痛苦的历史。不能说远古时期的美国是个宜居的地方，这里的人类长期遭受大型的自然灾害，并且置身于野生动物的威胁之中。最终原住民还不得不对抗最为凶猛的生物，也就是我们的祖先。他们是来自欧洲的白人。白人没有把原住民看作是与自己一样的人类。身体构造相同、同样是两脚站立的人类，白人的手里却握着枪。对白人而言，那是一场在新大陆上的冒险；对原住民来说，则是一段受害史。"

"我想英国人也会有同样的一番措辞。他们在祖国遭受迫害，不得不在新大陆建立自己的国家。他们相信新大陆是个天堂般的地方，于是拼了命地横渡大西洋。然而，好不容易登上新大陆，等待着他们的却是与原住民的争夺。在白人看来，原住民是野蛮的野人。白人定居此地，构筑了自己的文明，离开祖国，实现独立。我们宣告独立，创造了自己的历史。"

"泰，我想说的正是这一点。我们呀，在同一件事上，可以从不同的视角来分析。我俩好似裁判。人类的历史就像是发生在教室里的霸凌。一个孩子被另一个孩子欺负，受欺负的孩子又去欺负别的孩子。无权无势的孩子总是被欺负。没有武器、无力反抗的孩子将成为目标。欺负人不需要理由。或者说什么都可以成为理由。外表稍微有点不同，说话方式奇怪，这些无聊的理由就足够了。

"但是受欺负的孩子绝不会忘记那份痛苦。他们被深深地伤害了，以至于无法原谅过去。我认为这就是人类的历史。我提到 2 的 10 次方，是想说在我们出生前就已经存在过许许多多的人。我们的祖先苦于饥饿，受到大自然的威胁。但是，即便如此，依然延续了后代。我们才得以出现在这里。我们是幸存者啊。我们父母虽还健在，这是一件值得庆幸的事情，但他们忙于事业，不怎么回家。即便如此，重要的是我还有你都出生了，我们父母赋予我们生命。活着的我们，在基因的深处理解到这一点。我们必须明白，出生在像美国这样发达的国家，不用忍冻挨饿，这是奇迹。我们不仅不用支付学费就能接受充实的教育，还能自由自在地生活，这本身就是奇迹啊。我们要感谢这样的环境，要认真思考我们的祖先累积起来的努力。"

"是啊，奥利维亚。我们出生前就已经有很多人死去。战争频频发生。经常听到战争故事，但都只能算是恐怖故事。然而，我们必须知道那些故事。我认为不应只从西方视角进行片面的思考，而应该多角度考虑问题。不然的话，还会出现大量的受害者。我们欧洲移民不仅驱赶了原住民，还从非洲带来许多黑人当奴隶。

"我们接纳了大量来自欧洲大陆的犹太人，世界各地的难民也涌入进来。我们还接纳了来自墨西哥、中国、韩国的移民。在这样的背景下，一种独特的混合文化应运而生。我们应该为此感到骄傲！因为我们是一个多元文化的国家呀！虽然我们好不容易迎来了第一位黑人总统，但人类并没有在真正意义上融合在一起。人类被按照种族、宗教、学历等进行筛选和分类。而且，不同种族之间无法相互理解。现任总统杰克·金上任以来，他虽然老老实实，但也是一个种族主义者，对外国人和不同种族的人，以及外国宗教，尤其在女性问题上，发表过过激的言论。"

"没错，泰。我们需要清除掉那方面的障碍。我们可以做到！"

"是的呢！我们可以做到！"

说着，我和奥利维亚击了个掌。

172

# 13　旅途的终点

我告别这个世界的日子悄然而至。那是 2020 年的秋天。

自我从重症监护室里清醒过来，已经五年过去了。我走在纽约市中心的道路上，前往参与讨论护工人员派遣方式的 NPO（非营利组织）的相关会议。

第五大道上挤满了各式各样的人。上班族、游客、年轻人、老人家、时尚人士、弄潮儿、男人、女人、小孩。一看到那些人，我就莫名地感动得想哭。我拄着拐杖，缓慢前行。这时，癫痫发作了。很早以前医生就叮嘱过我要多加注意，可事发突然。平时我尽量不开车。纽约是美国唯一一个不开车也可以出行的城市。这也是我一直住在纽约的原因。

发生了什么？我毫无头绪。好像一股强烈的电流击穿过身体。接着，我失去了意识。

不幸的是当时我正走在车道边上，癫痫发作后，我倒向车道，不巧一辆公交车驶来碾过了我。

公交车碾过前几秒，我回顾了自己的一生。明明只是一瞬间，时间却流逝缓慢，仿佛将持续到永远似的。我年仅二十。与这个世界告别实在为时过早。不过，我受伤得救后，就一直拼命努力，人生毫无遗憾。唯独有件憾事就是我没有生过孩子。我想留下一个爱的证明。如果妈妈有那个孩子相伴，应该就不会太过伤心难过。然而担心是无谓的。我也完全不担心现在的妈妈，她将和奥利维亚相扶相持，携手与共。

我会和爸爸重逢吗？他会来迎接我吗？苹果过得如何？我还想再见见那个孩子呀。

啊，我是如此深爱着苹果。有人说过，受人疼爱的动物，会在天堂等候主人。若真如此就好了呀。再见世界，谢谢世界。这些念头在我脑中盘旋。不一会儿黑暗降临，漆黑一片。


2015 年起，世界发生了巨大的变化，就连国家间的力量制衡也与以往不同。人们称呼这样的世界为"有着不透明因素的世界"。也就是说，这个世界无法用学问或历史来预测未来。


2020 年杰克·金就任美国总统。他是个玩世不恭的企业家，2016 年的总统预选演说却扣人心弦。房地产之王金不仅是一个大富豪，还以电视节目的解说员或评论员的身份活跃在媒体上。他本就有知名度，而且十分清楚操纵媒体的方法。他亲自做调查，了解到占半数以上选民的中产阶级希望再现一个强大的美国，希望重新获得富庶的生活。于是他向选民保证将再现一个强大的美国，他断言自己不会考虑世界而只会考虑美国的利益。

民众受够了长期经济衰退，翘首期盼着一位强有力的领导人上台。并认为是外国人才导致美国变成了今天这副模样。此时，杰克·金出场了。他主张外国人是万恶之源。他的想法总是轻易地将人心蛊惑。他主张美国无须在意民主主义，也无须考虑世界。即便在镜头前也如此。这个简单的主张得到了许多人的支持。他巧妙地巴结人民。他对电视节目了如指掌，清楚地知道在镜头的另一端有几百万的电视观众正盯着他，他就像以前收购电视节目那般动摇着人心。

大多数中产阶级白人暗藏于心底的想法开始摆上明面。人们怨声载道，种族歧视、对经济低迷的不安、对低月薪的牢骚、被恐怖组织的新闻报道所挑起的恐慌……他读出了人们的心理。他是调动起人们那些感觉的天才，并巧妙地利用民众无穷无尽的不满之心，煽动群众。他在电视上表演自己是个粗鲁的男人。他对外国人、残障人士、妇女发表具有攻击性的言论，助长歧视。他已经掌握了财富和名誉，却还想获得真正的地位。为此，他即便伤害自己国家的"二等公民"也在所不惜。他只考虑他自己。

金真是个头脑敏锐的男人。他虽表现出一副粗鲁无知的模样，其真面目则是个胆小、自私又狡猾的男人。

他刚上任时十分老实，如承诺的一样，上任第一年世界没有任何变化。

恐怖分子在中东为所欲为，欧盟变得七零八散，各国竞相指责。连北大西洋公约组织也没有发挥作用。

联合国已经没有任何权力。普天之下贫富差距扩大，中产阶级再也不是多数派了。人们单单为了活着，就要拼尽全力。

金等待着世界落入这种局面。人民的不满一到达顶峰，他就慢慢开始露出真面目，插手其他国家的政治。

他表现出一身正气，没有丝毫犹豫。

一个强大的美国回来了。人民拥护他的宣言。

这让人回想起八十年前。那时，一个小个子德国人正试图以法西斯的名义占领世界。

人们接受金的预言，那是一个将带来巨大疼痛并导致流血的预言。但人们在他的煽动下，失去了判断力，朝着错误的方向冲去。谁都阻止不了他。他的魔法蛊惑人心，让人们以为是外国人导致自己不得不过上难以翻身的凄惨日子。他们虽然不认为战争才是正确的解决之道，但在听了他的演说之后，便相信自己也能变得更富有更幸福。他们对此坚信不疑。金总统的演说十分精彩，令国民和媒体着迷。仿佛是一种邪恶的魔法。

正因为人心十分脆弱，才会被那种宣言或诬蔑所欺骗。就如同温室里栽培的玫瑰花。尽管身上带有花刺——指有文化、受过教育——却还是在蜜蜂的强烈诱惑下，丢弃了花刺。于是，蜜蜂吸尽了花蜜。

世界经济陷入了极为混乱的局面，人们不知如何是好。目前价值观已经行不通了。

世界上的某些地方正进行着流血战争。人们相互憎恨、厮杀。距离和平很是遥远。

人们开始遗忘七十五年前的那场世界大战。世界各地右翼领导人层出不穷。世界正朝着危险的方向发展。贸易保护主义也开始抬头。

如今谁都不会相信奥运会是和平的祭典。很明显，奥运会是在赞助商的巨额资助下运营起来的。

一切都令人厌烦。

科学技术和人工智能已经深入我们的生活。人工智能将夺走人类的工作。甚至涉足医疗和教育。现在是一个网上购物、在小小的智能手机上也能开心聊天的时代。双方不需要见面，也不需要拥抱。

在人工智能运用大数据的技术背景下，经济和进出口贸易早已失去边界。而政治家却推行贸易保护政策，意图煽动民族主义与之抗衡。

富人更富，穷人更穷。处于社会顶层的富人受着科学技术的恩惠。汽车的燃料是环保的氢，驾驶是全自动的。已经看不到以石油为燃料的手动挡汽车，手机也更为先进。只要有那么一台小巧便携的机器，生活就游刃有余。它不仅可以作为钱包，还具备多语种翻译功能，不通过语言交流也可以读懂对方的心。甚至可以在手机上订购机器人。

人类的生活场所正从地球转移到火星。移居火星的计划正在进行中，宇航员乘坐火箭到达火星。

医疗技术也更为先进。免疫基因控制成为癌症治疗的主流方法。它比抗癌药物治疗更加安全。外科手术已经无需人类现场操刀，而是由机器人手臂执行。医生将远程操控手臂。只要有钱，就可以接受定制医疗。激光治疗也很发达。人既不会变老，也无需美容整形。富裕阶层为技术进步欢呼雀跃，对未来充满希望。而另一方面，穷人即便患有不治之症也得不到治疗，唯一的机会就是参与新药的临床试验。除了交出身体参与试验外，就没有其他接受治疗的办法了。

发达国家的教育和养老金制度依然坚实。有许多可供免费就读的公立学校。在那些国家里，优秀的孩子被赋予接受高等教育的机会。而在第三世界里的孩子则没有，穷人家的孩子出生后就会夭折。奥利维亚和莎拉试图改变这种情况，但不公平并没有消失。虽然有很多人呼吁公平贸易，但大部分人仍受益于贫困国家的劳动人民制作的廉价衣服。在社会上无权无势的人，比如孩子和妇女，为了赚钱活下去，甚至出卖身体给有钱人。贫富差距已经无法被掩盖。对穷人而言，所谓人生，不过是一场即便落后于富裕阶层好几英里，也要一直奔跑下去的无聊比赛。

我告别的是这样一个世界。

这是 2020 年秋天。在一个风和日丽的秋日里，明亮又闪耀的阳光倾洒在纽约的街区上。

我最后一眼看到的是被高楼大厦包围着的纽约的天空。

天空的蓝色是地球的颜色。

灵魂刚脱离身体，我一回头就看到了自己。

救护车抵达时，我已经没了呼吸。

我站在遗体旁边，俯视着自己。

泰勒的所有记忆都闪现在我的眼前。

我听到街道的喧嚣声、汽车的喇叭声、人的尖叫声。这条街总是很嘈杂。

那时我已经明白，自己的旅途还没完成。我松了一口气。然后，轻松地朝着光亮前进。

出现在我眼前的是茱伊。

令人吃惊的是，我仍旧待在手术室里。世界没有丝毫变化。

妈妈在等候室里，大脑一片混乱，奥利维亚则哭个不停。那幅光景几乎与五年前一模一样。

茱伊解释说，时间在这里过得异常缓慢，而在别的空间里有可能已是百年。然后，她朝我微微一笑。

"你觉得这场冒险如何？"

"嗯，我走着走着就回到了这里。我说茱伊，我这样的状态还可以回去那边吗？不过那样的话，我不就成了幽灵？"

"你错了。所谓的幽灵，指的是灵魂的碎片，无法自由自在地活动。真正的幽灵是没有力气的。不过你仍然可以回去那边看看。路上小心，我在这里等你。"

死后的世界是手术室。隧道、故人、花田都没有出现。可能是暴力事件使我身受重伤，才得以继续留在这个世界吧。就这样，我前往死后的世界。

我处于生与死的中间地带。茱伊对此没有做任何解释，我必须自己去理解全部现象。这很难，但我经受得住。

我听过彼得的课，稍能理解。但即便如此，整个世界体系究竟是如何？我还是不知道。一定是为了决定来世之事，才需要这个中间地带。

就这样，我没有肉体，回到了 2020 年的世界。

## 14　最后的告别，接着我们启程了

现在，我正冷静地眺望着自己的葬礼。

这是个秋高气爽的日子，万里无云，天空无比湛蓝。与爸爸葬礼那日乌云密布万分悲伤十分不同。我跑完属于自己的比赛，满心欢喜。

赶来为我奔丧的比我想象中还要多。我参与过基金会的活动，生活完全不同于五年前。从前的我回避社交，生活中尽可能不与他人说话。现在我仍旧住在当时的房子里，但我几乎捐献掉了所有的财产，因此我的生活变得十分俭朴。不过，现在有很多人为我们流泪，发自内心为我们感到悲痛。若是在五年前，只有奥利维亚才会如此悲伤。这并不是周围的人变了，而是我变了。

彼得也来了。雪娄推着轮椅带他从养老院过来。我很高兴彼得还记得我。虽然他双目浑浊似乎什么都看不见，却能看到我的模样。

只有彼得注意到我的存在。他是因为人生已经接近尾声，所以才能看到我的样子吧。

"哎呀，泰。又见面啦。那边怎么样？是不是验证了我的理论呀？心灵的粒子是不是存在于心脏呢？"

我回答道：

"我也不清楚。我虽然已经死去，但仍处于生与死的中间地带。我想在死后的世界里存在灵魂。但那究竟是什么？是不是基本粒子呢？我就不清楚了。"

"原来如此。但那里肯定存在着什么。仅仅弄清这一点就令我兴奋不已。我每天都与我已故的母亲相见。我母亲仍是年轻时候的模样，仍操着一口伦敦的平民区口音同我说话。能与母亲重逢、交流，我感到很开心。

"人一患上失智症，心就松弛下来。周围人都说我仿佛返老还童了，但他们错了。本应对自己的过往人生了如指掌，现在却变得一无所知。人一旦没有了时间感，灵魂就开始自行离开身体。大脑还在维持生命，而心早就远离身体前往别的空间。人总是对失智症患者说三道四——像是'啊，他的心变纯粹了''他返老还童了'。照看我的护士今天早晨对我说：'来，好孩子。让我们一起做早操吧'。

"记忆混乱时，我处于另一个时空。我与早已亡故的父母重逢，回顾自己曾经做过的研究。唯一的遗憾是无法告诉他人失智症患者是怎样一副模样。可我一回到自己的身体，就会失去在另一个空间的记忆。哇、哈、哈。真是一个棘手的问题！对已经过世的你抱怨这些也没有用。我已经清楚地知道了失智症患者的灵魂会离开身体，我想告诉身体健康的人，我希望能得到他们的尊重。

"不过，那些都无所谓啦。我觉得自己成了这副模样，其实是件幸事。我一边待在这个世界，一边又能隐约窥见来世，这样也就能决定我接下来该怎么做。

"雪娄跟我追忆往昔。她拉扯出很久以前的回忆，试图跟我说话。我很清楚我已经无法记住近来的事。她对失智症患者而言是完美的搭档。不对，不仅如此，她还是我永远的最佳拍档。每当她睁着那双茶色的大眼睛，说起早已模糊的往日回忆，我的灵魂就会被拉回到自己的身体。我在心中紧紧地拥抱她，告诉她，我爱她。我已经不需要自己的身体。我永远都与雪娄紧密相连。相识至今，我们双方话都不多，也没有用英语深谈过。因为她的英语不怎么好，而我的西班牙语也很有问题。但那些都已经不是问题了。

"我和她下辈子还会再相遇吧。到时候，我仍会紧紧拥抱她。啊，今天是多么美好的日子呀！阳光明媚，我见到了我的最后一位学生，然后还能与她谈雪娄。看来，人生并没有那么糟糕。相反，它一点儿也不差。"

哇、哈、哈，彼得发出了孩子般的笑声。他的嘴巴不见了，被白色的胡子遮住了。看着他的笑容，我感到十分幸福。我知道，我们亲密无间。

至少，彼得和我都正在从死亡里解脱出来。

我有那么一丝丝担心妈妈，但妈妈这次像变了个人。她表现得十分坚强，从容接受一切。妈妈从律师那里收到了我的遗嘱。那是我提前准备好的，内容是我想把全部财产转让给奥利维亚，以供基金会使用。那份财产是祖父母和外祖父母留给我的信托财产，是妈妈准备给我将来用的。

警察和医生确认我的死亡后，妈妈见到了我的遗体。太平间里妈妈流着泪，却没有丝毫慌乱。

警察不放心妈妈自己一个人开车回家，便也开着车从纽约市送她回去。妈妈到家的时候，外面天色已晚。那也是一个满月的夜晚。虽然我的躯体横躺在太平间，但我的灵魂在妈妈的身边。我想起彼得曾在课上说过，托月球引力之福，生物才能在地球上生存。妈妈的灵魂如月球引力般吸引着我。我同妈妈一起坐上车，月光照在妈妈的侧脸。月光和汽车的前照灯将医院外部照亮。妈妈疲惫不堪，睡了过去。妈妈与之前不同，她很冷静，这次我能够靠近妈妈了。

我的手如同静悄悄地一泻而下的月光，轻抚妈妈的睡颜。妈妈睡着了，但她在睡梦中感应到了我。"泰，是你吗？你在这里呀。"妈妈嘀咕着，伸出了手。我紧紧地握住那只手。接着，我对妈妈说道："是的，我在这儿。不用担心我。我爱你啊，妈妈！一直以来谢谢您。我们终有一天还会相见的！"

"泰，你总遥遥领先于我。总是如此。"妈妈闭上眼睛，再次睡了过去。

眼泪从妈妈的双眼里滴落下来。我的手和月光轻轻地为她拭去泪水。


"奥利维亚，不要再哭了。"

"莎拉，你不会难过吗？泰勒好可怜。为什么是她呢？为什么会碰到这种事呢？好奇怪，实在荒谬！"

"我也很难过。怎么可能不伤心呢？但我已经不是从前的我了。这次我能够感受到那孩子的存在。我一睡下就能感应到那孩子的气息，我知道那孩子正握着我的手。很奇怪吧。我知道这么说很疯狂，但我其实很正常。我真的感觉到了！"

"莎拉，我从没想过你会有那种感觉。我听了真的很开心。要是我也能感应到泰就好了。"

"约翰和我将我们父母留下的信托财产给了那孩子。我们把大部分财产捐给基金会时，唯独留下了这部分。那孩子说应该全部捐掉，但我说服她留下。因为我以为我将先于那孩子离去。信托财产有三亿美元。那孩子的心愿是由你将这笔钱用于基金会。起草遗嘱时，那孩子曾跟我商量过。我跟她说，她还年轻，不用这么早立遗嘱。但那孩子说，她曾经遭遇过意外，不知道明天会怎样。她希望能由你来负责这笔钱，希望对你有所帮助。

"奥利维亚，拿着这笔钱，即使是为了那孩子，也要将这个项目进行下去。"

"我会继承泰勒的遗志。但是，泰勒不在，我好伤心啊！抑制不住地伤心。"

奥利维亚这么嘀咕着，哇地哭了起来。莎拉也哭了。


我还留给奥利维亚另一件希望她可以用到的东西。

那就是彼得在院子里帮我拍摄的那段 YouTube 视频。

爸爸过世后，我目睹了媒体对人心带来的巨大影响。那是一场让人心惊胆战的谴责风暴，但如果能够善加利用，它也能带来好的宣传效果。我决定接下来要利用媒体，展开宣传。

看到我出现在 YouTube 的视频里，妈妈和奥利维亚哭得更厉害了，但她们也被深深感动到了。我想这绝对是个成功的视频。


在视频里，我挂着拐杖行走，然后坐到院子的秋千上。秋千在我最喜欢的苹果树旁边，那是我最喜欢的地方。

"大家好，我是泰勒。我为亚洲和非洲的学校建设提供资金援助，并同我的母亲和好朋友奥利维亚一起为那里输送教师、护士以及日常药物。我母亲和我将全部财产都捐给了这个基金会。我父亲意外离世时，保险公司赔给我们一大笔钱。我父亲在过世时变得非常有名。他的名字叫约翰·托马斯。他在证券公司工作，在四年前死于车祸。而三年后，我被强盗袭击了。

"我因脑挫伤而陷于病危。那时，神召唤了我。于是，我确信我们每个人的人生都是有意义的。没有所谓的偶然，一切皆有原因。我们必须向善而行。与此同时，我也意识到，我已不再是一个在私立学校上学的花季少女，而成了一名身患残障的少数人士。

"身为残疾人，生活确实特别辛苦。我们的社会运作配合的是占大多数的健全人士。而且这个国家以中产阶级白人为主。其他种族，还有 LGBT（译注：女同性恋或男同性恋等性少数群体的总称）则是少数。富人除外。

"我因身体残障，从高中退学。但我从邻居物理学家那儿学习了统计学。我们讨论过这个世界应该如何改变。

"依然有很多人正在饱受贫困之苦，甚至遭到虐待。可我们的衣食住行等日常生活，全靠那些国家的人民劳动。我们不应该把生活建立在他们的牺牲之上。这点非常令人遗憾。

"这就是为什么，我们决定为这个项目奉献毕生。我母亲和我几乎把所有财产都捐给了基金会，但这些仍然远远不够。我们要为等待援助的孩子和妇女提供教师、课本、疫苗、药品、护士，于是发起了这项众筹。请您将您的一点点善意分享给我们。愿和平永存。谢谢。"

　　奥利维亚把这段 YouTube 视频连同宣传册一起发布到网上。她还上传了介绍基金会在非洲活动的视频和资金援助图表。妈妈也在视频里补充道，我是因脑挫伤的后遗症引发癫痫，才死于车祸。而奥利维亚对此曾犹豫不决。妈妈还表示，我早已从医生那里得知癫痫发作的可能性，以及我没有驾照。

　　我的这个 YouTube 视频在全世界观看量超百万次，我们的基金会被联合国、各国政府以及许多企业的 CEO（首席执行官）所熟知。妈妈和奥利维亚还受邀前往白宫，这件事成了全国性的新闻。

　　筹集到足够的资金，让我们能够帮助到更多非洲和亚洲的孩子们。奥利维亚十分重视儿童的教育问题，特别是女童的教育。她告诉她们遭遇性骚扰时该如何应对，并建议她们学会避孕。

　　妈妈和奥利维亚如同士兵一般，不顾一切地拼命工作。岁月就这样流逝了。奥利维亚同她的大学同学结婚，还生了两个孩子。

　　现在连奥利维亚的丈夫也在基金会工作。

　　奥利维亚的妈妈过世后，我妈妈帮忙照顾奥利维亚的孩子，视如己出，直到他们上大学。

　　就这样，三十年流逝而过。

　　我可以像翻书似的回顾她俩的工作，因为我处于另一个时空。

　　妈妈已是一个白发苍苍、骨瘦如柴的老妇人。她坐着全自动控制的人工智能轮椅，与步入中年的奥利维亚一起登上舞台。

"我们即将获得和平奖。这是一种嘉奖啊。我们在这个项目上奉献了一辈子。

"距离那孩子第一次被送到医院，已经过去三十五年了吧。谢谢你，奥利维亚。不知为何，我总感觉泰勒还跟我们在一起。"

"我也这么觉得，莎拉。"

她俩拥抱在一起。

"奥利维亚，我们竭尽全力了，对吧?"

"是的，莎拉，我们相当拼命。我们应当得到祝福。你和我，还有泰。"

她俩微微一笑。

我站在她俩身边，仍是年轻时的模样，而妈妈和奥利维亚却都已经上了年纪。我像一股夏日的微风，轻轻地抱住这两个年老的女人。然后，慢慢地离开她们。

茱伊就在我的身边。我对茱伊说:"谢谢你，让我在死后还能待在她俩身边。这已经足够。我准备好步入下一段人生了。"

幕间休息

# 1　贝类、地球的起源、生命

大爆炸——发生了前所未有的大规模爆炸。那是在很久很久以前，是一百三十七亿年前宇宙刚诞生的时候。当时，我们的地球母亲甚至还不存在。

四十六亿年前，地球终于诞生了。

据说那时候的金星和地球是两颗十分相似的姐妹星球。

我处于深海的黑暗之中。古老的记忆正不断地涌进我的意识。

历经四十亿年的生命史正在向我耳语。

生命在海底诞生。后来，又经过很长很长的时间，才离开那里。这是因为地球的大气层充满着强烈的紫外线、电子和放射线。

此外，大海拥有能够孕育生命的富饶环境。

落入地球的陨石碎片将成为解开生命起源之谜的钥匙。那里面含有有机物。

那些有机物、氨基酸以及蛋白质等物质，时而聚合，时而分离，在循环往复中产生生命。

海底火山喷出岩浆漩涡，造出一个灼热的世界。那里有碳和氢气。它们帮助生命进化成既坚实又复杂的存在。

地球上的生命，刚出现就不见了。小行星撞上依然十分年轻的地球，强烈的紫外线和放射线灭绝了刚诞生的生命。

那时，"他"终于下定决心，要把地球变成生物的天堂。

海底生物变成细菌，开始在大海里提供氧气。这种行为经过了几十亿年才得到充分的进展。此后，新生命的姿态发生了变化，大海里充满着生命的能量和意愿。

二十七亿年前，地球的外核发生变化，释放出磁力，开始阻挡太阳发射出的强烈紫外线。此后，来自太阳的紫外线、放射线、质子射线、电子束等照在地表上，最终形成了磁层。这个奇迹大约发生在二十亿年前。

生命为了适应环境而改变样态。多种多样的生命出现了。光为生命提供了能量。对于无法进行光合成的生物，为了生存，它们发展出了运动能力。就这样，生命被划分为植物和动物。

在五亿五百万年前的寒武纪，生命完成了爆发式的进化。在短短的五百万年间诞生了许多物种，多样性也开始增加，形态变得复杂，并进一步散落在世界各地。

寒武纪之前有过几段冰河时期。科学家们可能会这样解释：这个时期生命品种增加，是因为海水温度上升。生命品种通过改变身体形态存活下来，这既不是奇迹也不是进化，而是只有这么做才能活下来。

那是"他"的意思。"他"教给我们方法。我们的星球，地球抚育了"他"的生物，创造了灵魂。

在奥陶纪，地球上一切生命几乎都灭绝了。这是第二次大灭绝，也是世界末日。第一次大灭绝发生在五亿七千万年前，而这是第二次。地球上一旦出现生命就不会消亡。生命只是稍事歇息一下，以鱼的形态返回大海，同时种类又进一步丰富。陆地上也发生了相同的奇迹。

生命成功登上陆地，陆地是母亲。地球被臭氧层覆盖，因此即使在陆地，生物也可以生存。海洋中产生的氧气蒸发到空气中，溶解到大气层里，阻挡了来自太阳的紫外线，提供了新鲜的氧气。有害的紫外线和放射线被阻隔，生物的生存环境得以重新完善。

大约从四亿年前开始，生命完成了从植物向动物的转变，并且登上陆地。进化的势头无人能挡。

"他"的种子撒在大地上。其中大部分被强烈的紫外线和放射线灼烧掉了。那是与充满氧气的平静的大海完全不同的另一个世界。生物体验到受重力影响的大气的可怕。为什么必须朝着陆地前进呢？生物也不清楚，只是跟随着所谓"必须那样做"的想法行动罢了。

可是，"他"绝不会对生物见死不救。"他"运用太阳光和月球引力来帮助生物。

多亏于此，生物才能够留在陆地上。

大地生长出一个巨大的蕨类植物森林，昆虫在其间飞行。随着蕨类的成长，昆虫也变得越来越大。植物并没有多么复杂，地球被一片绿色所覆盖。如今，那时的植物已经变成了石炭，沉眠于地下沉积层，为我们提供了优质的能源。

原本橙色的地球变成蓝色。含有氧气的臭氧层保护着地球上的生物。天空反射大海的颜色，变成了蓝绿色。美丽的绿色地球诞生了。这里不仅有普通生物，一个带着灵魂的生物也即将诞生。"他"正为此做好准备。

二亿五千万年前的二叠纪大灭绝相当可怕。地球上几乎所有生命都消失了。地幔喷发，地球燃烧起来。海底火山接连喷发，火焰吞噬了世界。低等生物根本不知道"地狱"一词的含义。若是知道，会立刻意识到那时所经历的正是所谓的地狱。汹涌的岩浆创造出一个新的大陆。由于火山喷发释放出的大量甲烷气体吸收了氧气，保护蓝色的地球的氧气突然消失了，生物被迫退场。为了再次重生为蓝色的行星，地球进入五千年的休眠期。但在海底，为数不多幸存下来的生命忍受了恶劣的环境，挣扎着进入下一个生命阶段。

二亿年前，生命以恐龙的模样出现了。恐龙作为王者，称霸生物界。在一亿五千万年间，陆地变成了一个生机勃勃的动物世界。

出现各种各样的恐龙。其中既有体型巨大的食草动物，也有凶猛的食肉动物。还有长着翅膀的鸟儿的祖先。无所畏惧的恐龙喜欢在陆地上狩猎，获取能源。恐龙以为世界上的一切都为它们而生，从没想过要进化。它们在很长一段时间里享尽了繁荣。

我的记忆消失了。我躲在丛林蕨类叶子的阴影处，变成一只老鼠似的小生物。

我小小的身体总是在蕨类的叶子下奔跑、躲藏。温热的血液流淌在我身体里，不禁让我想起孕育我的母亲。她无比畏惧凶猛的恐龙，一心只想躲起来。她生活在黑暗之中，尽量不发出声响。她在迎来生命的最后一刻时，依旧侧耳倾听着黑暗中异常的警告声。

我被恐龙吃掉了。鲜红的血液从恐龙的嘴里滴落。我死得突然，还没能组建自己的家庭。我的灵魂很混乱，死后仍在丛林里游荡。后来，我回到了宇宙。

哺乳动物在黑暗中进化。在恐龙时代末期进化成一种如犬类般大小、动作敏捷的肉食性猎手。

漫长的恐龙时代在白垩纪迎来终点。据说那时，有一颗小行星撞上了墨西哥附近地区。大量的粉尘遮天蔽日。因此，地球急剧变冷，进入冰河时代。巨型恐龙找不到巨大身体所需要的能量，于是灭绝了。

陆地上的热气刚沉淀，雨就开始下个不停，持续了很长一段时间。洪水涌上绿色的大地，阴沉灰暗的日子无休无止。

但在那种环境下，哺乳动物的生命得到延续。等到六千五百万年前，恐龙被陆地上新出现的大量哺乳类动物、鱼类，以及小型的昆虫类和鸟类所取代。在蓝天下，在绿意盎然的陆地上，生物讴歌生命的春天。

"生产吧，繁殖吧，装满整个海洋吧！"

那是"他"的意思。

两百万年前，陆地上出现了人类以及类人猿的身影。在十月怀胎孕育人类之前，我们的亚当和夏娃是第一对诞生的生命。假如有一本日历是以地球的诞生为一年之始，那么他们的出现就是在 12 月 31 日，是除夕。

两百万年间，人类吃了很多作为智慧之果的苹果，应该变得很聪明才对，可是事实并非如此。人类已经遍布全球，统治着其他生物，破坏了保护生命的臭氧层。我们人类就是在除夕夜其他生物合唱《萤之光》时突然出现的不速之客。接着又冒冒失失地闯入所有生物的家跟它们拥抱和亲吻。人类对无法理解人类的语言和文化的生物采取傲慢的态度。人类以为自己的行为是在祝福生物，还相信在地球日历的除夕日的亲吻和拥抱满怀着神的爱与宽恕。

## 2　灵魂之旅

我是一个奔走在热带草原的猎人。橙色的晚霞印染大地。

我们的目标是小象。入夜，篝火一熄灭，我们就开始担心被潜伏在热带草原上的大型猫科动物偷袭。我们全是男人，与同伴一起远离家乡，踏上狩猎动物的旅程。我们血脉相连，全村人互帮互助、共同生存。强壮坚韧的男人的角色就是守护家人。在红土大地上疾跑，为了生存不得不干掉动物。我为自己感到骄傲。

狩猎顺利时，我们就会庆祝胜利，围着篝火蹦蹦跳跳。篝火上扬起阵阵星火，在暗夜里闪闪发光。狩猎是动物与人类之间为了丛林生存进行的平等游戏。如果人类输了，就会被动物吃掉。月圆之夜有特殊含义，我们会进行不同于往常的仪式。我由衷祈祷、跳跃，脸庞飞着许多虫子。那时，一双金色的眼眸在黑夜里闪烁。等我注意到，一切都为时已晚。我感到獠牙咬住我的脖子，顿时目瞪口呆。

一只野兽袭击了我。我就要死了。

我完全感觉不到疼痛。我迎来我的时间终点，喜悦笼罩着我，我朝着光亮前行。


我是一个埃及农民。我同妻子一起在山坡上眺望尼罗河，水面在阳光下闪闪发光。我的发妻早逝，让人难过。但身边有我心爱的第二任妻子，令我感到无比幸福。我深爱着她。我们还有许多孩子。她橄榄色的脸上有一对炯炯有神的眸子，映射着太阳的光芒。这对闪亮的眸子很好地展现出她的性格。她是一位性格开朗的女性。啊，我是多么爱她呀！这时，我意识到她是出现在我这一世的奥利维亚。她眼眸里的光芒与奥利维亚一模一样。我们坐着眺望河水，无论是此刻无穷的快乐，还是太阳的角度，都一模一样。我回忆起前世，内心十分坦然地接受并理解这个事实。和她在一起让我特别舒服和安心。

那不是幻觉，而是灵魂记忆的碎片。在那里我与家人一起过着平静惬意的生活，彼此间温馨交谈。一艘大船在尼罗河上顺风而行，一派恬静悠闲的风光。我老了，感冒久拖不愈，成了肺炎，我一病不起。但我相信生命亘古长存，相信死后我的生命仍将延续。

我爱着既是妻子又是奥利维亚的灵魂。她守护着垂死的我。我们彼此发誓，我俩的爱永恒不变。我离开了这个世界。


老子是斯堪的纳维亚半岛沿岸力量强大的海盗。老子没有家人。船上生活更为有趣，海盗船才是老子倾注热情、获取学问的地方。杀人、抢夺……这是老子所知道的一切。老子只考虑自己，以伤害他人为乐。这个世界以老子为中心，围着老子转，老子才不在乎什么狗屁规则呢——航行时，老子从不看星象图。别的家伙是否伤心难过，关老子屁事。只有手中掌握的力量才值得老子信任。老子以自己锻炼出来的肌肉为傲。在攻击别人的船的时候，老子死了，但老子不后悔。老子从未想过寿终正寝。虽然老子喜欢女人，但一切都结束了。当老子被对方刺到后，老子在想：就这样结束掉自己人生好吗？可是，老子马上陷入黑暗。如果老母知道老子死了，会不会伤心难过呢？老子在临终瞬间，想到的竟是这件事。

我是一个身份低下、相貌丑陋的穷女人。出生在西班牙，死于鼠疫。我去世时，家人是我心底的支柱。我死前没能见到家人，但我能感受到他们的爱。

鼠疫一开始在镇上传播，我们就弄来猫咪消灭老鼠。我虽然知道老鼠传播疾病，但怎么也喜欢不上猫咪。因为猫咪有着月亮般的眼睛。

我家猫咪十分争气，抓到很多老鼠。可我已经喝下了被老鼠污染过的水，回天乏术。我身上一出现鼠疫的症状，就被床单包裹起来，转移到有别于故乡小镇的另一个地方。那里既没有医生也没有护士，只是把患者集中起来而已。我只能一个人等待死亡。

我的家人经常寄信给我。即便都是些简单的字，我也不认识。只要有人帮我读信，我就忍不住想哭。当我得知我的家人没有患上鼠疫，便松了一口气。只要我的家人幸福，我也就幸福了。我的家人对我而言，是特别的存在。我们是一个大家庭，我有好几个孩子，还有曾孙。直到生命的最后一刻，在气绝的那一瞬间，我都希望孩子们幸福。我刚走，就看到全家人都在为我哭泣。我在弥留之际心情平静。愿上帝保佑我的孩子们。

我是一个侍奉中国皇帝的少女。我的双脚特别小，被裹脚布紧紧地束缚着。我住在皇宫里，有许许多多华丽的衣裳和宝石，但它们都不是我的。我的脚实在是太小了，没办法好好地走路，不得不让伺候我的奴才帮我。

我父亲过去在宫中任职。他注意到我长相迷人，身材曼妙，要把我献给他的主人。我便被带到这里。为了得到皇帝的宠爱，我接受了特别的教育。双脚遭受束缚，被剥夺了一切自由。我试着不去想任何事情。

皇帝跟我说话时，我感到很高兴。即便是这样的人生，我也在寻求能同我对话、建立羁绊的人。可无论怎么看，他的年龄都是我的三倍。

美丽昂贵的绿翡翠项链总在我的脖子上闪耀。墨绿色的翡翠清清楚楚地倒映着我的脸。我的小脸上长着一对杏仁眼，宛如猫咪。我长得好看，这点我也是知道的。

装点着精美刺绣的丝质衣裳包裹着我的身子，那件衣服凸显了我纤细的身材。宫中的生活十分奢侈，但没有自由。我不时感到孤独，陷入悲伤，无法自拔。

这真是个充满痛苦、相当凄惨的人生。一入夜，我就与少女奴婢一起去宫中的池塘。我坐在奴婢备好的竹轿上，被抬到池塘边。我把玩具小船漂在池塘上，也让我的小脚漂浮在池塘上。我看着自己的脚，泪流满面。落入湖水的眼泪在月光下闪闪发光。我不禁顾影自怜。我的心如同池塘边的柳枝一般随风摇曳。

不久，我走了。若有来世，我下辈子仍想做女人。不过，我希望能成为一个不需要依靠任何人就可以双脚站立的女人。

　　我是一个身份高贵的美国原住民。在赤色的大地上，与马融为一体的我如风般策马疾驰。没有什么好怕的。我祈祷，感谢赐予我这片大自然的神明。我能够听懂随风带来的树木的语言。我的名字叫"尼约尔"。是"风"的意思。我的人生也正如我的名字，年纪轻轻，就被白人杀掉，生命随风而去。

　　我生在一个三口之家，是独生子。我才十五岁，但已经决定与同部落的十三岁少女在明年结婚。她名叫"伍尔西"，是"月亮"的意思。她有一头亮泽的秀发，是部落里公认的美少女。同族人允许我同她结婚，证明他们认可我是一名勇敢的猎人。我是家族的骄傲。但是，那把步枪射出的银色子弹，突然夺走了我的幸福与幸运。那个白人毫无理由地朝我开枪。这片土地明明属于我们，为什么我要死呢？我清雅高洁的自尊心，在我死后消失得无影无踪。我想质问那个白人；"我们到底对你们做过什么？为什么如此忌讳我们？我们长久以来在这片土地上与大自然一起幸福生活。你们白人才是这片土地的入侵者。为什么？我造了什么孽？"

　　我为何在自己的土地上死不瞑目？这个想法成为了我的执念。在很长一段时间里，我无法离开这片红土地。我不得不看着伍尔西同另一个男人结婚，组建家庭。虽然我总在她身边，但只能眼巴巴地看着她对另一个男人微笑。后来，她上了年纪，成了一个干干瘪瘪的女人。那头乌黑的秀发也变得花白。

　　我还目睹了父母驾鹤西去。我痛苦得连打声招呼都做不到。我父母一去世，灵魂就离开身体，可谁都没有注意到我，直接穿过了我。我滞留在这片土地上，与自己的执念作斗争。年老的伍尔西一咽气，我就再次与年轻貌美的伍尔西相逢。伍尔西年轻的灵魂害羞地对我说："算了吧，尼约尔。我们一起走吧。"她引领着我，我俩进入了光亮之中。

　　我是一个日本女人，身着和服，住在面朝大海的木屋楼上。透过木窗，可以看见平静又美丽的大海。不仅能看见漂浮在海面上的几座小岛，还经常能看到建在对岸山腰上的橘红色的神社鸟居。这片风景安静宜人。我因肺结核早早离开人世，但即便是如此短暂的人生，我也收获了爱和友情。侍奉我的侍女身上寄居着我父亲——约翰的灵魂。我总能感受到她的无私奉献。后来，我嫁给一个青梅竹马的年轻人。我的夫君很敬重我，把他心底里的爱意全都献给了我。由于生病，我无法离开这个小小的家。不过，这里充满了爱和体贴，我感到十分满足。我得到了不敢奢望的幸福。在这段人生中，我体会到真爱和友情。这座用木头和纸建造的小家非常温馨舒适。

　　我是一个年轻的英国士兵，明明不想死，却血染沙场。我在距离伦敦很近的肯特当鞋匠。我刚继承家业，与妻子雪莉也新婚不久。雪莉的眼睛是浅棕色，头发是栗色。而我则有双蓝色的眼睛和一头金色的头发，于是在我眼中，她很有异域风情。她像母亲似的无微不至地照顾我。比起酒吧里的啤酒，我更喜欢她为我泡的红茶。她身上有股干净的香皂味。我意识到她就是我现世的母亲——莎拉。从她的气味、眼睛里的光芒和看我的眼神，就可以知道。连她们泡红茶的方式也一模一样。雪莉虽然自卑懦弱，但她的爱如同大海一般深沉，非常温柔。她无私地爱着我。我对自己的人生发自内心地感到满足——直到我接到参军的命令。入伍时，我并不想告别雪莉，但那是国家的命令，我无力违抗。不过少不更事的我，心下觉得没什么大不了，无非是去冒险。对从未出过国的我来说，第一次前往欧洲大陆竟是为了奔赴前线。

我被派往与德军在比利时的激战区。我既没有学历，身份也不高贵，只是一个无产阶级，没有靠山，只能被派往前线。我无比想念雪莉。与她分别，相距千里，就像自己的身子被撕裂开了。可是我无法违抗命令。许多士兵阵亡在我眼前，还有些士兵因手脚被砍断而万分痛苦。尤其到了晚上，更是可怕。在黑暗中想起那些令人胆颤心惊的画面，我哭了。我向上帝祈祷。我不是一个虔诚的基督徒，可我不得不祈祷："上帝啊，请您原谅我，帮帮我。"我不大聪明，不知道除此以外还能怎么办。我是一个简单的人，说起快乐，大概就是在酒吧里和朋友谈天说地，和雪莉一起吃晚饭，边喝红茶边聊天。还有，我最喜欢同她睡在同一张床上，裹着洁白的床单。但在这里，就连如此普普通通的快乐都不被允许。

我心情低落。上帝会赐予我什么呢？

谁能想象情形竟是如此糟糕？我连报纸都看不懂，周围人都说德国是一个可怕的国家，我也就盲目相信了。现在我为自己的愚蠢而感到生气。为什么我会轻信别人的话呢？身在前线的德军士兵一定有像雪莉一样的家人，在酒吧里也有老友。可在前线，我用枪杀了多少那样的德国士兵呢？假如我死了，这双手浸染过的敌人的鲜血也会消失吗？死后，耶稣的圣血会不会冲洗掉我手掌里的血液呢？应该是不会吧。因为我用这双手毫不犹豫地杀了许许多多的基督徒。

我将去往何处？这种战争有何意义？每天晚上，我都害怕明天会不会就是人生的最后一天。杀人只让我痛苦。可是不这么做，我就会被杀掉。

那是个阴雨连绵的冬日，我连骨头都冻僵了。我的地狱之行已落定。前天晚上我被命令转移到最前线。我一直在与情绪作斗争。最后，我心一横——我是为英国，为守护我的挚爱雪莉，为保卫祖国和国王陛下而光荣牺牲。我虽然不能为众神而死，但为家人和国王陛下，我也心甘情愿。

上帝的幻觉已经从我身上消失不见。在司令官的指挥下，我们朝着前线奔跑。我边跑边呼喊我妻子的名字："雪莉！"随后，彻底的黑暗降临。


我回到中间的世界。我生在纽约，也死于纽约，正在等待转世。我想起了妈妈、奥利维亚、苹果，可我并不想要回到现世。我很清楚未来有怎样的使命正在等候着我，也非常期待展开新的人生。我大抵会失去全部记忆。让我们忘掉一切，从头开始一段新的人生吧。

我被赋予第二次生命，沉睡在新母亲的子宫里面。崭新的人生，崭新的环境。我知道这是我在经历困难前短暂的休息时刻。我的灵魂彻底放松下来，呼呼酣睡着。

前方等待我的将会是什么样的人生？我的父母将会是怎样的人？在新的冒险面前，我的心蠢蠢欲动。

# 3 "他"的声音

突然，我听到一个平静理性的声音。那个声音并没有实体语言，却直接传到我心。那个声响打动了我。那美妙的声音神圣庄严，非常温暖，不禁让人想靠近。一种从未体验过的情感向我袭来。所有的灵魂碎片从我的心灵之壳中倾巢而出，飘浮在空中，一切都被"他"温柔地接纳，有种难以言表的感觉。巨大的喜悦笼罩着我。无声的信号触动着我的灵魂。

"你要找到自己，朝好的方向前进。现在已经到了你们人类得知真相的时候。人类以科学和文化为借口，反复发动世界战争，使地球陷入危机。你们却完全没有意识到自己做了什么。极端天气、破纪录的暴雨等，史无前例的气候变化频频发生，你们却什么都没意识到？我已经暗示你们如何解决问题。幽灵、濒死体验、宗教，还有极端天气，这一切都是我给予你们的暗示。人类生来就是上帝的创造物，却忽视对其他物种的保护。你们该有自知之明了。

"你们对 UFO 大惊小怪，却一点儿也不反省自己。你们最应该思考对社会有用的事。不知道明天将会怎样。我这双手掌握了一切生物的性命。你们应该珍惜人生，你们应该全力以赴。

"你们认为基本粒子是解开宇宙之谜的钥匙，但可以透过望远镜找到吗？可以用电脑计算吗？第一次宇宙大爆炸究竟是怎么一回事？你们是找不到真相的。那里没有你们所寻求的答案。真相往往就在眼前，答案就在你们内心深处，你们却看不到它。你们总说要解开宇宙和生命的起源之谜，但其实并没有这个必要。真相大白的一天终究会到来。只不过要等到你们灭亡之后。

"大约要等上一个世纪，那也只是弹指一挥间。到那时，你们所寻求的答案全都会揭晓。人类灭亡之时，宇宙的真相就会被揭开。到时候，你们会明白，自己只不过是宇宙元素的碎片罢了。

"不要贪得无厌。不要忘记感激大自然。我引导你们，在宗教里准备了答案。可你们却不听我的话，误入歧途。

"你们将科学发展运用在政治或权利上，有时候也用于牟利。你们反复发动战争，互相残杀。你们未曾想过停战，导致冲突不断。在这里，我能清楚地看到炸弹在地球的各处爆炸，硝烟四起。炸弹的存在威胁的不只是你们自己，也把地球上的一切生命都卷入其中。你们杀害生物不是为了填饱肚子，而是为了科学。一些生物因此灭绝。你们是该隐的后代。你们不仅为了争夺食物自相残杀，还会为了政治利益发动战争。你们开发各种各样的武器，更有甚者，将武器卖给其他国家杀害更多的人，以此牟利。

　　"随着你们生活圈的扩大，许多生物都灭绝了。你们却还运用物理学，试图探寻宇宙的起源。我给千辛万苦来到我身边的宇航员传递信息。有人意识到了，也有人压根儿没有。只有得到祝福的人，才能够理解我的话。你们筛选种族和民族，为了自身想法或国家利益，使用化学武器、生物武器、原子弹，受害者遍布全球。你们是恶魔的帮凶。你们忘了每个人都具有欲望和冲动。正因如此，恶魔将这股邪恶的力量施展到地球。你们的历史是杀戮和贪婪的历史，是军力和流血的历史。

　　"你们破坏了自然的平衡。你们筛选出可食用的动植物，并进行基因操作，改变它们的基因。你们甚至还筛选自己的胚胎。通过基因操作，生出基因编辑过的宝宝，或用于安乐死。究竟是谁给予你们操控生死的权力？明明只有我才可以。

　　"我创造的许多生物都被你们杀害，被你们逼至绝境。你们现在对地球母亲也做着同样的事。你们使用我赐予你们的语言和自我意识，以我的名义发动战争。我传授宗教给你们，是为了爱与和平，是为了将我说的话传播到全世界。可是，现在却成了战争的正当由头。你们破坏绿色大地，影响环境，导致全球气候变暖。你们发展医学，不仅为了与疾病作斗争，还企图扰乱我所创造的生命秩序，甚至扰乱生死秩序。能够设计生命的——只有我。只有我才拥有控制这片土地一切生命的力量。你们总有一天要承担我的愤怒。那时大雨将下个不停。你们会经历前所未有的暴风雨、特大地震、热浪、天寒地冻。彗星将撞上地球，即便你们拥有电脑和引以为豪的人工智能，也不可能预测到速度。到时候，地球将发生巨大的海啸，陆地上的大部分生命将死亡。大地四处都会裂开口子，吞噬掉所有的城市。

"雨水将地球笼罩。你在世时，大雨会下个不停，你再也无法看到蓝天。蓝天并不是凭空存在的。你们应当珍惜我所创造出来的蓝天。天空反射孕育生命的大海的颜色，才变成蓝色。这不是一蹴而就的。绿色大地也有其存在的意义。心地善良的人们最好做好逃跑的准备。你要选择好良言和植物的种子，带着良心与我共筑未来。你无需在意财产。因为那种东西毫无意义。是时候从一切欲望、冲动、执着中解放出来了。贪婪无济于事。

"请你好好想想如何安全地度过危机。那天很快就要来了。

"请好好体会我的话，并付诸行动吧。是我设计了你们。我在进化程序里编入：人类最终要怀着善心去考虑其他生物。生物发生的一切变化，都是我设计的。自从我设计出亚当和夏娃，人类就是生物的最终模板。可是你们自身作死的行为和所创造的人工智能，注定了你们很快就要灭亡。既愚蠢又贪婪的人类，你们所追求的真相就在地球的深处，就在宇宙的尽头。我在光亮之中。而且，我总和正直的爱在一起。

"你们人类终有一天会领悟到：我说的话才是生存的关键。人类与其他生物不同，你们拥有语言，可以预测未来，也可以回顾过去。你们可以反思历史，还可以畅想未来。'爱人如己，舍己为人，相亲相爱。接受自己的命运和使命，并拼尽全力。'这些话我应该都告诉过你们，要不要听，全取决于你们自己。不过，我没剩多少时间容忍你们的无礼。再这样下去，你们就会目睹世界末日。"

　　"他"的声音在母亲的子宫里响起。羊水宛如深海，虽然我的身体紧紧地蜷缩在好似气球的小袋子里，灵魂却颠簸在汹涌的大海上。在那风浪之中，我倾听着平静而又庄严的"他"的声音。我回顾了四十亿年的地球之史、二十亿年的生命之史。我以谦虚的态度接受"他"的教诲。我虽然只是个胎儿，但灵魂却已经完全理解了"他"说的这些话，以及"他"的意图。

　　"如果你们不改变现状，那一天很快就会到来。你们不会有所意识，也不会收到任何警告。等到某天你们突然醒悟，那天就是世界末日。"

　　光亮之中"他"的声音传来，触动我的心。
　　在子宫里，我能听到一群灵魂叽叽喳喳的声音。
　　灵魂听到他的话，兴奋不已，对其中的深意感到惊讶。
　　我听到了如下窃窃私语："跟诺亚方舟一样。""冻死恐龙的孤独又要来了。""又必须要等上好几亿年，才能诞生出高级生物。"

　　我仿佛处在"他"的梦中。在我眼前，藏青色的宇宙无边无际。在那里无数灵魂的碎片宛如小小的萤火虫般簇拥着。虽然灵魂没有清晰的形态，但数十亿灵魂的碎片却协调完美地接受了"他"的话。
　　我能听到"他"说话，却不知道声音从哪儿来，也不知道谁在说话。既像茱伊的声音，又像老司祭的声音。那声音深入我心，很温暖，令人怀念。
　　"化解我愤怒的钥匙是和平。也就是一切生物和谐共处、相亲相爱地生活。如果能做到这一点，就能真相大白。也就能够从一切痛苦之中解放出来。"

# 泰勒的选择 2

# 1　世界末日

我出生在一个小国家。那个国家刚刚历经了千辛万苦，付出众多生命的代价，才脱离大国，实现独立。

2015 年后，世界发生了剧变。处于二十一世纪中叶的今天，常识与过去已完全不同。尤其是亚洲和南美洲的新兴国家已经拥有强大实力，正试图重新绘制世界的势力地图。可是，那些国家当下仍然必须依靠以美国为首的发达国家的科学技术，陷入进退两难的窘境。

世界一片混乱。明明早已实现全球化，可贸易保护主义思想却大行其道，与世界大战前一模一样。拥有财富和权力的少数人士，随心所欲地统治着世界。

　　印度裔和华裔占据了大多数世界人口。亚洲的独立国家团结在一起，成立了"大亚洲国"。美国虽然仍被称作"美利坚合众国"，但有着墨西哥血统、说西班牙语的拉美裔，以及华裔、韩裔，成为了国民中的大多数。尽管如此，政治经济仍旧由盎格鲁-撒克逊血统或犹太血统的领导人把持。

　　民族、国家、宗教错综复杂，世界正处于剑拔弩张的状态。因人口优势而发展起来的亚洲"新兴国家"，向全世界生产提供各种各样的商品。然而，日本还有韩国，甚至连中国都深深陷入严重的人口危机之中。南北韩统一了，可距离和平仍旧很遥远，南北贫富差距也相当严重。小国相继独立，世界地图每年都必须更新。由于许多地区还未实现独立，国境上战争没完没了。

　　唯一的好消息就是：虽说世界上的领导人算不上个个头脑聪明，但也不再有人想使用或者想拥有核武器了。他们非常清楚如果按下核武器的发射按钮，不仅是自己的国家，整个世界都会在一瞬间消失得无影无踪。美国的一位黑人总统曾在布拉格发表演讲，提出以世界无核化为目标。他被授予了诺贝尔和平奖，以此来表彰他的丰功伟绩。他在卸任总统之位前，访问了广岛，并再次发表演讲，呼吁为了孩子们的将来，人类要彻底废除核武器。那是一场精彩绝伦、令人感动的演讲。他的演讲唤醒了人们对广岛和长崎的记忆。人们不得不去思考，假如使用了核武器，自己的国家将变成什么样。"他"所创造的世界会被人类开发的武器破坏殆尽，变成不毛之地。陆地上充满强烈的辐射，地球回到原始状态。总统在核爆地发表演讲，提到人类和环境所遭受到的辐射伤害，这是非常明智的选择。这场演讲传遍全球。虽然有人讥讽总统两面派，但也有领导人目不转睛地看着演讲。他们由此意识到，即便是极小的一颗原子弹，一旦发射，不仅自己无法独善其身，世界也将会永远消失。

在这种政治形势下，虽然各国宣扬彻底废除核武器，但仍然无法阻止世界人口的减少。不只是政治上存在问题，环境问题也日益严重。臭氧层被破坏，全球变暖加剧，大部分陆地沉入海洋。陆地面积减少，传染病蔓延，人口也就相应地持续减少。在亚洲和非洲，虽然目前仍有许多孩子出生，但由于新型病毒引发疾病，他们很快就夭折了。运用医学和人工智能能够治疗癌症，阻止衰老，但无法预测新病毒的产生。


人类的整个一生都按科学管理。

人工智能承担了人类所有的事情。无产阶级不见了，他们的工作被机器人取代。一切家务也由机器人负责，如今的机器人像是母亲或女仆。医院不复存在，医生的身影也消失了。只要有微量血液或唾液，就能读取到全部人体信息。只要做个基因检测，就能知道将会得什么病，甚至可以预知未来。人工智能还像占卜师，能够准确地预测一个人还能活多久，那个人可以事先准备"生前预嘱"（译注：是否接受延长生命的治疗等，以书面形式留下自己的临终需求）。现在，定制医疗已成为主流。

假如无力承担高价医疗，也可以选择结束人生的治疗。据说该治疗可以毫无痛苦地了结人生。最近都不再说"安乐死"或"尊严死"，而是说"结束"。即使这样，死于癌症的患者却在减少。制药公司大量生产治疗常见癌症的药物。癌症已经像肺炎和鼠疫一样，成为了过去时，如今根据大数据进行管理和治疗。

不再需要脑死亡患者或活人提供脏器，内脏可由脐带制成，只要有钱就能够简单地使自己的脏器再生。因此，有钱人一上年纪，就像做美容整形似的更换脏器。皮肤细胞也可以再生，发达国家百岁以上的老人却都有着如初生婴儿般的肌肤，就像是吸血鬼，永远年轻。

人只要不想死，就可以永远年轻。但出于宗教伦理方面的考虑，法律禁止六十岁以上的人生孩子。因此，发达国家的人口一点儿也没增长。通过粮食革命，贫困从社会上消失了。不过新型病毒的相关数据几乎不存在，即便拥有大数据也无法找到治疗药物，很多人因此丧生。但富人的死亡率却在下降。纽约、伦敦的人口图表已经成了逆金字塔形。一切都变得不自然。人类不再经历疼痛和痛苦，连自主思考都做不到。因为即便出了问题，只要一问人工智能就能得到答案。人工智能是母亲，是好友，是老师，也是医生。如今，人类已经可以随心所欲地设计人生。新生儿几乎不会出现先天缺陷。部分婴儿还是被父母选中，经过基因编辑后拥有优秀基因的"编辑宝宝"。虽然在操纵新生儿的基因这件事情上，出现了来自宗教和社会道德批判的声音。可孩子的父母充耳不闻，他们的要求和期望才是最重要的。

有人想要长生不老，也有人想要设计自己的死亡。人们可以自行选择日子，甚至可以自己决定死法，毫无痛苦地结束生命。这种方式比安乐死更为出色，因此无人反对。还有人大声主张说这才是民主的人生，是时候从死亡里解放出来了。欧洲和美国的部分地区承认：即便是抑郁症患者，也有死亡的权利。只要能够从主治医生那取得处方，就可以没有烦扰、毫无痛苦地离开人世。

人类的食物也发生了变化。大量生产出与肉、蔬菜味道相似的化学食品。动物保护协会中的激进分子提出了新的指导方针，要求释放农场里的动物。结果导致农场主们卖掉农场，许许多多的牛、猪、火鸡死在路边。家畜没有强壮到可以在大自然中生存。可怜的鸡不能飞，便成了狗还有狐狸的饵料。孩子们现在只有在绘本和电脑中才能够看到火鸡。家教机器人看着火鸡的画像，跟孩子们解释说："这只又大又丑的鸟，曾是感恩节和圣诞节的食物。"

科学可以改变世界吗？可以给人类带来幸福吗？人工智能是人类新的神明吗？——学者们思考这些问题，却又缄默不语。因为他们必须在新的统治下生活。

是的，人工智能管理人类的生活，却无法控制人类的心灵。这是 2045 年的现实问题。

机器人管理我们的世界，维系人类的基本生活。人类只要一声令下，机器人就会遵照指示工作。机器人承担了人类的大部分工作，使得我们可以享受艺术或其他爱好。对我们人类而言，工作和研究变成了兴趣爱好。然而，仅仅享受艺术和科学，是无法满足人心的。人类无法得到满足感，产生心灵创伤，感觉自己是个废物。即便试着坦然接受，也根本做不到。人类已经彻底习惯由机器人创造的舒适生活，同时又厌倦那种生活，希望可以身体力行地工作，以此获得成就感。

人们向往过去所谓努力工作挣钱的生活。人们已经忘记自己曾经对此充满抱怨。人们能够想象曾经由饥饿、贫穷和疾病带来的痛苦。但这些问题现在只存在于过去的艺术或文学作品里面。

想要和人说话，语言却不见了。只要将手机大小的设备拿给对方看，就可以读出彼此的心意。如果不想让人知道自己的想法，不使用那台机器就行。而且那台机器有自动翻译功能，所以也不存在语言方面的障碍。笔译和口译已经毫无用处。二十一世纪前叶，多国领导人采取贸易保护主义政策，试图在国与国之间建起壁垒。那就好比是《圣经·旧约》中建造于巴比伦镇上的巴别塔，而人工智能总是轻易地将壁垒推倒。一台小小的设备引起了如同柏林墙倒塌一般的全球变化。

大量生产人工粮食满足了全世界的粮食需求，以农业和渔业为主的第一产业消失不见了。大自然被完全荒废，地球母亲也遭到彻底的破坏。绿地变得极其稀有，大部分陆地变成了沙漠。

地球上有四个地方遭遇了超级大地震。像英国这样的国家也未能幸免于难。

美国沿海地区也发生了一场大地震，不幸的是，如同当年的福岛核电站事故，那里的一座大型核电站也发生了爆炸，程度甚至超过了1979年的三英里岛核电站事故。此后，英国核电站也发生了爆炸。放射性污染在欧洲大陆以及斯堪的纳维亚各国严重地蔓延开来。根据科学家的预测，完全消除掉那些污染需要耗费数百年。事故起因是恐怖袭击，还是操作失误？无人知晓。因为那是一个无人核电站。即便是最好的人工智能，也无法远程控制核电站。事故现场四周发生了堆芯熔融，机器人和无线电也无法接近。人类未能防患于未然。本地居民试图逃难，但由于污染范围实在太过广泛，根本无处可逃。

金钱使人疯狂。人们不但没有从切尔诺贝利和福岛的核泄漏事故中吸取教训，还加紧建设新的核电站。建设推进派称核能是环保能源，并呼吁用它来解决应对全球气候变暖问题。但问题是，他们无法确保足够的核废料处理厂，甚至还得出结论：可以将核废料丢弃到太平洋的正中心或北极、南极的冰层下面。

人类不仅把核能、石油、页岩气用作能源，还从深海的地壳岩浆中获取新热能。热能不会导致全球气候变暖，因此被视为比页岩气更环保的能源。人类争先恐后地挖掘深海，英国、日本等四面环海的国家在短时间内取得了在二十一世纪的优势地位。可是，他们的行为触怒了神明。海底不断喷出岩浆，影响陆地火山带。结果，海底的岩浆与陆地的火山相互联动，地上、地下频繁发生大地震。

大海的热量使海水温度上升，大部分海洋生物同陆地生物一样灭绝了。南极冰川融化，许许多多的小岛沉入海中，产生如同彗星撞地球般巨大的能量，大量海水涌上陆地。诸多岛国，包括爱尔兰、日本，甚至还有一些亚洲新兴国家，都失去了领土。

不久，科学家开始警告说：留给地球的时间已经不多了。突然间，人类不知如何是好。

海底火山和陆地火山带相互联动，活火山遍布全球，喷发出炙热的岩浆。世界各地都有火山爆发，好似打开了通往地狱的大门，谁都阻止不了。科学家们通过计算，认为美国的黄石火山也将在二十年内爆发。一旦黄石火山爆发，地球将被火山灰覆盖十余年。蓝天将从地球上消失。过不了多久，地球将直接进入冰河期。就像白垩纪的恐龙灭绝一样，除了部分细菌，地球上的生物都将灭绝。

科学家们通过详细的数据进行解释说明。他们发表报告称：深海火山爆发会导致南极大陆的冰层全部消融。他们预测将会有大量海水涌入各国，领土消失，地球到处都会发生巨大的海啸。臭氧层被破坏，很容易天降暴雨，地球将会失去一半的陆地。

科学家们还补充道：即便人类奇迹般地存活下来，百年内也会有巨大的彗星撞击地球，所以无论如何，人类都必须做好世界末日将近的准备。科学家通过在月亮和火星的宇宙空间站里进行的研究，弄清了彗星的轨道。他们也曾经考虑过，是否可以在彗星接近地球前，先发射火箭破坏它。然而，即便计划成功，彗星也只是变小而已，并不能减缓它撞击地球的速度。如果彗星与地球相撞，会带来巨大的灾难。整个地球将会被粉尘笼罩，从此暗无天日。科学家们预测：生命和文明将从地球上消失，地球会暂时进入睡眠模式。

这些科学家有着不同的文化、宗教、种族、经济、政治思想、哲学、地理背景，对于未来前景却是众口一词。人工智能的预测也与科学家一致。

这不只是某个国家在粮食、能源、医疗改革上的问题，而是一个比曾经的核战争危机更严重、更难解决的世界性难题。为什么不早点讨论起来呢？人类追悔莫及。科学家说，他们早就对世界人口的增长以及臭氧层破坏所带来的全球气候变暖发出过警告。他们宣布：已经无法遏制问题的持续恶化。

尽管如此，世界还残存一线希望。火星宇宙空间站通过实地勘探，发现人类的身体能够适应火星的环境，火星可以让人类安度一生。但关键就在于火箭了。以全世界人口规模来计算，在火星上建造好几个宇宙空间站，同时还准备了运载人类幸存者的火箭。这种宇宙飞船就是现代版的"诺亚方舟"。

我们知道火星的环境与地球十分相似。一天的时长、水资源、冻土、温度梯度等都非常相似。人类已经能够调整重力差，以适应在宇宙空间站的生活。人类刚开发出人工臭氧层，并投入了实际使用。人类正在讨论要在什么时候、以何种方式将自己运往火星。

问题是该如何筛选幸存者。达官显贵当然想要自己独活。其中大部分是白人。在人口方面，白人早已是少数派，却仍旧统治着人类，在世界科学产业中拥有权力。中东、印度、中国当然对此表示反对。人们寻求公平性。

协商由此展开。为了保存物种，必须以种族、性别比例、年龄层、才华、外貌等为条件进行选拔。人类讨论如何才能做到公平选拔。真是一场愚蠢可笑的闹剧。事到如今，人类终于开始讨论起公平性了。

然而，无论怎样讨论，都找不到正确答案。各个国家的总统、首相，再度上演与世界大战同样丑陋的争斗。那些国家领导人由于年事已高，无法成为幸存者。同时还禁止名流购买火箭。因为大多数名流的年纪也都很大，无法生小孩。名流得知自己无法存活，便开始像拯救国家和国民的英雄似的行动起来，举行保卫种族的会谈。全人类通过网络社交平台的同声传译功能，关注会谈的进展。

人们终于明白，等待自己的将是一个怎样的未来。从领导人的发言中，他们意识到世界末日将近。奇怪的宗教开始流行起来，预言家欺骗百姓，卷走钱财。可是，由于买不到火箭，预言家也无法在世界末日里存活。怎么做也都是在浪费时间。现实真是太残酷了。

为了确保公平性，科学家协会号召全世界出谋划策。科学家选出几个优秀的建议，在与各国协商后，做出最终的决定。如今，人类空前团结，共享悲情，这一点颇具讽刺意味。人类和人工智能在神明面前是无能为力的。自然母亲超越了人类的大脑。

选拔幸存者的协议书终于出台了：

一、给予二十年的宽限直至世界末日。给今后三年内出生的新生儿授予个人号码。

二、为能产下优秀的人类，将预先进行基因编辑。

三、女性一旦怀孕，就必须送到地区办公室。

四、每个国家和种族选拔一定数量的幸存儿。男女比例是一个男孩对应五个女孩。

五、头发、瞳孔、肤色和种族，都要按一定的比例进行选拔。

六、在动物园里挑选成对的动物运往火星。特别要选择健康、有繁殖能力的物种。

七、运送多种多样的植物种子。

八、医生和教师的比例为人口的 0.1%。在各国各洲进行公平选拔。年龄在二十五岁以下。

九、训练入选的孩子流利使用至少三国语言。尽可能地教他们更多世界的语言。

十、运送经严格挑选、翻译成多种语言的科学论文数据。

十一、根据不同的国家和种族，随机、公平地选拔婴儿。选拔过程向全世界公开。


协议书出台后，全世界都沸腾了。

这是人类唯一剩下的希望。

人类想怀上基因编辑宝宝，试图把希望托付给未来。


人类暂时忘却掉黑暗的未来，试图寄希望于幸存。夫妻设法生小孩。孕妇一个接一个地到访地区办公室做登记。"抓住存活的机会！"人类这般呼喊道。那句话成了人类的口号。

## 2  被选中的生命，娜蒂亚

我叫娜蒂亚，出生在这个混乱的世界。

我的腿部内侧嵌入 IC 标签。"ET390094"是我的个人号码。

三个月后，我参加了一场全球范围内的公开选拔。

我的模样被转播到了全世界。

我的国家只有包括我在内的五个女孩和一个男孩被选中。我的父母和亲戚得知结果后，欢天喜地，像是祝福自己一般纷纷祝福了我。我还残留着泰勒的记忆，知道自己将要目睹世界末日。因此，我经常害怕得哭泣。可周围人觉得这只是婴儿在哭闹罢了。

出生半年后，我与亲生父母分开了，被带到了英国北部。英国大部分地区都已经沉入大海，我被带到苏格兰的高地地区。

世界其他区域被选中的孩子都被集中到斯堪的纳维亚半岛上。

照顾我们的保姆都持有医师和护士资格。我的祖国气候炎热，卫生环境差，加上新型病毒的蔓延，死了很多人。今年会选拔幸存儿，因此有很多小孩出生。可是只有极少数的孩子能够入选，落选者的父母可能会挑起暴动，于是我们被迫逃离祖国。

同我来自相同国家的保姆，教我祖国的文化、语言、习俗。她总是身穿民族服饰，因此我从小就对祖国的文化感到亲近。那些保姆来自世界各地，她们不能与我们一起前往宇宙空间站。但她们肩负把各自国家的文化传承给孩子们的重要使命，无论何时，她们都兢兢业业。

直到五岁，我们都和保姆生活在一起。多亏了她，我才能够深刻理解我从未居住过的祖国的文化。如今，我知道沙漠、沙尘的味道，知道了羊群的气味、宰羊的血腥味、烤羊的烧烤味。也知道骑马时风吹过会有怎样的舒适感。我对祈祷时庄严肃穆的氛围也了如指掌。甚至连风吹过沙漠，卷起沙子，迷了眼睛后的疼痛感，我也都知道。

但那些感觉都非常陌生。如今，无论在地球的任何角落，都找不到那样生活的人，与自然共生的人已经一个也没有了。

我是个聪明的孩子，什么都能在瞬间学会。当我还是婴儿的时候，就已经意识到这一点。娜蒂亚的大脑很是宝贵。基因编辑宝宝的大脑很优秀。我讽刺地想自己还是泰勒的时候，到底有多蠢。我不禁咧嘴笑了起来。我一放声大笑，保姆会就看着我说：

"快看娜蒂亚，她的笑容好像天使！宝宝都是又纯真又可爱。"

我觉得一无所知的人类好可怜。我害怕泰勒的记忆会消失。
泰勒的记忆保留到我两岁半。突然有一天，消失得无影无踪。

# 3 查德妮

等我们长到五岁，就全都被送进英国的寄宿制学校。我们组由亚洲和中东地区的人构成，被划分到亚洲类别。

仅仅一个亚洲类别，参与选拔的候选人就达数千人。我们所有人都生活在一所很大的寄宿学校里。由于气候急剧变暖，人类只能住在北大西洋的大陆地区。南太平洋上的岛屿，不论大小，都已经沉入海底。根据科学家们的说法，陆地后退现象是进入冰河期的前兆。

这所寄宿学校就像古老的英国小说所描绘的，位于绿意盎然的田园之中。怎么可能还存在如此郁郁葱葱的土地呢？真不可思议。这是以前的贵族建在山丘上的庄园宅邸。肯定是列入世界遗产名录的历史建筑。

孩子们被分成十个小组上课，男女也被严格分开，每个科目都有老师来授课。

学校如同过去的公立学校，完全实行小班制辅导教学。学校唯一的缺点是，学生的一举一动都在评判员的监视之下。

老师要我们团结友爱，却又说在几年以后会进行选拔。这件事我早就知道。仅仅是亚洲地区就有数千个孩子。来自东方／亚洲、欧洲、北美洲、南美洲、非洲、大洋洲，还有其他小国的候选者，共计六千名。

去火星要用火箭分批运送，次数有限，幸存者的票仅有几百张。乘坐火箭的不只有人类，地球上的生物也要同我们一起启程。人类选择了对他们有用的、强壮的物种，其中雌性的比例很高。此外，植物种子也会被运走。

也就是说，只需简单的计算就可以明白，我们中的大部分人是坐不上火箭的。对我们而言，人生是从出生的那一刻起就始终在奔跑的比赛，我想这是理所当然的。但老师却强调选拔是由人工智能随机进行的。这绝对是在骗人。我们凭直觉就知道。

每个月，我们都要接受体检。观察我们是否对异性感兴趣，还会进行谈话，以及性格方面的心理咨询。我们必须表现出性格开朗，积极向上，亲切友善。学习能力和外貌方面的检验尤其严格。想要被选为幸存者，就必须符合这些检验标准。老师虽然没有明说，但能从他们的态度上看出这一点。

了解到这种现实是很残酷的。我们还只是五岁的小孩，却已经知道只有擅长算数、能说多国语言、外表出众，才能被选中。那样的孩子充满自信。

随着时间的流逝，有自信的孩子越来越显眼。那些孩子性格稳重，积极向上，乐观开朗，在谁看来都是班级里的明星。

即便不在这样的时代，孩子们也会在教室里意识到世界是不公平的。毫无才华的我已经放弃了，反正无缘入选。

是的，我，娜蒂亚，是不会被选中的。我既不擅长学习，也没有靓丽的外表。我的绿色眼睛太大了，眼睑下垂，眼距还宽。即使会被搭讪说"好可爱呀"，也绝不会被称赞"好漂亮啊"。身材一般。只会说简单的法语、阿拉伯语、汉语。但我有数学天赋。我对数学表现出强烈的兴趣，老师一出题，我就恍若追逐兔子的猎狗一般迅速咬住，推导出答案。我呀，明明是个基因编辑宝宝，却只有数学天赋。

在校园生活里，我结交了朋友。是一个印度同学，查德妮。她也加入到不会被选中者的队伍里。查德妮在印度语里有"月光"的意思。我一听到这个解释，就怦然心动。不知为何会有这种感受。

查德妮身材矮小，其貌不扬。但她的名字很贴切地呈现出她的本质。此外，她很有创作天赋，让我有种怀念的感觉。她那双黑色闪耀的眼睛，就像是平静的夏日湖面，令人难以忘怀。她给我讲了很多故事。她性格稳重、腼腆。我告诉她："你有创作精彩故事的天赋。"谦虚的她却对我的夸奖感到别扭。她曾说过这样的话："娜蒂亚，我想你是知道的，这里并不需要艺术天赋。只有科学意识、语言能力、记忆力那些东西，才会被称赞。这里需要的仅仅是能够继承地球文化记忆的孩子罢了。"

"而且，我长得也不可爱。我已经放弃啦。我讨厌在这种地方生活。我受够了。我很没用，没有一技之长。就算被选中，也无法在火箭里生活下去。被困在宇宙里，一直活下去，我是办不到的。我想要自由。"她用平静的声音呢喃道。

我和查德妮，经常在教室角落里窃窃私语。透过教室的老式窗户，能眺望到绿色的美丽草原。在寝室里，我们一边咯咯笑，一边说话。我看着查德妮，不知为何，会有一股强烈的眷恋涌上心头。她的态度、笑容、黑色的眼眸……都在跟我诉说着什么，让我心情低落。查德妮如同我的家人。

迎来初潮时，我没有跟被称作"姐姐"的女舍监说，而是跟查德妮商量该怎么办。虽然一想到未来，我就会担惊受怕，甚至睡不着觉，但只要有查德妮在，我就可以挺过去。即便世界末日到来，只要跟她在一起，就不用害怕。

"我们呀，就是典型的缺陷型基因编辑宝宝。"我们摇头自嘲，笑成一团。只有这般笑着的时候，才能够在这禁锢的黑暗生活中感受到一丝欢喜。

风从绿色草原的对面、布满欧石楠的广阔荒地上吹来。每次看到这片风景，总有一种似曾相识的感觉朝我袭来。草原上，红色的罂粟花随风摇曳。我以前来过这里。为何人类要破坏如此美丽的绿色环境呢？

有一次，我看到一只知更鸟。老师曾经说过，知更鸟已经灭绝了，就跟十七世纪灭绝的大型鸟类渡渡鸟一样。那只知更鸟栖息在枝头，站在窗户的对面，好像感到很奇怪似的看着我。它翻起橘红色的胸脯，大大方方地栖于枝丫上。即便对于知更鸟而言，也很难在这种乡下地方见到人类吧。我们对视了一会儿，知更鸟便飞上了蓝天。

与悬浮在宇宙中的地球相比，我们人类的寿命是非常短暂的。我们的人生，究竟有什么意义呢？我望着天空，陷入沉思。

我跟查德妮用英语交谈。我们还在襁褓中时，就和亲生父母分开，此后由保姆教我们英语。所以，自然而然，英语成了我的母语。

上课也是用英语。虽然可以使用翻译机，读取对方的心，因此不开口也能对话，但这种方式在校内禁止使用。老师说，如果能读心，我们的文化就不会有创造性。我想没有未来的我们的心，即使有创造性，也无济于事。

我们的居住环境简单舒适。无论宿舍还是校园，都被管理得井井有条。我过得舒服惬意。最近，即使在地球北部，尤其到了夏天，如果没有空调，也会热得活不下去。

学校每天提供可口的饭菜。老师教我印度和其他国家的用餐方式，但晚餐必须使用刀叉。还要我记住餐桌礼仪。

饭菜虽然都是人造粮食，但味道可口。食堂提供法餐、中餐，以及所有国家的菜肴。菜肴被称作人类文化的记忆。吃到哪个国家的饭菜，就要讲哪个国家的语言。等到十岁，我们能自然地使用至少五种语言。

我们从五岁起，就要用多种语言写作文。简直是填鸭式教育。

不过，谁都没有怨言。为了将人类文化保存至未来，一分一秒都不能浪费。老师们不要求学生具备艺术品位。在这个现代版的诺亚方舟上，科学被认为更有用。

到了六岁，我参加了重力实验。老师教我牛顿的运动三定律时，我感动不已。

月光和苹果。尤其是听到"苹果"这个词，我的心就动摇了。那个词很温暖、很柔和，令我无比怀念。

学校里还有宗教课。如今，我觉得我能够发自内心地理解宗教领袖的演说中所包含的意义。舍弃欲望是很重要的。在临近世界末日的当下，尤其是无法幸存的人，终于能够理解自己所处的环境。

查德妮与我分享一切，其实也没有很多物质方面的东西，但生活里有可以分享一切的好朋友是非常富足的，令人感到幸福。

我们仰望天空。在布满紫粉色欧石楠的荒野上空，出现一片深鲑红里略带橘色的云。万籁俱寂，满是欢喜。

我依然那么喜欢仰望两头尖尖、散发着白色光芒的新月。

## 4  原谅、告别，还有孤独

最终选拔在我们十五岁那年的一个秋夜举行。

那晚出现了我在十年间只见过几次的超级月亮。

透过教室的窗户，能看到巨大的橙色之月在暗夜里升起。仿佛要逼近我们似的。

那晚我也观测到了月全食。地球、太阳、月亮重叠在一条直线上。月亮沐浴阳光，被染成了红色，让人想到鲜艳的血。万籁俱寂。

晚饭后，我看着那轮巨大的橙色满月，心中闪过不祥的预感。我清楚地感到这一切似曾相识。我忐忑不安，失去理智。虽然望着月光会心生怀念，但我依然感觉满月是不祥之物。

一千人中只挑选十人。此外，其他地区的候选人也同时在参与这场最终选拔。出人意料的是，我排在第十一名，是候补的第一名。查德妮则排在五十名开外。也就是说，我还有生存的机会，可查德妮彻底无望。她永远失去了活下去的机会。尽管如此，回到寝室后，查德妮还是为我高兴，并祝福我。她三番五次地拥抱我，对我说"恭喜"。她那双大眼睛扑闪着幸福的光芒，就好像抓住生存机会的是她自己。

那时，我突然在镜子里看到自己的脸。那张脸映照着红色巨大月亮的光芒，微微泛红，我那双深绿色的眼睛反射着橙色的光，闪闪发亮。这双眼睛有点眼熟。我发觉自己心跳加速。

月亮是预言家。它掌握着我们的命运。月亮有着堪比太阳的巨大影响力。

月亮同步时光的流逝，为我们送来信号。夜晚的黑暗平静地改变了我们的灵魂。寄居在镜子里我眼底的真相，在月光的照耀下浮现出来。仿佛解开了缠绕的线，已经忘却的过去，突然在我心中复活了。记忆闪回。

我的心上浮现出清晰的画面。泰勒模样的我正坐在院子的秋千上；爸爸过来跟我搭话；妈妈正在哭泣；妈妈名叫莎拉；黛莉拉前来参加爸爸的葬礼；她的黑发与黑色的连衣裙；她咧着描了鲜红唇边的嘴唇笑了；可怕的黛莉拉；红色的口红；难闻的香水；这一切都是我的记忆。无数咒骂："要怎么做才好呢，泰？要怎么活下去才好呢……"妈妈尖叫起来；我向妈妈大喊大叫："那种事，你自己想办法。""没事的，泰。总会有办法的。""人总有一天会忘记，对吧？"奥利维亚眼神温柔地问我："泰，你还好吗？"

我慢慢明白：黛莉拉的记忆在我的心中涌现出来。
黛莉拉充满羡慕的眼神代表了她的情感。

"我好羡慕你。羡慕你所拥有的一切。你什么都得到了，却从不认为这有什么特别。你出生在一个盎格鲁-撒克逊血统的富裕家庭，生活在父母的爱与保护下，接受优秀的教育。你拥有的比你实际需要的还要多。你拥有一切！我若是想要得到什么，就必须利用一切，美貌、身材，任何东西。为了得到想要的，即使欺骗、背叛，我也都无所谓。我不会因为罪恶感的谴责而哭泣。可是，目标一旦得手，我会立即感到惴惴不安。便想得到更多的东西。可无论得到什么，都无法满足。"

我的心被压得粉碎，充满悲伤。我的意识里留有记忆的碎片。我的心变成小小的基本粒子扩散到宇宙。然后，我作为娜蒂亚转世了。在我心中，有泰勒和黛莉拉的记忆。我，娜蒂亚，现在终于明白了：我同时拥有泰勒和抢走爸爸的可恶的黛莉拉两个人的心。

我身上承载着两个人的记忆。天啊，就不能分成两个灵魂吗？为什么连黛莉拉的心我也要拥有呢？

黛莉拉是只猫咪，迷人残忍，自由自在，想要成为独一无二的存在。她非常胆小，喜欢躲藏在黑暗的地方。她是那种类型的野猫。而泰勒的父亲约翰，则是只胆小的小型家犬，豢养在家中。他不清楚自身的实际大小，只要有人踏入他的地盘，他就狂吠不已。因为这地盘就是约翰的全世界。我们可以把他理解成贵宾犬。不过，徘徊在外头的猫咪对约翰来说，是未知的存在。他看到猫咪的瞬间，就不禁被吸引，认为她魅力非凡。他输给了诱惑，迷失了自己。

可悲的黛莉拉被欲望缠住了。即便不断抢夺他人之物，欲望也不会得到满足。她完全不在乎对方的感受。

剧烈的头痛向我袭来，我瘫倒到地上。

查德妮担心地问我："娜蒂亚，你没事吧？身体不舒服吗？这本来应该是个值得庆祝的夜晚。"在她注视我的眼眸里，我发现了更加令人意外的过去碎片。

我曾经的爸爸约翰，现在在这里，以查德妮的身份跟我一起生活。

查德妮温柔的眼眸，似乎总是充满胆怯的眼神。最担心我的人，现在，想要得到我的原谅。

我们重逢在这个世界里。

正因为我们的过去，一个我无法原谅的过去，才让我们转生到这个世界。为了让我们一起经历世界末日，为了使我俩的人生圆满。

我心怀平静与谅解。

如果不原谅他，那我自己也得不到宽恕。

眼泪从脸上滴落下来。

我平复了心情，再次拥抱查德妮。我凝视着那双眼睛，下定决心。

她的眼睛里充满着对我的爱，温柔无比，就跟爸爸眼里的光芒一模一样。

她的眼眸之中有爸爸，还有我。不对，那并不是我，是我的分身，我的双胞胎妹妹塞雷娜。名字意为"月光"、和我长得一模一样的塞雷娜，与爸爸一起作为我的好朋友转世了。

线索都已集齐，我终于可以解开谜题。


我已经放弃。相反，我认为应该让像查德妮这样优秀的人活下去。

即便没有注意到前世，我也会做出相同的选择。

被选中的孩子没有学过什么是爱，他们生活在竞争和焦躁中。只有查德妮生活在爱和怜悯里。

我紧紧地抱着查德妮，我心意已决。

不过，与她告别，真是痛苦万分。

查德妮是我唯一能吐露心声的对象，是我的好朋友。

为什么必须跟她分开呢？

茱伊给予我的体验，迫使我做出艰难的选择。

应该如何应对这次考验呢？


答案就在我心中。

爸爸和塞雷娜为什么会以查德妮的身份回到这一世？他俩的旅行有什么意义？一定是为了我，想要与我分享喜悦吧。可怜的塞雷娜，即便在这一世，她也没有被选中。尽管如此，她依旧为我的幸存感到高兴。结局不该是这样的。这次，应该让他俩活下去。


第二年，入选的前十名中有一个女生的数学成绩突然下降，便被除名了。科学家说：尤其是女生，在早期阶段数学成绩起起落落并不罕见。于是，我代替那个孩子，进入了前十的队伍。


半年后，我同选拔委员会的老师见面了。

我告诉老师：迄今为止，数学答案其实都是查德妮告诉我的。我因为想被选中，才说了谎。我爱查德妮。我坦言自己对男生不感兴趣，只喜欢女生。

这些都是谎言。

我心意已决。娜蒂亚、泰勒、黛莉拉应该留在这个世界，直到地球的最后一天。要不然，我们会找不到答案，仍旧不会明白人生的意义。查德妮才应该坐上火箭生存下去。查德妮、爸爸、塞雷娜必须活着。

老师考虑了我的推辞。悄悄在名单上划掉我的名字，换成了查德妮。

几小时后，查德妮被叫到选拔委员会。之后，她又怒气冲冲地闯入我的房间。

"怎么回事，娜蒂亚？为什么要说谎？我把你当作好友、家人一样爱着你。你被选中，我就像是自己被选中一样开心。我为你感到骄傲。"

"查德妮，你已经拒绝代替我了吗？"

"还没有。我来这儿只是想问你为什么要这么做。"

"我只是跟老师说了实话。查德妮，我喜欢你。不是作为朋友。你懂我的意思吧？我已经无法忍受，我想和你成为那种关系。我无法再骗自己。"

查德妮好像有点害怕我的虚假告白。她是直的（异性恋），我们是不可能的。我知道这一点，是因为我们曾经谈论过各自喜欢什么样的男孩。

谎言令我也很受伤。我为什么一定要这样做？我希望自己的谎言可以瞒过查德妮。但心里却默默盼望她别相信。然而，她一言不发，好像正在为我的告白感到为难。十几岁的我们，无论多么荒唐的事，都会轻易相信。

她一脸愤怒地离开我的房间。我在房间里待了好几个小时，只是一个劲儿地哭泣。现在，就算不去上课，也不再会有人责骂我。

我失去了我在这个世界上唯一的朋友。从今往后，我将孤身一人，没有倾诉的对象。我将成为不折不扣的孤家寡人。我还在襁褓里时，神从我身边带走了我的父母，而这次，他夺走了我最好的朋友。

我知道会变成这样。我必须接受这个痛苦的现实。因为现实背后是所谓的真爱。

"再见，查德妮。再见，塞雷娜。再见，爸爸。"

那年年底，也就是十二月，亚洲地区的代表队员从斯堪的纳维亚半岛出发，与来自其他区域或大陆的队员汇合。我在自己的房间里目送队员的离去。

队员排列在航天飞机前，查德妮只是朝我的房间窗户瞥了一眼，我们的目光轻轻触碰了一下，但她根本看不到我。查德妮看起来很悲伤，我肯定也是同样的表情吧。

那是我最后一次见到查德妮。从那天起，我不再同任何人说话。但即使我沉默不语，也无人在意。我闷在房间里，一个劲儿地解答数学题——这特别适合用来排遣寂寞。

# 5-1　最后一天

就这样，我在宿舍里生活了好多年，最终迎来地球末日。这一天依旧是个秋日。我人生的重大节点总是发生在秋天。

天气预报称：今天太阳、月亮、地球以及银河系里的其他行星，都将并排成一条直线，将会出现十年一遇的无比巨大的超级月亮。同时，今晚银河系行星之间的引力会增强，导致磁场混乱，从而影响黄石火山的地下岩浆，并警告说，极有可能引起其他地区地壳变动。

先前也有过迹象，但人类已经在地震频发的世界里生活多年，早已习以为常。而且，人类已经使出浑身解数，事到如今，也无能为力了。我祈祷查德妮最终入选，能够平平安安出发前往火星。

那个夜晚，透过房间的窗户能看到一轮巨大、可怕的橙色月亮。

239

突然，我的心慌张得像快要裂开。一定是前世记忆的影响，才让我有了这种感觉。暗血橙色的月亮，像是神明把动物的鲜血祭洒了一地。巨大的月亮，直愣愣地注视着我的脸。我只知道自己很快就要死去。我又要同月亮一起结束我的这一段人生。

老师给我们分发药片。说吃了那片药，就可以毫无痛苦地死去，还说吃不吃药由自己决定。我们是通过操控基因强化免疫系统的基因编辑宝宝。如果不想死，只要确保食物充足，就能活三百年。但如果火山爆发，大气中飘浮火山灰，造成空气污染，就连电力供应也会被中断。即便长寿，也只是在受苦罢了。想要在地球上生存，唯一的办法是移居到西藏地区的山顶，有些富人早就逃到那里避难。然而，也只是时间问题罢了。

那片药是对我们在生存竞争中奉献一生的奖励。老师提供我们轻松的死法，以表扬我们的勇敢。我选择毫无痛苦地死去。没有查德妮，我也无法活下去。再说，地球就要毁灭了。我们的地球母亲，将会变得跟三十八亿年前火山频频喷发的火星一样吧。


突然，警报响彻四方，打破平静。挂在卧室墙上的监控屏自动打开，画面上出现一个棕发白人女新闻解说员。这名女性用从容不迫的语调平静地宣布：

"现在播报最后一则消息。美国西海岸的黄石国家公园内的火山刚刚喷发。我们不断收到其他地区也有火山喷发的报告。这些火山活动被认为是互相关联的。烟雾从火山口喷发弥漫。根据预测，接下来全球将发生大地震。

我们即将迎来最后的时光。各位，让我们按照当地的做法，向神明祈祷。让我们祈祷我们的孩子和朋友安全抵达火星上的宇宙空间站，祈祷人类生命在未来得以延续。我向神明祈祷，希望神赐予人类和平，赐给地球未来。"

这则消息非常平和适宜。她的声音沉着冷静，带着威严感。就跟我在科学课上曾经学到过的那则来自阿波罗 8 号向地球发出的信息一样。

人类文化即将同我们一起消亡。但世界上也可能会有幸存者。幸存下来的人类，为了适应环境，会改变外表，开始新的进化，然后历经数代人，构筑起一个新世界。我祈祷，希望拥有独特文化、统治地球的新人类，能够与神的恩宠相般配，心胸宽广，充满对他人的爱与关怀。神正在对人类发出最后通牒。

我坐在窗边的椅子上，眺望着那个超级月亮。它像要抓住我一般，向我逼迫而来。接着，我从瓶子里倒出药片，把它与水一起灌入喉咙。

我感到疼痛，灼烧喉咙的疼痛，但只持续了一瞬间。月光温柔地笼罩着我痉挛发作、微微挣扎、奄奄一息的躯体。

"再见，查德妮。"我一边呼唤着这段人生中唯一的挚友，一边彻底咽了气。

## 5-2 附记：查德妮的选择

查德妮坐在飞往火星的宇宙飞船上。这是一趟单程的火星之旅，乘客不会返回地球。与娜蒂亚分开后，为了成为宇航员，她接受了严格的训练。训练异常艰苦，她好几次忍不住想要叫喊。但每到那种时候，她就会想起娜蒂亚。是的，正因为她心怀对娜蒂亚的爱，才能赢得前往火星的票。查德妮做到了，她被选为幸存者。

"我好想念娜蒂亚。"

查德妮现在明白了，娜蒂亚是在说谎。凭借那个谎言，她变成了亚洲地区的代表。离开英国前，她一直难以理解娜蒂亚为什么要说谎，直到进入训练期间，她才似乎明白了其中的意义。

"查德妮，我爱你。你必须活下去。因为你是我生存的希望。"

查德妮误以为娜蒂亚是在表白，对那句话充耳不闻。

直到现在，查德妮才终于明白了那句话的真正含义。

"虽然我会留在这里，但你能活下去。我希望你抓住这个机会，我想要你活下去。"

查德妮终于明白了娜蒂亚的真实目的，可她没有上报实情。事到如今，即便上报，娜蒂亚也不可能再回到这里。因为她已经被永久除名。查德妮如果放弃这次机会，娜蒂亚会伤心。因此，查德妮必须连着娜蒂亚的份一起活下去。只有那样，才能报答娜蒂亚。这是对查德妮的人生考验。

查德妮的身体里被埋入许多 IC 芯片。芯片里存满了人类的历史、文化、语言、信息。其中大部分是科学知识，包含大量物理学、化学、生物、医学等信息。她没有携带私人物品，幸存者是没有私欲的。

查德妮在火箭上眺望外太空。火箭处于月球背面，能够看到地球著名的蓝色形态。月球是橙中带褐。多亏月球的引力，人类才能在陆地上生存，只可惜无人对此表示感谢。查德妮接下来要在火星上生活，她必须将重要信息传给下一代，将人类的爱、温柔的心、对他人关心体贴的美好情感传给他们。爱是人类最优秀的特质。

蓝色的地球在遥远的彼岸平静地漂浮着。这是一颗漂浮在宇宙里的美丽行星。无论是人类的爱，还是其他生物的爱，的确都在那里存在过。

再过一个月，地球母亲就会被全世界的火山喷发出的火山灰所笼罩吧。从此以后，蓝色地球将永远消失。

对此，地球仿佛早有预感，孤零零地漂浮着。

查德妮感受到了某人的存在，并不是娜蒂亚。那个人有着Something Great。那是在祈祷室里她独自祷告时感受到的。

神造了两个大光体。大的管理早晨，小的管理夜晚。还造了众星。神为了照耀大地，就把它们放在天穹，管理昼夜，分别明暗。神看着它们，觉得很好。有了晚上，有了早晨。（日本圣经协会《圣经（圣经协会共译）·旧约·创世记》第一章16—19节）

神创造了我们的地球母亲，作为我们的希望。

她想起阿波罗11号驾驶员迈克尔·科林斯说过的一番话。那是和娜蒂亚一起上历史课的时候听到的。阿波罗11号是人类首次登月的宇宙飞船，他是宇航员之一，但他没有登上月球表面，而是在指令舱内等待返回地球。在尼尔·阿姆斯特朗和巴兹·奥尔德林搭乘登月舱执行登月任务时，科林斯独自一人在指令舱里，停留在月球轨道上。当另两个人登上月球表面时，他独自一人在月球的背面。娜蒂亚和查德妮认为，比起阿姆斯特朗和奥尔德林，像科林斯这样的人才更值得关注。

科林斯的话吸引了她们。听到他的话，就不禁会想到：地球母亲是多么珍贵。

过不了多久，地球就不再是蓝白相间的美丽星球了。如果人类正视"他"，就能听见那个警告，就不会迎来世界末日了吧。不过，为时已晚。人类没有吸取任何历史教训。正因如此，科林斯的话才会戳入她们的心窝。

课堂上，娜蒂亚对查德妮说："孤零零一个人，好可怕。"查德妮握着她的手，发誓道："我绝对不会让你一个人的。"然而，现在娜蒂亚独自一人留在地球，查德妮正只身坐在飞往火星的宇宙飞船上。她的眼泪滴落下来，她好想念娜蒂亚。

Q：你绕着无人的月球飞行，这意味着你成为了宇宙里最孤独的人，难道你不会为此感到寂寞吗？

A：不会。

"比起寂寞或被独自留下，我更有一种参与感，感觉自己也深深地参与到登月计划中。的确，不能说我坐在阿波罗 11 号的特等座上，但我发自内心对自己的任务感到满意。这次冒险需要三个男人共同完成，我觉得我这个第三人，也与另两位一样重要。我并不会说，我根本不觉得孤独。我确实很孤独，尤其是在进入月球背面的那一刻，我与地球的无线电联络中断了，彻底成了孤单一人，远离所有的生命体。当时就是这样一种情况。用数字来表示，就是在月球的另一边有三十亿人再加两个人，而在这一边只有我一个人，以及未知的存在。"

Q：在阿波罗 11 号的飞行过程中，最难忘的是什么？

A：是眺望漂浮于遥远彼岸的地球。

"如果全世界的政治家都眺望这颗漂浮在对面十万英里的地球，他们一定会改变想法：不再拘泥于国境边界，也不再有喧闹的争执。小小的地球一直旋转。它浑然一体、不分国界的状态，正是在呼吁全世界人类相互理解，一视同仁。这才是地球应有的样子。没有资本主义者也没有共产主义者，没有富豪也没有穷人，没有羡慕也没有妒忌，必须是蓝白相间。"

蓝白相间的小小的地球正散发光芒。与此同时，它也很脆弱。

公开：09-164

阿波罗 11 号宇航员迈克尔·科林斯的采访

NASA 报告，2009 年 7 月 15 日

人类是在什么时候、哪个时点出错了呢？人类应该坚持文明和文化的延续吗？那是很重要的东西吗？人类究竟在寻求怎样的幸福呢？到头来，只落下个逃离自己星球的下场。

查德妮失去了最重要的好朋友。她的泪水滑落脸颊，模糊了双眼，看不清蓝色的地球。

# 泰勒的选择 3

# 1  她的回答

一醒来，我发现在自己漂浮在手术室天花板的角落。虽然我体验了泰勒和娜蒂亚的一生，但实际上只过了几分钟而已。

茱伊依然是我最后一次见面时的样子，她正对我微笑。她开口道：

"你体验那两段人生的过程，我在这里都看到了。泰勒，你做得非常好。在各段人生中，你很快就意识到自己的使命，并立即找到方法。很多人小时候都能凭直觉做到，长大后却变得无法理解了。而你依然保留着那种感觉。

"孩子们带着前世的记忆和强烈的直觉来到这一世。他们很清楚谁值得信任、谁对自己很重要，也理解这世上最重要的规则是：不要欺负、伤害、杀害他人。可是，随着年龄的增长，他们开始观察周围大人，感到偶尔撒个谎也没有关系。但体验过两段人生的你，一定明白不该那样，对吧？

"人一旦长大，就失去了看清事情的能力。泰勒，你失去了今世的全部记忆，却仍然依靠直觉和道德感，在各段人生中活了下去。你非常清楚最重要的是什么。这点没有多少人可以做到。

"在第一段人生中，你响应了神明的号召，同莎拉还有奥利维亚一起贯彻自己的信念。因为你知道这是你人生的重中之重，即便放弃财产也在所不惜。为了实现你的想法，莎拉和奥利维亚也很努力。

"第二段人生并非来自神明的号召，而是在生死存亡之际，你想起了作为泰勒的前世记忆。你凭直觉决定自己应该留在地球上。你救了你的朋友查德妮的命。查德妮会尊重你的决定，明白自己的人生使命。她将心怀对你的感激之情，启程前往火星。

"你独自一人无法生存。万物都与你相联系。你的人生，吃着其他生物，动物、植物；爱着他人，或背叛他人。如果没有父母，你就不会出生在这个世上。世上的一切都有着千丝万缕的联系，是在你出生前就周密规划好的。你的出生是有原因，你有你自己的命运。最后，你回到死亡的原点。在抵达那里之前，你会面对各种各样的道路，一切都是光的主宰在引导教诲。

"你已经窥见了自己的未来。虽然是我给予你机会，但选择权在你。无论哪一段人生，都很艰难。你要如何选择呢？"


"茱伊。我决定作为泰勒活下去。因为我想做现在的自己。你在让我观摩两段人生的时候，就已经预料到我会做出这样的选择了，对吗？"

"这样选择的理由是？"

"在这段人生中，我感觉自己还可以再努力。我想这样活下去。"

"不成为娜蒂亚也没关系，是吗？"

"我在娜蒂亚的人生中学到很多。娜蒂亚远比泰勒聪明。她拼命努力，理解一切，最后死去。娜蒂亚非常清楚为什么人类必须直面世界末日的到来。我想要将此牢记于心，继续作为泰勒而活。我想告诉自己，还有妈妈、奥利维亚以及全人类，告诉他们：现在还有退路，一切还来得及，而且……"

"而且？"

"娜蒂亚的人生净是痛苦！不得不与唯一的好朋友分开，好难过。我并不后悔那段人生中自己所做的一切，可悲伤的事情实在太多了。我必须再次跟爸爸告别。相比作为泰勒的第二段人生，我在娜蒂亚的人生中学到了更多。娜蒂亚是已觉醒的存在。我想要放下曾经的执着，继续作为泰勒度过短暂的一生。与妈妈一起，作为一家人，团结一致，我们必须同心协力，让往事随风，我们得往前走！"

茱伊温柔地微笑，点了点头。

"我明白了。这真是不错的选择！我们为你感到自豪！"

泰勒对"我们"这个词感到困惑，但她没有追问茱伊。

茱伊继续道：

"让我送给你最后一件礼物吧。这次也是来自《圣经》的一句话。《圣经》对已经觉醒的人而言，是最好的课本，所以我经常引用它。那里面记载了一切。

"你知道《哥林多前书》吧。在教会，司祭或牧师经常会介绍它，尤其是第十三章。

'爱是恒久忍耐。爱是仁慈。是不嫉妒。爱是不自夸，不张狂。不失礼。'（日本圣经协会《圣经（圣经协会共译）·新约·哥林多前书》第十三章4—5节）

"不仅在夫妻还有家人之间，在同所谓的移民、穷苦百姓、少数群体接触时也应该做到这一点。要做到恒久忍耐，有时真的很难做到，但必须这么做。否则，就会惹'他'生气，我们所有人就不得不直面娜蒂亚所经历过的一切。我们只看见自己想看见的，只看见眼睛所能看见的。珍宝其实就在我们心中，你说是吧？人们误以为只有引起对方关注，才是真正的爱。如你所知，为了爱，需要付出巨大的努力。只关心是否为对方所爱，也是很可笑的。最近，人们就连婚姻这个小小的契约都能满不在乎地撕毁。离婚，争吵，令孩子深感困惑。

"那些人怎么可以同神缔结契约呢？泰勒，世界末日为何终将到来？个中原因你一定很清楚。"

换作以前的我，不会认为《圣经》里所写是事实。会以为那些不过是旁敲侧击罢了。然而，爱他人才是我们免于灭亡的捷径。

爱是恒久忍耐。爱是仁慈。是不嫉妒。爱是不自夸，不张狂。不失礼。不求自己的利益，不发怒，不计算人性之恶……爱是亘久不灭……也就是说，有三样东西是永远存在的：信仰、希望和爱。其中最重要的是爱。

茱伊说的每个字都深入我心。心灵碎片聚在一起，形成了所谓的我。她的话渗透到这些碎片的每个角落，在心脏里，在我的中心，在流淌着热血的地方，充盈我心。我把手放在胸口，感受心脏的跳动。我被爱包围了。这是我在经历冒险之前从未有过的感觉。现在，我知道爱也有各种各样的形态。爱的确是存在的。

茱伊祝福了我的选择。我也为自己感到非常骄傲。

我刚说我想回到自己的身体，以泰勒的身份重获新生，空间就突然开始扭曲，我飞进另一个次元。眼前精灵茱伊的身影渐渐淡薄，直至消失不见。我依旧横躺在手术台上，手术室里的医疗人员依旧忙忙碌碌。只有我的灵魂，待在横躺着的身体旁边。

眼看茱伊就要彻底消失了，而我的宠物猫咪苹果却出现在空中。

"等一下！为什么苹果在这里？是我变得不正常了吗？我果然是死了，这里是死后的世界吗？怎么净是些不可思议的事情。全都是我才能看见的幻觉。妈妈，奥利维亚，快来救救我。"

"泰勒，这既是你的冒险，也是对你的考验。你终于得到答案。谁都不能否定那个答案。因为那是你自己的决定。"

是苹果在说话。它的声音似曾相识。

"等一下，苹果。我的天啊，你悬空了。茱伊在哪里？她为什么消失了？一切都乱七八糟的，真是莫名其妙。发生什么了？我要死了？告诉我吧？我能够活在自己选择的未来里吗？我好害怕，快让我离开这里。"

我哭了出来。

"泰，不用担心。茱伊会指引你。是我拜托她，让我来帮助你的。"

苹果是一只母猫，却用男人的声音说话。那是爸爸的声音。

父亲的选择

# 1 猫男

猫咪苹果突然出现在空中，我以为它要跳到生命维持装置上，它却团成一团儿睡着了。又过了一会儿，它站起来，舒展身体。

苹果注视着泰勒。

"金色的眼睛代表欲望，绿色的眼睛代表执着。"

苹果一边说着一边开始变身。

它慢慢地变成一个男人。一个瘦高的男人出现了。他有着一头金发，其中几绺已经发白，蓄着胡子，戴着一副银色的金属框眼镜。和爸爸不同的是，他的额上有好几颗灰色的痣。此外，爸爸的眼睛是浅灰色的，而这个男人的右眼是绿色，左眼是金色。

"娜蒂亚终于找到真相。泰勒的人生里藏有几条线索，你也从苹果那里得到提示，可是怎么都不明白，你也忘记了在病危时，你曾与茱伊见过面。没错，人生中有许多暗示。有人能意识到，有人却压根儿没有，于是就产生了差异。尽管如此，你还是拼命努力。我为你感到骄傲。你遵从本能的直觉，走上正确的道路。我活着的时候，却封闭了内心，闷在小小的世界里面。"

"你在说什么呀？苹果，你是爸爸吗？这真是太荒唐了。你是猫咪，还是人？我不知道你究竟是谁。"

事实上，我全都明白。在我眼前的是爸爸。我只是惊慌失措。

在父母面前，我一贯如此。只会表现出愤怒，却不会表达自己的感情。


"我直到死后才意识到这一点。"这个曾经是我爸爸、现在额上有颗灰痣的猫男再次开口道：

"自始至终都是你，既不是莎拉，也不是黛莉拉，而是泰勒。是你——泰勒·塞雷娜·托马斯，你就是我的答案。我醒悟得太晚了。我刚失去身体，心就变成了零零散散的小碎片，全都成了微粒子。我的心是在投入宇宙的定律之后，才找到了答案。在我的人生旅途中却没有。我真是个大傻瓜，就像狩猎忘带枪一样，我干了件大蠢事……

"现在的我想对你说：轻松的人生是没有未来的。我在爱和金钱里，迷失自我，误入歧途。我直到死后才意识到什么最珍贵，但已经太迟了。这是我的人生功课，一切在我出生前就已经被规划好了，我被束缚在自己的学习计划中。

"很抱歉，我留下你，独自离开了人世。我虽然变成了零零散散的心灵碎片，但依然关注你们。都是我的错，让你们遭受来自媒体和社会的无情对待。我旁观一切。我为自己感到羞愧，我应该坦然地面对你们。我实在窝囊，我好后悔，一切都是我的错，你们什么也没有做错。抱歉，泰。我知道，现在说这些，也已经晚了，但我还是想道歉。

"太多的诱惑摆在我面前，使我看不到真相。我很疲惫，也很混乱。莎拉一味地依赖我，她自己无法做出任何决定，她想要独占我。

"她对我很执着，离不开我。可是，我偶尔也想做回真实的自己，也想有独处的时间。她是我的蓝色眼睛。她想让我成为她的私有物。我金色的眼睛一文不值。

"她出身名门，身边围绕的都是常春藤盟校的毕业生。她从父母那儿继承了巨额遗产和家族姓氏。对我来说，这些都是负担，可我还是想和她结婚，想与她组建家庭。我想成为一家之主。

"黛莉拉与莎拉正好相反。她热情地追求财富和我。她假装自己自由自在，不属于任何人，但实际上她成了金钱和欲望的俘虏。我为什么会迷恋她呢？连我自己也不清楚。我们相遇的时候，我以为是命中注定。她设下诱惑，我为之屈服。她实在太有魅力，我无法抗拒。如今我明白了，原来这不过是一场黄粱美梦，到头来两手空空，我本就应该按照设定的人生剧本——独自生活，这才是现实。黛莉拉不需要我的蓝色眼睛。黛莉拉一家相亲相爱，恪守信仰，但是无权无财，于是长大后的她变得贪财慕势。黛莉拉威胁、控制了我的人生，她时常逼迫我，要选择她。我不想同她分手，可我也不想失去家人。然而，她拒绝做我的情人，她想获得妻子的身份。她之前交往过的男人，没一个想过与她组建家庭，只是把她当作女友。只有我，认真地考虑了我与她的关系。在那之前，我从未有过外遇，我不知道该怎么办。我夹在两位欲望不同的女人之间，犹豫不决，无法做出选择。

"我好似生活在黑暗之中。我认为我爱她们，无论哪一个，我都不想失去。我对莎拉负有责任，但又觉得与黛莉拉是今生注定。可我是个懦夫，无法做决断。我以为只要我愿意，无论是莎拉还是黛莉拉，无论是亲情、爱情、激情还是财富，所有一切我应该都能得到。

"然而，所有一切，连同我的身体，都一起消失了。最后我留下了什么？泰，你一直无法理解我，为此我很痛苦。现在我可以读到你的心。我想自杀，想逃避一切。我被夹在两个女人之间，被迫做出选择。我的压力无比巨大，烦恼不已。连工作也变得困难重重，雷曼危机发生后，证券公司已经岌岌可危，我无法以一己之力扭转乾坤。

"现在回想起来，我当时应该是被当成了公司的牺牲品。他们任命我为董事，只不过是想要有人来承担责任罢了，他们从一开始就知道，我无法扭转局面。他们把向客户解释说明的责任强加给我。秘书频频对我说：'您的电话。'我对客户解释：'您无需担心。''很快会复原。'但没有人相信我。金融投资原本就是一场危险的游戏，众所周知，股票价格跌宕起伏，售卖金融产品时必须对客户说明投资风险。可是，我过去研究掌握的统计资料，并不能安抚客户的情绪，似乎都成了无用的研究。失去了公司运营资金和退休基金的客户，毫无疑问遭受了严重的打击。

"在我去世的前一周，我想要拥抱你，跟你告别，可那时你好像特别忙。我也不想伤害你。所以我什么也没有说。我并不打算自杀，只是想逃离一切。逃离所有一切——两个女人、责任、工作、客户的哀叹、莎拉的依赖、黛莉拉的胁迫、对你强烈的爱和执着、与你的羁绊。我想逃开，无论是从爱里，还是从被爱里。人际关系令我烦恼，使我筋疲力尽。那天，我开车正想转个弯，一辆警车在我眼前以惊人的速度掉转了方向。警笛声历历在耳，并难以避开，可我没有这么做。紧接着，我跟追捕罪犯的警车相撞了。是我想自杀。这能回答你的疑问吗？我活着的时候，没有想过寻找答案，只是一味地逃避。我并没有被杀害，是自己撞上去的。这场事故成为我结束人生的体面的借口。

"可是，我还有另一个选项，既不是蓝色，也不是金色的选项。

"那就是你。你是我的答案。苹果的红色，是我的血、我的爱的颜色。它绝不会褪色，也绝不会成为宇宙的尘埃。它是发自内心为他人着想的真爱的颜色。

"我应该更珍惜跟你的关系，应该从你身上学习。我直到失去身体后，才意识到自己永远地失去了最珍贵的羁绊。"

"好可怕。"

"啊，的确很可怕。事到如今，后悔也无济于事。人一旦离世，意识就被释放到宇宙，变成零零散散的小碎片。我听到了'他'的声音，就是你即将开启第二次考验前听到的声音。那个声音叱责我：为什么要将人生半途而废呢？

"我应该战胜诱惑，学会在孤独中生存。但结果我什么都没学到。我输给了黛莉拉和死亡的诱惑。那是个甜蜜的陷阱。我无法面对自己成为孤家寡人。于是我独自一人，切断与社会的联系。这是很自私任性的做法。我应该诚实地活着，意识到自己的弱点。

"现在，我明白自己为什么要与莎拉结婚了。因为我觉得我可以控制她。我想要成为国王，称霸这个小小的家庭。与她相遇前，我认识了她的弟弟埃尔顿。我与埃尔顿是舍友，我听说莎拉性格懦弱，以为自己可以控制她，于是我们结婚了。我对莎拉做了很过分的事。她很依赖我，我深信她会相信我所说的一切。

"我料想到莎拉会依赖她自身的地位、名门望族，以及我虚假的爱。连我自己也以为结婚是因为学生时期就对她萌发了爱和友情。我俩对此深信不疑，满足于这种肤浅的关系。于是我们结婚了。

"婚后与黛莉拉相遇，是在我出生前就注定的命运，一切都是计划好的。我有一个向导引导我，我们一起筹划和确定计划。黛莉拉诱惑我，迫使我做出选择。但我决定独自生活，此后的人生剧情应该是我在孤独中活下去。要是我能作为你的父亲，继续活下去该多好。我不应该让莎拉和黛莉拉感到痛苦。

"黛莉拉设计引诱我，夺走我的心。但她无法夺走我的灵魂。她穿着红色开胸连衣裙，我送她的小钻石项链在她的胸前闪耀。她的黑发和脖子散发出独特的气味，那气味浓烈，直冲鼻子。奇怪的味道，却令人难以忘怀。我明明一闻到那股味儿，心情就会变得糟糕，可无论如何，还是想见她。她那双大眼睛里寄居着强烈的意志，红艳艳的嘴唇像野兽一般。她用舌头舔了舔那嘴唇，举止粗鲁难看。她与好几个男人保持关系，其中一位是我重要的客户。我知道那个男人正与她交往。她以美貌为武器，逼迫我，诱惑我。是的，她的试探很成功。她的诱惑紧紧地攫住我，我堕落了。我无力抵抗，仿佛成了青春期的毛头小子，相信这才是爱，一头栽了进去。

"一想到你和莎拉，我就感到心痛。我与黛莉拉的关系是一场伤人的冒险，我做了决不能做的事情。如今，只觉得那是件蠢事。

"我现在依然记得与黛莉拉的初次见面。那天，黛莉拉陪同我的一位重要客户，一起来到纽约的一家法式餐厅。你应该也知道那位客户的名字——就是那位政府官员。黛莉拉很爽快地点了餐，她十分清楚自己想要什么。这让我倍感新鲜，因为莎拉，尤其是在餐厅的莎拉，自己无法做出任何决定，总是必须由我来点餐，这让我感到厌烦。而黛莉拉马上就知道自己想点什么，她点的是最高级的菲力牛排。她很清楚自己要什么，并能够得手。三分熟的牛排，红红的肉汁从她嘴唇上滴落下来。我闻着牛排和香料的味道，晕头转向。就在那时，黛莉拉突然像天使一样对我微微一笑。我就此被彻底击败。黛莉拉驾轻就熟地将我据为己有。而我像个孩子似的，对她充满渴望。

"我夹在莎拉和黛莉拉之间，顾不上考虑你。

"后来，我才知道，与我分享灵魂的伙伴——是你。

"现在我只想着你，永远爱你。不能跟你在一起，真的很寂寞。我很想你。我满脑子都是你。

"总之，我想向你道歉。我现在处于光的世界，这里的光充满慈爱，实现我最后的愿望：我希望再见我女儿一面。我的灵魂碎片汇集起来，其中一部分聚拢成形，我的灵魂由此重生。

"我一醒来就变成了一只猫。零零散散的灵魂碎片聚集起来，又开始运作。当你是娜蒂亚的时候，你察觉到自己的灵魂里住着黛莉拉吧。我灵魂的一部分是猫，为了同你一起生活而转世了。剩下的灵魂则留在宇宙，在永恒的时间中回顾自己的人生。在你们的时间感官里，这段时间漫长得出奇，是一场前往宇宙的单程旅行。"

"爸爸，你的意思是你转世成了苹果？"

"没错。当我变成猫，我心想到底发生了什么？我试着大声叫唤，却只发出了一声'喵'。我便意识到，自己转世为猫了。'他'安排我作为母猫转世，眼睛一蓝一金。接着，我戴上了挂有小铃铛的红色项圈。'他'设置的一切准备就绪，剩下的就取决于你是否能找到我。后来，在镇上徘徊的我被带到了猫咪之家，我一直在那里等待你的到来。我从未想过，我会转世为猫，等着被自己的孩子接走。

"没过多久，你终于来到了猫咪之家。我的心怦怦直跳，你最终能否接收到我发出的暗示呢？我忐忑不安。我的瞳孔颜色十分罕见，深受访客的欢迎。我努力不被别人带走，一心一意地等着你。你终于出现了！实际上，是茱伊拜托伟大的主，确保这件事的发生。茱伊给予我和我的向导合作的机会。你找到了我，并决定立即把我带回家。就这样，你给我起了个新名字叫'苹果'。我高兴万分，又能跟你生活在一起，我感觉很幸福。

"你还记得尤达吗？就是在你上小学时寿终正寝的那只老猫。尤达走后，莎拉伤心得病倒了。尤达这个名字，是我从《星球大战》的电影角色里挑的。莎拉请我给猫起个名字，我便特意起了个怪名字。刚结婚的时候，莎拉想养一只暹罗猫。可我们去育种基地没有找到暹罗猫，只有一只灰色的东方短毛猫。那只猫明明是只小猫咪，却一点都不可爱，不柔软，很瘦小，干瞪着一双大眼睛，是一只怪里怪气的猫咪。不过，她很快就表现得与我们十分亲近，她特别喜欢莎拉。我们长期无法生育，尤达就像我们的女儿。尤达九岁那年，莎拉怀孕了，第二年你和塞雷娜出生。你的妹妹塞雷娜刚出生就夭折了，只剩下你。我们迷恋着你，忙着照顾你。把宝贝宠物尤达丢到了一边。

"尤达日渐消瘦，行动变得迟缓，也不怎么叫唤。但谁都没有注意到尤达的肾脏出了问题。我们谁都没有注意到她的那些症状，应该早点带她去看兽医的。尤达年纪已经很大，我们以为那是自然衰老，便不予理会。直到最后，她食欲不振，骨瘦如柴。有一天，尤达热情地叫唤了几声后，离家出走了。我们四处寻找，最后在院子的草丛里发现了她。那是一个秋日的早晨。尤达的身体已经变得冰冷。

"你还记得当时我努力安抚莎拉吗？莎拉像婴儿似的，不停地痛哭，自责不已。她说她一心顾着泰，没有好好照顾生病的猫咪。后来，莎拉像尤达一样病倒了。莎拉始终自责，逃避现实。我也难辞其咎。尤达真是一只性格温和的猫咪。

"我们在死后的世界里重逢了。尤达前来迎接我。我和尤达只是短暂相遇，她必须回到她自己的地方。她又跟我告别。尤达很感激我。泰，所有动物都拥有与人类相同的灵魂，拥有爱，也心存感激。尤达告诉我她为何要悄悄死去。那是因为她不想让莎拉伤心难过。动物也是有感情的。"

是的，我们家在很久以前，曾经养过一只猫。我记得那是一只名字奇怪的猫咪。当我第一次观看《星球大战》时，不禁笑了起来。那部电影里的尤达，的确跟我家猫有点像。棱角分明的脸，大大的杏仁眼，还有那双大耳朵，简直一模一样。尤达是一只漂亮苗条的猫，她很黏人，总是跟着我，围着我打转。

她也是一只喜欢叫唤的猫。后来，她无法正常走路，毛色也变差了。直到有一天早上，死在院子里，享年十七岁。

是我发现了那具尸体。我看到尤达倒在了院子草丛里，却无能为力，只能伫立着不动。尤达身体力行地告诉我：她用死亡对我们发出宣告，死亡是她最后的拒绝。

爸爸和妈妈都十分伤心。不过，如今我知道，这是一段新人生的开始，也是一段新旅程的起点。

　　妈妈对我说:"我已经受够了动物的死去。"从此以后,我们家就不再养宠物了。可是,我与苹果相遇了。苹果拥有改变这条规则的力量。寄居在苹果身上的热情,与我朋友的宠物、我在动物救助所做志愿者时碰到的狗和猫,完全不同。苹果牢牢地抓住我的心,与我无法用言语表达的情感产生共鸣,触动我的心弦。我的心告诉我必须领养这个孩子。原来这一切都是爸爸设计的,我分不清真假。但看到苹果,确实让我怦然心动。

　　"爸爸见到尤达了?猫也能上天堂吗?"

　　"当然啦!泰,你还记得戈德堡说过的话吗?被爱的记忆是不会消失的。我将永远记住微风的气息、太阳的温暖,最重要的是爱着我的主人的声音和动作。尤达是莎拉的母亲伊丽莎白的灵魂碎片。碎片并不能全部聚集到一起,灵魂是可以分裂的。于是,一部分碎片集合起来组成尤达。尤达出生时,就带有伊丽莎白的灵魂碎片。我们初次与尤达见面时,莎拉就从尤达身上感受到了爱,难以离开。她强烈地想见到伊丽莎白。在这个世界上,任何事都不是偶然的,所有的一切都是被精心设计过的。即使乍看之下复杂混乱,也全都是周密规划的结果。即使失败,也不完全怪你。所以,要努力尝试解决问题。人生真是相当棘手啊。"

　　我想起了妈妈的话。是的,尤达就是外婆。谈起这一点,妈妈确实偶尔也会说些很奇怪的话:

　　"尤达是一只充满母爱的猫。你出生的时候,我担心猫待在新生儿的身边会引发问题。我听说猫毛是造成婴儿过敏的源头,如果尤达爬上婴儿床,坐到你的脸上,你会窒息的吧?为了避免这种意外,我买来纱帐，将婴儿床罩住。那是我常有的过度反应。尤达好像认为你是她的宝宝，虽然她接受过避孕手术。她因为总和我们在一起，也把自己当成了人类。尤达总是坐在婴儿床上你的脚边。不对，应该说是紧紧地挨着你的脚底，直到你两岁。在你吭哧吭哧地爬行时，在你东倒西歪地往前迈步时，她就追着你。无论你去哪里，她都陪着你。真的非常神奇。尤达认为自己要保护你。邻居约翰斯顿太太的柴犬，你还记得吗？柴犬米莎还是小狗时，约翰斯顿太太的女儿病了，她必须去俄勒冈照顾女儿，我们暂时代为照顾过米莎。那时候，尤达成了保姆，照顾起幼犬米莎。

"尤达很讨厌狗，却从来不会对米莎生气。即使后来米莎长得比尤达大，一看到尤达，也总是很高兴地摇着尾巴。尤达真是一只好似妈妈的猫咪啊。

"泰，你可能不会相信，尤达总在半夜注视我。有时候，我半夜两三点醒来，会看到尤达注视着我，就像生病时照顾我的妈妈一样。

"猫咪会照顾主人也许是我异想天开，但尤达的眼睛确实在跟我说话。那双眼睛好像在说：'放心，没事的。'这种事我碰到几次，没过多久，尤达就去世了。那个孩子肯定是想告诉我，她病了，身体很疼。可怜的尤达！我做了坏事。"

妈妈搞错了。尤达并不是那么想的。尤达是想跟妈妈道歉，她上辈子是我外婆的时候，只盲目地疼爱儿子埃尔顿，没有平等地爱过妈妈。因此，她灵魂碎片，作为女儿的宠物猫转生了。为了再照顾一次女儿，为了爱。

我的外婆伊丽莎白转世尤达，想通过照顾我还有米莎，来告诉女儿什么是真正的爱。尤达是一只猫，可又不仅是如此。她想告诉妈妈，她是伊丽莎白，现在依然深爱着女儿，即便到了天堂，那份爱也永远不会改变。

尤达在死前注视了妈妈一整晚。她想跟女儿做第二次告别，对女儿的第二次，也是最后一次告别。外婆对妈妈爱得十分深沉。

关于尤达，我还从妈妈那儿听说一些趣事。

"那时你还没出生，尤达还是一只小猫咪，她用英语跟我们搭话。她说什么来着，约翰？"

"没错，没错，那实在让人大吃一惊。嗯……好像是说'I like it（我喜欢这个）'，是吗？她很喜欢你从老家带来的那条苏格兰格子旧毛毯，经常睡在上面。所以她才会说'I like it'。"

"那件毛毯是我妈妈最喜欢的。是我父母到苏格兰度蜜月时，在爱丁堡买的。是不是很神奇？要是能将猫咪说的英语录下来就好了，真让人怀念。现在用智能手机就可以录音，要是在当下这个时代，尤达可能会成为一只网红猫。"

对尤达而言，那条毛毯与她的过去相联系。毛毯现在依然保留在我家，妈妈并没有扔掉，因为那是外婆和尤达的纪念品，是她俩喜欢的东西。我也曾在电视上看到会说英文的狗或猫，可能是动物回想起了前世使用过的语言。前世记忆的碎片可能太过生动强烈。一边带着前世的记忆，一边作为动物生活，应该很麻烦吧？不过尤达下定决心，要同我们一起生活。谜题的答案其实很简单。彼得也曾经说过：别把问题想得太过复杂，答案是简单的。外婆发自内心地爱着妈妈，仅此而已。此时此刻，我也应该接受眼前爸爸所说的话。

爸爸的心情也与尤达是一样吗？我不敢问。我经历过两段壮烈的人生，早已不是从前的泰勒。我已经不是那个对很多事情熟视无睹的孩子了。尽管如此，我还是无法轻易接受。我肯定会原谅爸爸的。但我无法跟从前一样轻松愉快地和爸爸说话。

突然，我脑海中出现了尤达的画面。尤达在窗边，迷迷糊糊地沐浴着月光。她一边假寐，一边想着妈妈。我能感受到她的心。我将月光收集于掌，轻轻地触摸着尤达的心。"不用担心，温柔的尤达。你女儿莎拉身边有我。"我这样说道。

一回神，画面消失了。我终于明白尤达的心情。于是，我总算知道了爸爸变身成一只猫的理由，可我还是无法接受这个事实。

## 2  纵横宇宙

"我不相信，请你不要再编故事了。苹果是猫，不是人。爸爸已经去世了，你不过是幻觉罢了。"

我反驳苹果，我想要试探她。

"泰勒，你对我将信将疑，也不是没有道理。可一切并非眼见为实，有时眼睛看不见的东西才更真实。我依靠看不见的能量变化，才成了猫的模样。心跳也是能量，存在不产生热量的能量。是否能看见，并不重要。我虽然在苹果的身体里，但并不能操纵她的心。灵魂的碎片聚集起来，使苹果成为了苹果，而我只是隐藏在苹果的灵魂碎片里。猫的性格与我无关。你的猫咪苹果很有个性，有树就想爬，看见鸟儿就想扑，被食欲驱使。接住你扔来的毛球、然后想带回来给你，苹果好像小狗，不厌其烦地重复这个游戏。我当然不想做那些事，可那就是猫咪苹果的性格。

"她想让你高兴。于是经常送你老鼠或鸟儿的尸体当礼物。她一那么做，你就会很生气。可苹果并没有恶意，她只是在表达她的爱而已。尤达也送莎拉同样的东西，即使你妈妈不喜欢，尤达也一直给她带礼物。因为猫没有钱给你买甜点。这一切都与我的灵魂无关，苹果是一只深情的猫，发自内心地爱你。

"茱伊没有教过你吗？无论选择怎样的人生，结局都是相同的。身处这个宇宙，就会体验到各种各样的人生。你生活在过去和未来，积累了许许多多的人生。即便在同一个时代，你也同时存在于其他空间或次元。在这个空间，你作为泰勒而活。无论怎样的人生，为了生存，就必须积极努力，必须遵循自己的良心。这既是你的课题，也是'他'赋予你的使命。现在，我不知道在其他时空里是否也有你的存在。可是，任何一段人生都可供学习。如果不去学，世界就将迎来末日，就像你在第二段人生里所体验到的。对你而言，时间是纵向的，空间是横向的。就这样，时间和空间编织出你本人和你经历过的全部人生。

"并不只有人类，也并不只有狗、猫或其他生物，才有灵魂。这个宇宙里还存在着其他众多生命体。可惜人类没有意识到，在这个宇宙里还存在着许多别的生命。'他'希望人类和其他生命和谐共生。"

"爸爸，你到底在说什么？我已经厌倦了这种体验。我做不到。我曾经变成恐龙，还有寒武纪里奇特的生物。天崩地裂，电闪雷鸣。我能听到各种生物的喊叫声，那里只有绝望。世界发生了巨大的海啸、被火焰包围，然后是冰冻。最后黑暗降临，世界变成灰色。实在太可怕了，我不喜欢。"

"总有一天，你会明白。三年前，也就是我来到这边的世界之前，什么都不懂。一无所知很可怕。泰，继续待在手术室里令我很不舒服，让我们离开这儿，回到我们家院子里的长椅上再谈好吗？

"邻居玛妮现在还总是在听披头士吗？如今，玛妮也应该意识到自己是嫉妒你妈妈的。她想结婚却做不到。她一直等待着理想的结婚对象出现，可世上并没有完美的人。任何人都要对生活妥协。在我过世前，她都不跟我们说话。现在她也明白了，世上没有人能获得完美的幸福。"猫男微微地扬起左边的嘴角，浮现出跟爸爸一样的讽刺的微笑。

"看你裸着身子流血绝不是一件令人舒心的事。即便你的身体里没有灵魂。快，让我们离开这里吧。快来吧，泰。"

接下来，就像是彼得曾经提起过的心灵运输。只要念一下，就能瞬间移动。在时间的最小单位一科托秒（$10^{-24}$ 秒，一秭分之一秒）之内，就可以到达另一个地方。

拥有苹果眼睛的幽灵爸爸和离开了身体的我站在院子里，倾听约翰·列侬的歌声。

邻居家传来约翰·列侬演唱的《纵横宇宙》，和爸爸想的一模一样。

"列侬生前曾试图理解宇宙。不过，他因为无法抵达'神的秩序'，也就是'宇宙的定律'，而感到痛苦。他凭直觉抓住了本质，他抓住了灵魂的存在、宇宙的多层性，以及我们将往何处去。但普通人活着的时候，是不会明白那种事的。这首歌里唱着：宇宙是微观的存在。列侬是正确的。你知道 2015 年——也就是今年——的大新闻吗？几年前发现最小的基本粒子 / 中微子是有质量的那个人，他被授予了诺贝尔物理学奖。这是一项颠覆传统宇宙观的大发现。迄今为止，人类认为宇宙是一直在膨胀的。然而，如果最小的基本粒子有质量，那么基本粒子之间就会产生重力。因此，通过计算会发现，宇宙在膨胀到一定的规模后，会开始萎缩，最终将空无一物。无论是空间，还是时间，一切都将永远消失。这与 NASA 的哈勃望远镜所观测的结果相矛盾。所以'宇宙在萎缩'的最新理论是错误的。我们的宇宙是无限的，就是像贝壳一般，层层重叠，卷入漩涡。'他'处于正中心，周围连接着层层叠叠的宇宙。那是永恒。爱因斯坦的理论是正确的。过不了多久，美国的研究团队就会发现重力波有质量，从而证实九十九年前爱因斯坦发明的相对论。他们将在黑洞和中子星的内部发现时空的扭曲。宇宙是扭曲的，层层叠叠的。而且是无限的。

"这些观点，在来到这边的世界之前，我都不懂。我甚至从没思考过宇宙的起源。但我一离开身体，马上就明白了。竟是那么自然。耗费了好几代人的时间、物理学家埋头钻研的难题的答案，我竟然瞬间就明白了。

"宇宙的起源是什么？我们从何而来？宇宙的死和无是什么意思？包括中微子在内的那些基本粒子全都是从无而来的吗？是从一无所有的地方凭空出现的吗？这些都是无法用理论解释说明的。人类陷入理论的魔法，可答案却简单明了：一开始就什么都不存在。

"一切并不是凭空产生，而是起源于一种'带着意识的无'。在宇宙和生命的伊始，就有慈爱和寓意。要说这里还存在什么，那就是拥有绝对的爱的力量的'他'。"

"是神吗？"

"与其说是神，不如称之为'主'更为合适。从上方关注着我们的真正的爱。那就是'他'。"

"我一点也不明白。"

"现在不明白也没关系。

"'他'是从哪里来的呢？即使在地球上观测宇宙，宇宙也是层层重叠，无比巨大，无法掌握，无限延伸的。既有能用宇宙望远镜观测到的，也有无法观测的。从宏观上思考，那就像洋葱皮一样，可剥洋葱皮是有终点的，而宇宙没有，那是真真正正的无限。我们的光之主经历了多次宇宙大爆炸，而人类对此一无所知。

"人类无法理解'他'的灵魂，真正的爱，慈爱。即便解剖人体，研究细胞和基因等微观层面，也无法理解，因为重要的东西并不在那里，那里只能找到病理学上的答案。以濒死体验者的描述和垂死的患者看到的幻觉为线索，找到的也只是想象中的死后世界罢了。研究大脑内部，得不出任何结果，也无法读懂人类的情感。通过解剖人体，是无法知晓答案的。研究大脑，只会知道我们有多么贪婪。

"我们（虽然我用了'我'这个词，但我实际上已经死了）美国人之中，有很多善良的人，有每个星期天都会去教堂的虔诚的基督徒。可也有些人，对上帝的话，连听都不想听。那是一群歧视他人、自私自利的家伙。他们是拜金主义者，只相信金钱的力量。他们视死亡为失败，无论如何都要活下去。他们住在带泳池的豪宅里，相信只要成为有钱人，就能实现梦想。

"我想告诉你，死亡并不是终点。

"在这边的世界有真正的人生。一般人想象不到吧？人类要对自己所相信的事物，试着反向思考。在这里，需要面对自己的人生好几百次。简直是地狱。必须时时刻刻地面对自己，这是一项非常辛苦的任务。'他'从不责备我们在活着的时候伤害过谁、出于什么理由而杀人，但我们必须和向导一起，反反复复地回顾自己的所作所为。比起谴责或刑罚，这种方式更有效。

"当然，在这边的世界不存在死刑。但直面自己的愚蠢行为更让人痛苦。自己的罪行、拜金主义、依赖寄生、道德沦丧、享乐主义、形式宗教，等等，那些将人生五花大绑地束缚起来的东西……我们要回顾这一切。

"人类只需要遵守不偷盗、不贪婪、积累知识、爱护亲戚邻里、和蔼可亲。'他'对人类的要求是极其简单的。

"'他'创造人类，有其想法。他特意创造出形形色色的文化、肤色、体型及面容。这些全都是'他'的设计。也就是所谓的Intelligent Design、ID创造论，就像博士跟你说过的。其实甚至不需要刻意称之为Intelligent Design。因为一切都源自'他'的爱。巴别塔分割人类，诞生各种各样的语言。语言的多样性使人类永远分裂，直到现在，我们也无法相互沟通。

"我们的生命诞生于海底喷发，那并不是偶然，而是出于'他'的意志。一切都并非偶然，而是事先准备的脚本。仅仅在这个地球上，'他'就创造出了很多轮生命。在'他'终于创造出人类之前，各种各样的生命诞生又消失。猴子的同类确实很像人类，但绝对不是人类。有些种族主义者主张：非洲的原住民与高度发达的猴子有近缘关系。那些人自诩白人，自以为文化优秀、高人一等。他们因为不懂科学和宇宙的运作机制，才会说出那种话。他们的依据是达尔文的进化论。可是现在，许多学者都对进化论提出了异议。南方古猿虽然被称作猿人，但大部分被发掘的骨头其实都是伪造的。目前的研究表明：南方古猿分成好几个种类，它们同时存在于同一个地区。

"'他'特意在各片大陆或地区安置各种各样的人类，并赐予他们智慧。摩西、耶稣基督、佛陀、穆罕默德听到了'他'的喃喃自语。于是，宗教诞生了。'他'指示他们将自己的想法传遍全世界，传遍他的王国的四面八方。必须人人平等，为此，他们着手解决贫富差距。他们告诉人类，行动和祷告是很重要的，而在'他'的教诲中，最重要的是爱他人。可爱他人究竟是怎么一回事呢？人类无法理解。人类围绕着领地，反复挑起争端，有时还以宗教的名义发动战争。

"人类在那段历史中，屡屡遭到洪水的袭击，而动物则乘坐诺亚方舟延续生命。洪水和大海啸是'他'眼里溢出的泪水。如果人类不知悔改，仍旧如此我行我素，等到危机降临，就会全军覆没。

"无论隶属哪种阶级、宗教、种族，人类都是愚蠢的存在。大多数人不学无术，只是按照习惯生活。明明应该知道全人类都是兄弟，知道肤色不同并不代表进化的优劣，只不过是几代人的生活环境差异而已。为了保护自身免受有害的紫外线和辐射的伤害，人类不得不让身体适应环境。可有些人就是不愿明白，把头扎进沙子里，拒绝接受他人，不欢迎移民和外国人。就像战后一样，要接受外国人、外国文化和不同种族，就必须醒悟过来。

"人类应该彼此相爱。可是，即便头脑能够理解，心里也不愿接受。从不以史为鉴，只想着从经济或其他角度进行狡辩。不过，生命进化的真相很快就会水落石出了。还将通过物理学，弄清宇宙起源的碎片所显示的真相。等到那一天，人类就能深刻地理解生命的运作机制。希望能赶在'他'的愤怒到达顶峰之前。

"我希望人类能运用良知，早日领会到来自宇宙的答案。我不希望现代人类经历跟娜蒂亚和查德妮一样的人生。在她们的人生里，我也与你同在。如今，转折点就摆在人类的面前。想要改变，就必须采取行动，趁现在'他'还没动真格。"

# 3　秘密和真相

"事实上，是我请彼得·戈德堡博士在你的第二段人生里，担任为你解开宇宙之谜的老师。"

"不！这不可能。你是说你像茉伊一样创造出博士？到底什么才是真实？"

我心跳加速，差点儿哭出来。

"泰，一切既是虚幻，又是真实。其实，哪儿有什么真实呢？有些人得不到必需的食物，痛苦地死去；有些孩子甚至无法长大成人。那些也是真实的。人类原本应该为了灵魂的成长而活，可现实里却无人关心，也无人记得。这样的悲剧也是真实的。这些都不能无视，你必须学会什么是重要的、为了爱与和平能做些什么。真实就在你的良知里。"

"你还没有回答我的问题，爸爸，博士是真实存在的人吗？还是爸爸编造出来的谎言？是爸爸你改写了我的记忆吗？够了，实在太令人难受了。好像《爱丽丝漫游奇境》，我像是在哪里迷了路。已经烦透了。我完全无法相信彼得是虚构出来的。因为彼得喜欢苹果，他也跟我分享了他的人生经历。"

"你是问存在还是不存在？你问了一个相当具有哲学性的问题。我也与你有相同的感觉。戈德堡博士是真实存在的，他是医学和物理学的博士。博士现在正在大学里，埋头研究量子宇宙论。本来博士对死后的世界毫无兴趣，是我悄悄地把这想法灌输给他，才让你在梦中与他相会在纽约郊外住宅区。

"博士正着手研究基本粒子，试图得出有关宇宙黑洞光子的公式。是我操纵了博士的想法，让他完成他的理论，并教授给你。在现实中，你是不会遇到他的。为了你，我将住在洛杉矶的他带到纽约。这就跟他曾经说过的薛定谔的猫一样。如果他在那里，他就是存在的。如果他是虚幻的，那就只是虚幻的罢了。"

"博士知道这件事吗？"

"不知道。"

"要是他知道了，那就真太失礼了。我为爸爸你感到羞愧。"

"这就是你的优点。比起自己，你更关心他。"

"爸爸，你不觉得你的想法有点奇怪吗？那是理所当然的，谁都会那么做啊。"

"不幸的是，只有一小部分人像你这样拥有高尚的心灵。"

"彼得与我最后一次交谈时，正在遭受失智症的折磨。他在现实的人生中也会患上失智症吗？"

"令人难过的是，现实依然如此。相同的命运等待着他。不过，他还没有发病。而且，就算患上了失智症，也并不会死亡。现在已经有了先进的治疗药物。彼得接下来仍将生活在西海岸。"

"那就意味着，现在博士曾经说过的量子纠缠或心灵运输正在发生？"

"正是。彼得是一个温柔可爱的人。他爱他的子孙，虽然有点顽固，内心却很谦虚。他的朋友不多，没有种族歧视，也从不对他人带有偏见。对残障人士也很亲切。因此，在你的第一段冒险里面，他与你成为好朋友。他等候在那个世界，但是你俩是否亲近，取决于你。你与博士的相遇虽说是偶然，但也是必然的。"

"爸爸，你还有什么瞒着我吗？"

"啊……你的妹妹塞雷娜。"

"得知我有一个双胞胎妹妹时，我大吃一惊。那孩子好可怜。不过，自从茱伊跟我说起这件事后，我总感觉自己跟她生活在一起。"

"事实上，塞雷娜是你的灵魂伴侣，是你的向导。茱伊就是塞雷娜。小时候，你会不自觉地向塞雷娜求助。从此，塞雷娜一直以茱伊的身份引导你。"

"真的吗？茱伊就是塞雷娜？我们一直在一起吗？小时候的玩伴是自己的妹妹，那真是太棒了！可我完全没有意识到。她爱我吗？她一出生就夭折了，她不恨我？"

"你错了。塞雷娜在你身边，就是为了帮助你。那既出于她的爱意，也是她的使命。在你体验过的第二段人生中，你入选幸存者的时候，塞雷娜给了你暗示，试图让你注意到她。她潜入你眼中，跟你窃窃私语。她像是守护地球生命的月球引力，一直温柔地爱你。塞雷娜的灵魂成了小小的基本粒子，她用灵魂的碎片支援着你的人生。

"莎拉在很长一段时间里无法面对塞雷娜的死亡。莎拉心中的伤口很深，于是她永久封印了那段记忆。她坚定地认为，自始至终自己只有一个孩子。对此，塞雷娜并没有感到烦躁或伤心，反而担心母亲。塞雷娜是个温柔如水的女孩子。莎拉永远地忘记了塞雷娜。但有一天，她突然意识到塞雷娜回来了，她成为了你想象中的朋友茱伊。莎拉从那儿听闻茱伊，担心塞雷娜会将你带走。就如同那个日本传说——月亮的公主在人间长大后，又回到了月亮上。"

"我不关心国外的传说。塞雷娜，我可怜的妹妹，我都不知道她的存在，可她却一直守护着我。我想感知那个孩子，还想跟她说话。哎，请为我唤来茱伊。"

"泰，我做不到。既然你已经知道真相，她就再也不是你的发小茱伊了。不过，毫无疑问，塞雷娜同我一样，都会待在你和妈妈的身边，像月光一样照耀你的人生。"

"怎么会这样。"

爸爸紧紧地抱住了我。

"听说塞雷娜夭折，我伤心得几乎要跌倒。我沉浸在失去女儿的悲伤中。而你妈妈完全失去自我，头脑混乱，整日以泪洗面，思念着夭折的女儿。等她重新恢复过来，就花了好几年。我来到这边后，与塞雷娜重逢了。我立即明白，她是一个心胸宽广的好女孩。我触摸到一颗名为塞雷娜的灵魂小光球。那是一束柔和温暖的光。那束光美丽灿烂，将她真正的爱传递给我。

"身为茱伊的塞雷娜，教会我许多事，也给我建议，告诉我该如何向你道歉。她比我更了解我自己。她是我们家的第四名成员，她一直与我们在一起。"

一时间，我和爸爸相视无言。


"你还记得《晚安，月亮婆婆》那本绘本吗？你有一本小兔子房间

281

里的各种物品都在说'晚安'的绘本，对吗？就是那一本连挂在墙上的画都在说'晚安'的绘本。"

"当然记得。那是我的第一本绘本。"

"那本绘本的封面上，画着小兔子的房间，透过窗户能眺望到巨大的月亮和星星。你很小的时候，总是央求我，让我读给你听。可是，莎拉每次看到那本书，都会想起塞雷娜，不禁难过起来。"

"为什么要把妹妹的名字作为我的中间名呢？为什么给我起名为泰勒呢？这些问题我从来没有问过。"

"因为我和莎拉都特别喜欢月光。塞雷娜在希腊语里是指月亮女神。那是一个传递出沉稳安静氛围的名字。我们事先知道怀了一对双胞胎姐妹，便决定姐姐叫泰勒，妹妹叫塞雷娜。在一个满月的夜晚，莎拉突然临盆，你们出生了。分娩过程中，医生决定剖腹产。我在手术室里陪伴着莎拉。

"医生先接生了你。在我和护士一起用温水给你洗澡时，塞雷娜出生了。但她仅仅活了一小会儿。月亮不仅影响潮汐，还会影响人类的身体。'生物潮（体内的潮汐）'推动我们的情感和机体节奏。在月亮的影响下，塞雷娜出生了，可立即又被召唤回到天上。至于你的名字，我没跟你讲过吗？泰勒是我父亲的中间名。那是一个男女通用的名字。我父母双亡，于是我跟莎拉商量：至少以我父母其中一方的名字来命名你们。你的中间名原本是伊丽莎白。如你所知，那是莎拉母亲的名字。可是，塞雷娜夭折了，所以我们决定用妹妹的名字来作为你的中间名，我希望你能和塞雷娜一起活着。这真是个非常响亮的名字。

"我在宇宙里跟塞雷娜重逢是有意义的。这世上的一切都是有意义的，只不过我们没有意识到罢了。

"我们差不多该换个话题了。我还有很多事情想要告诉你。我希望你能记住我的话，哪怕只是一小部分也好。

"你的冒险之旅始于 2015 年。于是，你的世界一直停留在 2015 年。那时候，你和莎拉一边争吵，一边勉强生活。在未来的 2016 年，你将看到正如爱因斯坦的预言，人们发现了在引力波上存在质量。这个发现将揭示出时空和宇宙之谜，可能会找到连接着你们所说的'死后世界'，也就是扩散在宇宙的灵魂世界的大门。

"另外，我还想告诉你的是，奥巴马总统访问了广岛原子弹爆炸慰灵碑，并祈求世界和平。可他在总统任期内没能削减美国所持有的核武器，所以被批评那不过是一场双重标准的表演。但也有很多人盛赞他勇敢的行为。他是现役总统中第一位这么做的。第二次世界大战期间批准投放原子弹的美国总统杜鲁门的子孙也称赞他的行为。我们的主将记录下我们每一个人的善行，以及'他'对我们的赞赏。这是灵魂正在成长的标志。虽然有一些值得期待的变化，可未来会变成这样，依旧是难以预料的。在你的第一段冒险里面，出现了一个名字奇怪的总统，对吧？那是一个拥有许多房产的富庶企业家。他长着一头金发，宛如稻草人的脑袋。今后的世界会变成怎样，我们尚不知晓。一切都取决于你。在 2015 年以后的世界上，人们可以绘制自己的航海图，英国可能会脱离欧盟，可能会出现全球范围的贸易保护政策，歧视主义可能会变得猖狂。

"恶魔没有偷懒，他在暗中徘徊。跟满腹牢骚的人类耳语，唆使他们选择错误的领导者，诱导世界朝着奇怪的方向发展。

"恶魔正在全世界各阶层的人群中积极活动。虽然当今世界不断变化，可人类四处碰壁，找不到出口。此外，世界上还存在大量核武器，威力足以摧毁好几个地球。如果世界大战再次爆发，那将是世界末日。

"仅仅几枚核武器，威力就能让地球在几个世纪里都成为不毛之地。我们的主对此心知肚明。他感到惋惜，接下来，他可能计划在陆地上创造非人类的新生命。从而实现一个充满'他'的爱与关怀的完美世界，和一个能够理解宇宙理论的高深世界。

"恶魔就在我们身边，随时随地出现，迷惑我们。人类一生中吸取各种各样的教训，最后却依然输给一丁点儿诱惑。如同母亲一给闹情绪的孩子送上香甜的蛋糕，那孩子就不再吵闹。就像是夏娃和白雪公主吃下的毒苹果一样。

"无数时空反反复复，层层堆叠，同时并存。它们描绘出优美的弧线。当黑洞产生，空间之间的扭曲会造成时空瞬移，构建出一个多维世界。有质量的基本粒子大多是看不见的，它们呈放射线状飞行。单个基本粒子无法捕捉，极其微小，但从宏观上观察它意义非凡，从中可以看到宇宙的真相。人就算在活着的时候，意识也会瞬移。那些似曾相识的感觉，就是来自梦中的体验，或是前世的回忆。甚至还有灵魂碎片在时空里瞬移时的记忆。"

"我完全不明白。你是说在睡梦中还能见到爸爸和塞雷娜吗？还跟过去幸福的一家人一样。还能在一起烧烤吗？"

"很难。在梦中你无法与我相会。你的梦由不确切的、模糊的记忆碎片构成。存在于另一个空间的记忆却是清晰且伴有现实感的，因为那里还有其他生命。然而，无法带着那里的记忆在这个世界里生活。即便你记得曾与我相见，那份记忆也只会融入你的日常回忆，与之成为一体。这就是为什么你的梦不合逻辑，清醒后会变得模模糊糊。我应该借戈德堡之口告诉过你，艺术家会拜访保管在另一个空间的记忆，并把它记录下来。艺术家说自己在梦中得到灵感。但那不过是他们存放在另一个空间里的记忆而已。"

"无论是灵感，还是艺术气质，我都不需要。只要能过上平常的生活，我就满足了。我想要充满欢笑的家庭，想要大家在秋天一起拾苹果，在夏天的黄昏下烧烤，在圣诞假期用壁炉烤栗子。在那种家庭里，圣诞节当天，父亲会切分整只烤火鸡。自从爸爸过世后，我们家的圣诞节和感恩节就没有了烤火鸡，也不会在 7 月 4 日的独立日欣赏烟花。我只想要我们一家三口，加上塞雷娜，一家四口，阖家欢乐。我想跟从前一样关心爸爸，想要喝妈妈给我做的热可可。可是，妈妈的笑容不见了，家务也不做了。就算不聪明也没关系，我只想要爸爸和妈妈疼爱我。我想回到十二岁的那个星期天下午，想要告诉爸爸：'别去。你只是被那个女人骗了。'要是我能那样说就好了。我只想要找回我的家庭，找回那个充满欢笑的普通家庭，找回那个不需要看妈妈脸色就可以彼此畅所欲言的家庭。"

"泰，对不起。我除了道歉，什么都做不了。全都怪我，你妈妈什么都没有做错，都是我的责任。是我输给诱惑，蔑视家人。我错了。来世，我的灵魂薄弱之处必将从头修正。

"不只有你和你妈妈，一想起我们家的幸福时光，我也无比怀念被温暖包围的幸福生活。我们一起烧烤，一起烤棉花糖，可以听到你炸锅般的笑声，那是多么幸福的一家人。我们经常一起在公园里捡橡子，我牵起你的手，感到你的小手湿润润的。我们还会在院子里荡秋千。当苹果猫性大发，沉迷于追逐老鼠或小鸟时，我就会变成我自己，回到这里，想帮你推秋千。我知道你长大了，对秋千已经不感兴趣了。可即便如此，我也想那么做。我想找回曾经的幸福回忆。但是，我做不到。我比最小基本粒子还轻，一动不动地漂浮在宇宙。谁都无法找到我，我孤单一人，悲伤难耐。我也想跟你们一起去野营。

"你还记得你与博士讨论过苹果吗？除了博士学生时代的回忆，其他一切都是我留给你的信息。博士之所以会突然谈起苹果，是因为我推动了他的记忆。他是真喜欢吃苹果，所以你们成为朋友。但我也给博士送去过很多提示。我可以通过气味、声音或颜色进行暗示。人类误认为那是灵感。你虽然无意识地给我起名为'苹果'，但这其实也是我给你的暗示。

"你小时候最喜欢吃苹果啦。'爸爸，我能再吃一个吗？'你一边说着，一边等不及我擦拭新的苹果，伸手就去拿，大口大口地吃了起来。你可爱的小手捧着苹果，就像是一只小松鼠。要不是我让你别吃那么多，你会一直吃下去。我在院子里栽种下苹果树。你还记得吗？你从那棵树上摘下苹果，拿去给莎拉，请她做烤苹果或苹果派。烤苹果是一道特别简单的甜点。只要取下苹果芯，涂上黄油，放上葡萄干，用烤箱烤一下就可以了。我已经死去，没有食欲，可烤苹果的香气依旧让我怀念。苹果和黄油烤熟的味道，是秋天的味道。

"你经常给我做苹果奶酥。你得意地对我说：'快尝尝。'说完就去院子里奔跑，玩起滑板车。那样的日子，无论我还是你，都已经回不去了，永远消失了。是我搞砸了，泰，是我搞砸了一切。我真是个混蛋。不能和你在一起，真的很寂寞。"

爸爸始终低头说话。爸爸活着的时候，总是驼着背，既像是因个子太高而难为情，又像是抱有罪恶感。现在，爸爸弯着纤细修长的身子，低下头。眼睛里充满泪水。

"事到如今，我才感到后悔，但为时已晚。我很难过。"

我默默地看着爸爸那副绝望的模样，心疼不已。

即便刚得知苹果就是爸爸的讶异早已平复，我也依然不知道要跟爸爸说什么。我并没有完全原谅爸爸。但看到爸爸那副模样，我的心动摇了。我知道爸爸是一个懦弱的人。爸爸确实做了让我和妈妈都无法原谅的事情，但是……我也不是完美的。我想这么跟爸爸说，却说不出口。语言是在关键时刻派不上用场的毫无意义的工具。

"我体验过的人生，无论哪一段都相当漫长。都比眼前的人生漫长得多。虽然在这个世界上，可能只是一瞬间，但在那里完全感受不到时间的流逝，真是一种奇怪的感觉。"

"啊，那是因为时间是不一样的。时空存在于宇宙的内部，存在于我们的意识碎片里。时空被细胞包裹，而宇宙则是被无数的星星和暗物质覆盖。这所有的一切，都在等待我们的觉醒。'他'处于宇宙的中心。还有，'他'的意志寄居在我们每个人的良知里。"

我们一时缄默不言。我本想多聊一会儿，可焦躁不安的情绪消失了。我的心已经完全平静下来，感觉不需要再多说什么。

这是一个暗夜里星光闪耀的秋夜。巨大的满月散发出黄色的光芒，照耀着院子。仿佛整个宇宙都在祝福我们的存在。我们侧耳倾听乘风而来的邻居家的音乐。

美妙的旋律，以及约翰·列侬震撼人心的独特嗓音，将周围的落叶吹散了。

宇宙在我心。可大家却都以为它在某个遥远的地方。

月光照耀着爸爸的脸。

# 4　你不是一个人

"泰，让我们再多聊一会儿吧。我是一个沉默寡言的人。活着的时候，就没怎么跟你说话。能够和你成为家人，好似奇迹，我却白白将时间浪费了。

"我的青春期在 70 年代。那时，约翰·列侬已经退出披头士，把据点从伦敦转移到了纽约。当时，美国的敌人是共产主义国家苏维埃联邦。传闻列侬是共产主义者。从他创作的歌曲里，确实能看到他受到共产主义思想的影响，可他本人并不是共产主义者。

"列侬心灵美好，富有想象力。我们的主非常喜欢他创作的那首名为《想象》的歌曲。列侬否认神的存在。可他却唱出了神对世人的期望。为了实现他的歌里所唱的理想，就必须放弃一切欲望。

"人类一感到恐惧，就会变得小心警惕，想要保护自己。在 2015年的世界里，有一位总统候选人发表演说告诉选民，他将在美国和墨西哥的边境修建围墙，将禁止穆斯林入境。他巧妙利用美国人自古以来的恐惧心理。美国人、美国社会、美国国家本身都需要一个敌人。战争并不会发生在美国国内，而会转移到越南和朝鲜半岛。然而，在1990年，隔开东西德的柏林墙倒塌了。那真是一个可歌可泣的场面。

"我想说的是，我们只是被局限在所谓的意识形态的幻想里罢了。年轻人可以很轻易地用锤子敲碎它，而不是用枪。墙在我们的心中，并不存在于现实。真正的墙一直存在于我们的内心。

"这个世界充满了心墙。人类依然生活在那样的世界里，被小小的墙、小小的宗教、小小的国家、小小的地球束缚着。当下的世界依然存在许许多多的墙，当下的中东依然鲜血淋漓。

"物理学家虽然无法证明，可宇宙里充满暗物质。在那里，许多灵魂的粒子漂浮着。而每一个粒子当中都有'他'。'他'是宇宙的中心，'他'是爱，是良心，是正义，是充满慈爱的爱之光。就像现在的你一样，摆脱身体，内心得以解放，突然大彻大悟。也就能够感受到'他'的存在。有人称呼'他'为神。不能用头脑去理解'他'，而要老老实实地用心去感受。在宇宙中，众多本质仍旧谜团重重，未能解开。拥有那种本质的良知或灵魂在你们的世界里被称为'爱'，但你们误解了爱的意思。爱不仅是夫妻之情、家人之亲，还必须爱他人超过爱自己。那才是爱的真实含义，比你以为的更重要。

"在这个世界，价值体系层层叠叠，可以轻易得出晦涩的物理定律和公式。但迄今为止，人类发现的真相依然寥寥可数。

"光之主在人类的历史中，一点一点地揭开谜团的答案。

"接到答案的人包括：宗教领袖；圣人；伽利略、牛顿、爱因斯坦等科学家；狄更斯、托尔斯泰等作家；莫扎特还有贝多芬等作曲家；以及艺术家、建筑师和哲学家。'他'将灵感赐予各领域里的佼佼者。'他'通过语言、数学公式、影像、音乐，以睿智对醒悟者布道，并创造法律。

"《苹果和月光》也是'他'赐予的灵感。虔诚的牛顿像羔羊一般温顺听从'他'的话。这是天赐的礼物，形状漂亮完美。牛顿的万有引力定律和爱因斯坦的相对论就是这样由上天赐予。因为那些公式不正反映了宇宙的本质吗？那里饱含了'他'的爱，令人心动。数字或语言都是他给予的信息，就像是从天上倾泻而下的耀眼光芒，'他'把爱倾洒在我们心上，我们却对此浑然不觉。人类害怕太阳的紫外线和放射，认为它们有害。这是彻底的荒谬。'他'为了保护人类，早已整顿好环境。我们应该想得更简单些——阳光以适宜的强度温暖着人类，我们只要与宇宙和谐共处。

"幸亏有适当的重力，人类才能留在地球上。太阳和雨水带来食物。绿色大地孕育各种各样的生命，其中的一部分成为人类的食物。你们为了生存而杀害动物，可你们感谢过那些动物吗？植物也是有生命的。为什么人类的欲望无穷无尽呢？人类想要拥有由碳制成的钻石或宝石（如红宝石或蓝宝石等刚玉）的矿物。为什么人类不满足于仅仅眺望盛开在野外的花儿，而渴望花束呢？明明人类的身体就是由矿物质构成的，可为什么还要试图特意吸收多余的矿物质呢？泰，虽然我对你说，人死后就会明白一切，可到那时就晚了。现在我想告诉你，无论是地位，还是国家的援助，抑或是财产，我们都不需要。我在这里只是粒子碎片聚拢到一起形成的灵魂。我们最后剩下的，只有灵魂。

"事实上，神和人之间不存在引力。因为神的爱与人的心并不会相互吸引。人类无法回应由爱之光所承载的'他'的爱、要求，抑或使命。爱因斯坦曾表示'上帝不会掷骰子'，事实确实如此。人类在出生前就会与向导合作，周密地规划自己的人生。事先计划想要怎样的人生，想学些什么。这个任务掌握在我们自己手中。掷骰子的，是我们。然而，人类至死都没有意识到这一点。等到意识到了，也来不及学习了。我们离开这个舒适的时空，出生在遥远的地球。为了灵魂的修行，对艰苦困难的使命充满期待。那既是挑战，也是试炼。

"宗教创始人、伟大科学家和艺术家无一例外，都与现在的你一样，在梦中接受了'他'的教诲。被'他'选中的人会记住'他'的话。科学家和哲学家将那些话记录在笔记里；作曲家把那些话表现在曲子里；作家用作品传达'他'的话，那些作品感动了一代又一代人。就这样，文化逐渐成熟，给我们指明一条正确的道路。听闻耶稣基督教诲的人，将那些话整理成《新约》，那些人也梦见了这样的梦。我们在缓慢地进步，但不能松懈下来。如果人类忘记了良知，追求科学至上主义，如果地球自然遭到破坏，我们就要承受'他'的愤怒。

"这就是为什么'他'要赐予我们人类公平的机会。

"当你醒来，你就会完全不记得这个梦。想要继续人生学业，就必须忘掉这个梦。但也有人会记住，让自己成长，反思之前的人生。也有人会被恶魔附体，过上堕落的生活，试图破坏地球。那些人是欲望缠身、愚蠢可悲的独裁者。

"你体验过的两段人生都是梦。是借助塞雷娜的力量，是我让你梦见的。"

"你骗人！那不可能。你是说我遇到的男人只是幻觉？我有一个双胞胎妹妹，那也是谎言？我怎么会相信这种荒唐的谎言？我选择了第二段人生，在急救室里生命垂危，以及我体验过的两段人生，全部都是编造的？我的天，我要疯了。宇宙之谜和生命理论，我完全不明白，也都理解不了。我是在镜子里吗？到底哪一边才是现实？我不知道。我受够了。"

"没事的，泰，没事。你是爸爸的女儿，什么都不用担心。爸爸的女儿是不会哭的。你是一个坚强的孩子。来，笑一笑吧。"

爸爸像是在安慰年幼的女儿，随后将我抱住。我疲惫不堪，脑袋昏沉沉的。

"你看见莫名其妙的世界，陷入混乱。请你原谅我。一生一次，每个人都会梦见这种梦。虽然时机因人而异，但大多都在十几岁。在梦中获得灵感之后，有人开始写小说，也有人发现了前所未有的科学公式。我对你和莎拉感到抱歉。所以，我安排了梦，让你梦见。因为我想当面向你道歉。

"在这一生一次的梦里，我想要指引你。你听说过茱伊，茱伊存在于你和你妹妹塞雷娜之间，也存在于这个宇宙。茱伊同塞雷娜一起，成为你的精神向导。我还无法从高阶灵魂（Higher Soul）那里直接获得建议。所以，与她俩重逢后，我请求她俩帮助完成我这个计划。她俩给了我各种各样的建议。她俩是你的'守护天使'。"

我目瞪口呆，无法真相接二连三地浮出水面。我在心里大喊："我受够了！"我对爸爸最初抱有的爱意动摇了，我对爸爸温柔的态度甚至让我开始抱有罪恶感。像是背叛了妈妈，让我喘不过气。我终于能够理解妈妈的心情。真是的，无论爸爸还是妈妈，都让我不知所措。我真的可以相信这个长得像苹果一样的猫男吗？

"爸爸和妈妈也都做过这种梦吗？"

"做过，可我们没有醒悟。不对，只有我没有醒悟。莎拉得到灵感，变得对自己坦率。她接收到信息。莎拉梦见她的规划后，突然说想要养只猫。她描绘了理想，并付诸行动。我们去的是暹罗猫的育种基地，她却想要养我未曾听过的品种——东方短毛猫。我第一次看到那样的莎拉，她充满自信，非常清楚自己应该做什么。

"莎拉把我塞入车中，自己驾驶了三个小时，来到育种基地。在那里，我们相遇了。"

"我说得对吧，尤达？"

"对，那个故事是神准备的。人类称之为'出自上帝之手的偶然'。莎拉看见一只小雌猫，一股怀念之情向她袭来，便决定领养它。那只小猫身上寄居着莎拉的母亲伊丽莎白的灵魂，成功地吸引了莎拉。莎拉照顾那只猫十七年。自从尤达来到我们家，莎拉突然变坚强了，她终于有了自信。

"托梦的福，她变了。可我却摧毁了一切。不过，如今，莎拉将同你一起重拾自信。

"而我那时没有任何醒悟。我肯定是做了梦，应该也体验了很多，可醒来时全都忘记了。我父母都已经过世，我觉得自己举目无亲。孤零零一个人，没有任何感觉。我像是被活埋了似的，拒绝了一切，什么都看不见，什么都不明白。我最大的人生悲剧是，成为了两个女人的夹板，自绝性命，永远失去了女儿。我意识到这一点，品尝到地狱之苦。因为没有身体，所以连跟你说话都做不到。无法见到你，使我痛苦万分。

"我是人生的失败者。我不知道这种丧家犬的话，你能听进去多少。但我还是想告诉你，你要变得强大，不可以阻止灵魂的成长。

即使死后意识到，也为时已晚。在人生的旅途中就要竭尽全力。这是作为父亲的我，对你的期望。

"任何人生都是痛苦的。人类的寿命在七十岁到九十岁左右。了解我们一生的人，也终有一天会消失。运气好的话，或许曾孙会记得。"

"不过，部分记忆会在历史课本上学习到。"

"说到底那些只是传说。留在历史课本上的故事，大部分来自从没见过的后人的随意编撰。我想说的是，每个人的人生都很重要。生而为人，既是新的挑战，也是学习。"

"好像一条漫长而险峻的路途。"

"泰，没有不痛苦的人生。人类试图避开困难生存下去。可你不是在泰勒的第二段人生里学到过吗？你很喜欢《痛苦让人强大》（What doesn't kill you makes you stronger）这首歌吧？确实如此。感到痛苦，那是试炼。出现在《圣经·旧约》的《约伯记》里的约伯，即使受到种种考验，也无法理解上帝的爱。他无法抵抗恶魔。但即便如此，他也从中学到了良知的重要性。世上充满痛苦。有新生儿，就有死者。我们必须一边凭吊亲人，一边活下去。你去问问周围的一百户人家，就会知道没有一个家庭是完美的。任何人的心中都抱有黑暗，却要悄悄地将情绪隐藏起来。人类为什么必须非学习这样做不可呢？为什么生下来就是为了体验这种痛苦呢？那是因为，人类无法放下恶意、嫉妒、憎恨等负面的情感。因此，光无法到达我们身边。

"我们知道人生来如此，但也因人而异。也有人生赢家，一生经历丰富而又幸福。成不成家，都无所谓，重要的是要互相关照，要考虑社会、国家，甚至世界，任何时候都要向善而生。这些原则简单易懂，不需要专门在学校学习。对人类而言，问题在于没有意识到自己在这个世界上的使命。人类为什么出生在这个世界上？人类不知道自己能做什么。没有一个人想过，他是带着某种人生使命才被送来这个世界的。

"当你感到心脏疼痛时，鲜血从敞开的伤口中流出，你的手也会沾染上鲜红的血。即便如此，不一会儿，你就会发现自己还能够继续向前，你会觉得自己是永不言败的战士，而不是懦夫。你能够重新站起来。如果不够勇敢，那就待在原地。你的伤口会愈合，流淌在心脏的血也不会流尽。不可以像我，贸然行动。请不要像爸爸一样。只要耐心等待，新的血液会如海啸般涌入你的心脏。

"无论得到什么，终究都会失去。不论是食物，还是金钱，抑或是知识，甚至是诞生在这个世上的新生命，总有一天也将会迎来临终一刻。在短暂的人生中，必须学会的是什么？人生之旅的'过程'很重要。

"人类一旦死亡，身体就会变成尘埃。灵魂被抛向宇宙，成为零零散散的小粒子。光捡拾起那些碎片，将你的心集中为一体。你将回归自我，寻找转世的新身体。在更美好的世界实现以前，我们将反复这个过程，但我们的能量也是有限的。

"然而，'他'的爱是永恒的。'他'的光永不熄灭。在我们的心中有股爱的火焰在熊熊燃烧。即使宇宙中暴风雨肆虐，也无法将它吹灭。'他'注视着我们，我们心中的火焰被再次点燃。我们回到这个世界，继续学习。这就是我所领悟的。

"我向光之主发过誓：'如果我的女儿在梦中来到我所在的世界，我会向她传递信息。'我还向'他'表示：'我的女儿一定会努力完成人生使命。'你不会重蹈我的覆辙。你总是一本正经地思考一切。

我希望你能走出你自己的人生。从我这个人生失败者口中说出这种话确实很奇怪，但我希望你能领会到这些信息。

"泰，你可以的。放心吧，没问题的。我会作为苹果待在你身边，你妈妈很快也会来支持你。当然，塞雷娜也一直与你一起。你的好朋友奥利维亚是绝对不会背叛你的。你不是一个人。所以，放心吧，没问题的。"

## 5　广岛的春之海

"泰勒，我差不多该跟你告别了。很抱歉，让你感到难过。我想对你说的话，都已经说完了。"

"爸爸接下来会怎样呢？你又要离开我们吗？这次又要让我们伤心难过吗？我终于理解了爸爸，可爸爸你竟然又要走了。要我说，我们一起回家吧。你变得与过去不同，继续和妈妈幸福地生活在一起。妈妈也一定会原谅你。只要我们一家搬到国外，谁都不会注意到。你可以不用再变回猫咪苹果。梦中所经历的一切，我是不会跟任何人说的。请不要说我的冒险已经结束了。我并不想结束。我想跟爸爸妈妈一起活下去，想要我们做回与从前一样幸福的一家人。你哪儿都不能去，我希望你待在我的身边，永远爱我。"

"泰，谢谢你这么说。我真的很爱你，这份感情是永恒的。很快我就无法像现在这样跟你说话了，可我会一直在你身边。你妈妈也深爱着你，你在梦中病危时，也感受到了妈妈的爱吧？虽然是在我们制造的梦境里，但你妈妈的情感变化是真实的。在梦里，只有妈妈和奥利维亚对你的爱不是编造的，她俩都发自内心地爱你。

"这边的世界与你的现实人生不同。可惜的是，你在梦中体验到的一切都不是现实。你不仅没有受伤，也没有生命危险。你既没有创业，也没有转世。苹果也只是猫而已。从明天开始，你的人生不会有丝毫变化。你依旧是一名高中生，你妈妈正拼命想忘记过去。你只是打了个盹儿。

"很快，你的记忆会被封印。在这里的部分体验，会作为奇妙的梦之碎片，残留在你的心上。不过，就连这些你也很快会忘记。你会忘记在这里体验过的一切，但你无能为力。只有拥有特殊才能的人，才能记住。那是往生者在梦中与心爱之人相会时的规矩。即便我在这里发出暗号，你也可能根本注意不到。我不会再回到你的梦中。这是你一生中唯——次机会。我想让你在梦中冒险。我在塞雷娜和茱伊的帮助下，向光之主发出请求。对我而言，这也是一次超凡体验，我将永世难忘。当你再次回到这里，你就会全部想起。在那之前，你只是暂时地忘记而已。"

"你不会又在撒谎吧？爸爸也同彼得和娜蒂亚一样是虚幻的吗？我会把这段冒险全部忘记吗？我会什么都不记得吗？不要，我不想忘记，我要一直记得爸爸。喂，我求你，别留下我一个人啊。"

"泰，同你分别，我也很痛苦。抱歉，这次经历不可以留存在你的记忆里。你全都要忘记。这是规矩。你可能会记住一段时间，但就像婴儿残留着前世的记忆，不久就会消失。你可能会记得曾经做过一个莫名其妙的梦。随着时间的流逝，你会忘掉大部分。

"从此以后，每当看到美丽的黄昏，每当刮起秋日清爽的风，你就会心动。抬头仰望夜空中闪烁的繁星时，会流下眼泪。那是信息，来自前世的记忆，以及曾与我在此度过的回忆。当然，我也会继续给你暗示。每次看到月光，你都会怀念不已。那意味着你将我的话记在了心底。

"我也很难过。即便后悔，也无从忏悔。泰，我爱你！虽然只是一段短暂的时间，但我还是很高兴能再次见到你。你是我的女儿，我为你感到骄傲。你会忘记这里的一切，但我会记得。虽然离现在还很遥远，可再过半个多世纪，你就是个老奶奶了，将迎接临终的一刻。然后，你又会回到这里。你很长寿。你一回到这里，记忆就会像海啸般涌来，你会想起一切。秘密将全部揭晓，仿佛是在大脑里猛然翻开难懂的物理课本。你将与我重逢，我们又能够在一起交流。我将等待那一刻的到来。当然，如果我见到莎拉，我一定会向她道歉。

"让我告诉你一个好消息。你反复转世，在某个前世你居住在日本的广岛。当你还是小学生的时候，被一张日本大海的照片感动了。你还记得吗？一张深褐色的照片，透过长廊前的一个木窗框能眺望到春天的大海。大海在阳光下波光粼粼，平静安详。通过闪耀的阳光和窗框的影子，就连我都能立即意识到，那是春天的大海。明明是一张黑白照片，却传来阳光的温暖和宁静。

"莎拉思量那张照片为何会吸引到你。她认为很不可思议，就来问我。我虽然嘴上说着'难道不是因为那张照片特别好吗'，但实际上，我的眼睛也被牢牢地固定在那张照片上。不知为何，涌起一股怀念之情。来到这边以后，我才知道我会在意那张照片的原因。那里既有你的记忆碎片，也有我的记忆碎片。在那段人生中，我们曾经一起生活。

"我会感到怀念，是因为那是我们的前世。我俩前世都有在日本的生活经历，所以很怀念。

"泰，人生遭遇全都不是偶然。为了让你看到那张照片，向导茱伊和塞雷娜做了细致的准备。她们先向图书馆管理员的内心悄悄传达信息，让他产生举办一场东洋展的想法。图书管理员在你要去的那家图书馆前展示那张照片。你在学校看见了东洋展的海报，获得暗示。这就跟你和苹果初次见面时我使用的魔法一样。

"前往图书馆看到海报后，你十分感动。于是拿到了那本书。看到你买来的印有那小张照片的海报，我也怦然心动。那张照片能打动我们的心是理所当然的。因为我们的确在前世看到过那片风景。

"一百六十年前的江户时代，日本刚刚对西方各国打开国门。你是武士的女儿，每天在二楼眺望那片风景。在那段人生里，关键词是春天。无论是你的出生，还是恋爱，抑或是生子，都发生在春天。"

"我曾经是日本人吗？"

"啊，我俩都是。

"在一百六十年前，你出生在日本广岛。山坡上有座武士宅邸，可以眺望到濑户内海。你身为长女，就出生在这户名声显赫的武士家族里。你是一个少女，美丽体贴，心胸宽广。父母对你宠爱有加，可你在与青梅竹马的未婚夫久义结婚前，患上了肺结核。在当时的上流阶级，年纪轻轻就与父母决定的对象结婚是理所当然的。可你才十一岁，就得了肺结核，被隔离到二楼。身边只有几位自幼就相识的侍女和用人服侍你。肺结核是严重的传染病，所以父母也只能这么做。即便在当时，这点常识人们还是有的。父母悲伤不已，感觉你太可怜了。所以，他们将整个二楼都作为你的起居室，备足食物。从二楼望去，景致极美，透过木窗户能看见平静的大海。在那段人生里，你名叫'光'，周围人叫你'光小姐'。

　　"你为自己的命运悲伤流泪，但平时你也会与忠诚的侍女阿树一起透过窗户，眺望美丽的大海。你们一起作诗，也喜欢一起聊天。那绝不是一段糟糕的人生。在那段人生里，没有旁人的背叛，你们彼此信任。你感染不治之症，因此过着没有自由的生活。但在众人的宠爱下所度过的一生也是美好的。

　　"在那之前，你已经在世界各地经历过不同的艰难人生。在日本短短十八年的人生里，你学到了如何才能心平气和地活下去。'他'将那个答案赐予你。接下来，你会遇见在日本人生中与你结为夫妻的青梅竹马。你们是天生一对。如果没有错过暗示，在这段人生里，你也会同他结婚。"

　　"那个人是日本人吗？在未来我要跟日本人结婚吗？"

　　"不是，他和你一样，是成长在美国东海岸的白种人。在他的眼睛里，寄居着久义温柔的浅褐色眼眸。你们会相遇在大学的东洋史公共选修课上。你俩都热衷于东洋及其历史，特别是日本的濑户内海。他对你佩戴的青金石项链很感兴趣，便与你搭话。那条纪念我的项链，你总想在上大学的那一年将它戴上。你在向他介绍项链的时候，看到他那双褐色的眼睛，便坠入了爱河。我不知道你俩能否注意到上天的暗号，但那就是你们自己将要编写的人生剧本。机会只有一次。是否能顺利进展，完全在于你们能在多大程度上向彼此敞开心扉。我希望你们能如期邂逅。因为他是一个优秀青年，不会像我这样背叛你。"

　　"难道他不是爸爸吗？"

　　"啊，我是你的侍女，是与你同龄的玩伴，一直在你身边。你成为我女儿之后，与你待在一起，让我倍感安慰。那种感觉也受到前世的影响。我们彼此共有记忆。你偶尔会对莎拉发脾气，可我们之间从来没有争吵过，对吧？就像日本人，不怎么说话，也可以沟通。你不觉得奇怪吗？明明日本人与我们盎格鲁–撒克逊血统的美国人是完全不同的，但我们却有着日本人的气质。"

"爸爸，我要怎么样才能和褐色眼睛的他彼此注意到呢？他已转世成为与前世不同的种族。而且，长着褐色眼睛的人，有很多啊。"

"泰，这很简单。只要听从自己的心就可以了。就像是在湖面上投掷的小石头荡开涟漪。有种轻飘飘的感觉，令人心动。如果是在前世一起生活过的人，你会知道的。就算种族不同，也没关系。你在娜蒂亚的人生中已经全部经历过了。

"但是，日本人的眼睛难道不是像新月一样细细长长的吗？"

"没有这回事。泰，你什么都不懂。你好好想想。爸爸的眼睛并不怎么大吧？不过，当我身为日本女人阿树生活的时候，就有一双大眼睛。我俩眼中的光芒是不变的。不同的是约翰的眼睛是蓝色的，而阿树的眼睛是褐色的。只要看到对方的眼睛，马上就能明白。

"只要你没有错过暗示，像在前世的日本一样，平静而又充实的人生就会等待你。所以，不要输给诱惑，不要在愤怒中失去自我，永远心平气和，敞开心胸。如此一来，一切都会顺利。

"你在前世感染了不治之症，却能勇敢地直面疾病。每一天你都生活在爱里，被爱包围。你珍惜父母，直到临终都没有忘记对父母心怀感谢。你不羡慕，不背叛，不说谎。你没见过污秽，只生活在爱里。你在亲友真心实意的爱和友谊的陪伴下咽了气。在意识临近消失前，你看到了一生最爱的春天的大海，它在阳光下闪闪发光，平静安详。你踏上了旅途。这是一段短暂而又幸福的一生。今生今世，你会很长寿。所以，不要忘记真诚，必须为他人而活。

"你的前世在广岛度过是命运使然，是上天早已决定的。这个世界没有偶然。未来，你将与心意相通的伙伴一起调查广岛的惨状。你也要做好研究受阻的思想准备。必须有人向世界传达悲剧，趁着记忆还未淡化。还有，为了下一代，必须寻找能源。未来，你将成为科学家，与伙伴一起埋头做研究，这会是一段很棒的经历。如果你心里还记得我，就会对'广岛'一词产生挂念，甚至眷恋。那会是多么美妙。你迈出第一步，就可以继续前行。虽然你在前世里遭遇重重困难，但仍旧履行了'他'赋予你的使命，完成了人生课题。无论多么艰难，你都不会迷失自己。就这样，你成长起来。你不用在意莎拉和我，我们要面对的是自己的痛苦。你的灵魂处于比我们更高的阶段，远远抛下了我们。从今以后，你只需继续朝前走。"

# 6　起风了

"无论何时，泰，你都是我的掌上明珠。你的存在是我唯一的骄傲。你出生时，我在手术室里第一次见到你，在你用那双柔软的小手回握我的手，在你第一次喊我'爸爸'，在年幼的你对我问个不停的时候，你一直就是我的骄傲。我发自内心地爱你。泰，直到现在，我也依然爱你！"

爸爸把我的前世今生告诉了我，然后默默地抱着我。

"原谅我，泰。我一直想要呵护你。可惜我优柔寡断，结果却深深地伤害了你。"

该怎么回答才好呢？我不知道。我爱爸爸。可我心里也很难过。

我一句话也没有对爸爸说。"没关系。不用道歉。如果爸爸道了歉，就意味着把我们一家珍贵的回忆全都否定掉了。"我想那么说，却沉默不语。

我好想问他那件我一直记挂在心头的事情——那个临近秋末的星期天下午，爸爸到底想对我说什么呢？真的是想要跟我说再见吗？真的是想要抛弃我和妈妈，去跟那个女人开始一段新的人生吗？然而，我没能问出口。

关于那件事，无论是爸爸，还是茉伊和塞雷娜都跟我解释过了。我只能相信他们。继续刨根问底，只是在伤害爸爸罢了。

爸爸非常后悔。况且，他永远爱我。他对我满怀歉意，悲痛欲绝。于是，我沉默不语。

爸爸身体瘦弱，连拥抱都有气无力。我的内心满是悲伤和寂寞。我知道我活着的时候，再也见不到他了。

"我像个老师，向你说明世界的运作机制，可我连聚拢自己的灵魂都做不到，也无法转世。为了待在你身边，只能与苹果共享生命。你的猫咪苹果能活到二十岁。她很长寿。但苹果离开后，我就会徘徊在漆黑的宇宙中。

"只要我放下一切执念，就还能转世为人。但那要多久呢？我毫无头绪。想必不是几十年，而是上百年吧。等到苹果走了，我也就暂时见不到你了。那也无可奈何。

"你今后还会活着。活着，就是一件美妙的事。即使会遭遇背叛和沮丧，那也是无可替代的。你还是个孩子，却经历了父亲的死亡。你还体验了两段人生，见过生生死死。你拥有我所不曾拥有的强大力量。人生之旅那么悲苦，可总会柳暗花明。

"就说到这儿吧。我爱你，泰！无论何时，我都会一直爱你。我该走了。但我永远与你同在。再见，泰勒。再见。"

爸爸刚说完，就把手从我的身上移开，周围随即崩落。我一时语塞，伫立在原地。

父亲和女儿，我们的悲伤比蓝色的大海更深邃，也更黑暗。在我眼前，爸爸慢慢地缩小。他的白色肌肤和灰白的头发变得如皮毛般柔软，哭泣声也成了猫咪的叫唤声。那叫声细微而又温柔。

一只蓝色和金色眼睛的猫咪出现在泪眼汪汪的我的面前。那是苹果。苹果的前世是爸爸。

一阵风吹过。

阳光洒落在泰勒身上，宇宙的碎片聚集在她周围，将她吹走。

我被一阵强风吹走。细胞变得零零落落，消散不见。我已不再是我。我能感受到心脏的粒子，最终，我停留在闪闪微光中。

泰勒的归来

# 1　记忆的碎片

我看了眼时钟，从学校回来、坐在沙发上后，只过去了三十四分钟。

在那三十四分钟里，我做出生死决断——我选择活下去。再次回到这里。这是哪儿？我在这里的生活平淡无奇，此前经历的人生究竟是怎样的？在我眼里感受到的是怎样的一段人生？

我离开沙发，站起身来走动，没有任何不便。

梦里我见到我珍视的人。

苹果来到我的脚边。

"我知道你是谁！"

我跟苹果搭话。话中略带苦涩，满腔悲伤。

事实上，我离开了很多亲密的人，失去了许多刻骨铭心的回忆。

苹果抬起脸，面无表情地仰视我。她没有叫唤，就这么安静地坐着，用蓝色和黄色的眼睛注视我。

"你的眼睛好像月亮婆婆，黑暗中好似圆圆的满月，在蓝天下又像细长的新月。"我喃喃自语道。

我再次将身子陷入沙发。忽然，我感到筋疲力尽，又睡了过去。

## 2　苹果和月光

我从梦中醒来，人躺在沙发上。我打了个盹儿。

不知为何，感觉头昏眼花。可能是做了噩梦，我却完全想不起来。

"啊，电视还开着。"

我嘟囔道。电视里正在播放悬疑黑白老电影。绑匪们让漂亮女人举起手，便于他们捆绑住她的身体。女子被打了脑袋，失去意识。不知是不是因为刚醒过来就看到这种画面，我心绪不宁，惴惴不安。

每次午觉后醒来，我就会有这种情绪。我到底怎么了？感觉好奇怪。妈妈还没回来。

我把电视关掉，屋子即刻陷入沉寂。


突然，我感觉自己好孤独。

"妈妈，请陪在我身边。"

很多年前，我就已经明白。

我之所以会对妈妈大声嚷嚷，是因为我知道妈妈爱我。

如果没有人爱我，那我也就没有可以发泄愤怒的对象。

我对妈妈做了很过分的事情。今后我必须更温柔地倾听妈妈的话。

至少，要好好地面对妈妈，不再逃避。

我可以朝妈妈大喊大叫，妈妈却无处发泄。即便受到社会的谴责，也只能自怨自艾。妈妈同我一样，也是受害者，她只能拥抱孤独。

如果你是一个孤独到想死的人，朋友或家人却又不在身边，无人倾诉，只能独自承受一切。没有分担痛苦或悲伤的对象，就只能独自背负所有。很悲哀。因此，我们需要能够分担苦恼的家人和朋友。我想，今天我要比平时更温柔地对待妈妈。我已经好多年没有对妈妈抱有这种感觉了。

爸爸刚走的时候，似曾相识的不安和孤独感常常向我袭来。现在，我只想触摸温暖的东西。我需要苹果。我呼唤苹果的名字。


深秋时节，天色早早地暗了下来。苹果慢吞吞地出现在昏暗的院子里，它从猫咪专用门进来，边发出可爱的叫唤声边靠近我。然后跳到我的膝头。

"苹果，你去哪里了呀？怎么这么长时间都不回来。我好想你。"

像是与恋人久别重逢一般，我紧紧地抱着苹果。在我的臂弯上，苹果似乎心情舒畅，咕噜咕噜发出喉音。

"肚子饿了吗？我已经饿得扁扁的了。"

我实在太饿了，于是去了厨房。我必须吃点什么。

我像是一只冬眠前的大狗熊，好像什么都吃得下。

我从冷冻室拿出速冻食品，放入微波炉加热。等待的同时，把猫粮放到苹果的碗里，并换了水。加热完成后，我把晚餐盘子和一杯牛奶拿到餐桌上，吃了起来。


回到客厅时，法式门外已是一片漆黑，月光将周围照亮。

话说回来，自从爸爸离开，我已经三年没有踏进过院子。

我是故意的。爸爸最后一次想要跟我搭话，就是在这个院子。

我想要忘记它。我无法原谅自己无视了爸爸最后想说的一番话。早已忘却的多年前的记忆又苏醒过来。

"苹果，过来。"

我抱着拥有蓝色和金色眼睛的胖乎乎的猫咪，打开法式门，踏入昏暗的院子。脚下的草坪凉飕飕的。

我抱着苹果，坐到旧秋千上。

院子被月光染上了淡淡的黄色。

风突然停了，温和的沉寂笼罩着夜晚的世界。

邻居正在听披头士的《纵横宇宙》。

我一听到约翰·列侬悲伤的声音，不知为何就有种眷恋之感。

宇宙的真相在纸杯中，在吹个不停的风中，在苹果和月光中。

我既处在宇宙之内，也存在于宇宙之外。

我是宇宙里的一个碎片。答案就在我之中。

我的心里突然浮现出这些话。宛如有人在跟我窃窃私语。


"爸爸，我好想你啊。"

313

　　我一边坐在晃晃荡荡的秋千上，一边对着抱到膝头的苹果这样说道。

　　我弯腰扑到苹果身上，把脸埋在她那柔软的皮毛里。

　　平静的月光照耀着我脸颊上的泪水。超越了来自时空和宇宙的月光，温和而又柔软。那光芒轻抚着我的脸。一种熟悉的眷恋感包围了我。

　　黑暗的夜空里，星星像钻石般闪耀。

　　爸爸仿佛变成了光量子，陪在我身边。但即便如此，寂寞的情绪依旧没有消失。

　　我能出生在这个世界，能够过上这样的生活，都是因为月球的引力，都是因为这看不见的力量的运作。

　　月亮引发潮起潮落，不只是为了让我们活下来。

　　它平静地闪耀在冰冷寂静的夜晚，给我指示出一条光明大道。在宇宙的尽头教诲像我一样的孩子。

　　世界充满看不见的力量和爱。我们只需感知便可。


　　现在的我能原谅一切。爸爸连句再见也没说就走了，妈妈自从爸爸走后就只会唉声叹气。陌生人对我们一无所知，却横加指责。我对此始终不置可否，对一切都熟视无睹。

　　现在的我能原谅一切。不仅如此，我还想祝福全世界。奥利维亚自然不用说，我想祝福所有人，想感谢世界上的每个人。正因为有他们，我才能在这里。

　　现在的我可以跳出这个小小的世界。这个世界的一切，都有着存在的理由，都被无限的爱所祝福。

我坐在秋千上，一边抚摸着膝上的苹果，一边这样想着。

我泪流满面。一闭上眼睛，就感到月光在轻轻拭去我的泪水。这真是一个特别的瞬间，所有执念都从我的记忆里消失不见了。

我把脸埋到苹果松软的皮毛里。那只猫咪静静地注视着她的主人。

苹果一动不动，蓝色和金色的眼睛默默地注视我。

月光静静地照耀着院子里的我和猫咪。

时间不知不觉地过去了。

# 作者的话（代后记）①

我第一次在小学馆出版社与总编见面时，他问我："你喜欢什么样的小说？"

我回答道："我喜欢冒险类的、令人充满期待的那种小说。跟心灵有关，或是以全世界为舞台的故事。"

于是总编对我说："那你要不要试着写一篇涵盖这些元素的小说呢？写一篇你之前从未写过的、很长很长的小说。"

那是 2017 年的春天，泰勒和我的冒险由此开始。

此后的一段日子，我什么都没有做，只是等待灵感自然而然地降临。

---

① 本文最初刊登于日本小学馆出版社主办的"小说丸"网站。经作者本人同意，用作中文版"后记"。考虑到篇幅比例问题，略有删节。

我好像在睡梦中听见地球母亲的声音。那个声音为我打开了通向苹果和泰勒之旅的大门。

所谓的灵感，总是在睡梦中出现。我害怕忘记，一觉醒来便马上记录下来。

这仿佛是一种"直觉"。可能是因为我在学校每天都会读到令我震惊不已的关于科学或政治的文章，有一天，就好像"第六感"一样，我突然想到：地球上处处都发生着灾难，不是吗？各种政治问题也都十分蹊跷。登上世界政治舞台的是位高权重的大国政治家们。而我从客观的角度来看，实在无法为他们的所作所为送上掌声。舞台上，剧情进展得太快，令人目不暇接。上世纪经历两次世界大战的人们，当时也一定与我有着相似的感受吧。

况且在如今这个时代，我们必须谨慎对待科学技术与技术创新。我认为，我们应当珍惜传统朴素的生活方式。

你知道有位瑞典少女为了呼吁人们重视全球变暖所带来的危害而静坐抗议吗？

她的行为鼓舞了英法等欧洲国家的年轻人加入静坐抗议的行列。而这位瑞典少女当时年仅 15 岁。

"小屁孩一个，哪里懂得科学、未来以及人类的日常生活需要耗费多少能源！"

大多数政治家都这么认为吧！然而，北极冰川正在融化，北极熊的毛色正由白变棕，这些都是确凿无疑的事实。

还不只是冰川融化的问题。在海洋里，许多鱼类和哺乳类动物误食人类丢弃的塑料垃圾。燃烧煤炭使工业革命成为可能，但大量在维多利亚时代清扫烟囱的少年也因此染疾而亡。

此后，人们使用石油作为能源，没过多久，还开始利用起核能。

但科学家们至今仍未想到处理核废料的好办法。他们仍旧以为，在海底或地里挖个深坑，然后把废料都填埋起来就万事大吉了。但如果我们挖到地球最深处，势必会影响地心，那不就会引起超级大地震，并导致火山活动频发吗？最近，一部分死火山如同僵尸般苏醒过来，释放出能量。我们绝对不能试图唤醒沉睡中的地球。

在这个如同母亲般的美丽地球上，人类必须与其他动植物和谐共处。这是因为人类并不是地球上唯一的生命。

我们必须绞尽脑汁地思考如何摆脱这种情况。否则，地球将出现与泰勒第二次冒险时相同的命运。

我希望能有很多人读到这部小说，然后重新思考人类所面临的现状。现在正是采取行动的时候，为堆积如山的问题找到解决方法，从而阻止环境进一步恶化。无论如何，请听一听年轻人的声音。没错，年轻人常常会失败，但他们会像那个冲着国王喊出"他光着身子！"的小男孩一样，毫不犹豫地说出真相。

我们不应墨守成规，不应被规则所束缚。（当然，无论我们是基督徒、穆斯林，还是佛教徒，有一些重要的规则我们必须遵守，比如"不可以杀人"或"不可以伤害别人"。）我想说的是，我们应该毫不犹豫地快速行动起来，解决那些全球性问题。参与的人越多，就越能找到解决方法。"和谐"一词，其实意味深刻。

人类为了生存而夺走动物的生命。但当我们杀害动物时，不要忘了对生命满怀敬意。即使是屠宰家畜，也应该尽量不要吓到它们。

我特别喜欢日语里"いただきます①"这句话。妈妈告诉我，这是一句对所有为我们献身的动植物表示感谢的话。虽然很多人会对

---

① 意为"承蒙赐予"。

此感到吃惊，但我认为人本该如此。

我觉得日本是一个非常感性的民族。但"いただきます"并非出于感性，而是真心真意地对其他生命表示感激。

我们无法摆脱这个混沌的世界。人们预测全世界范围内将发生超级大地震，甚至有可能爆发第三次世界大战。我们不能仅仅以大国为中心思考问题，必须兼顾地球上的所有生物。我们必须团结一致、携手合作，才能度过这个艰难的时局。我相信，只要集人类智慧之大成，就一定能找到对策。

在这部小说里，我还想谈谈"爱"的本质。

我个人没有特定的宗教信仰。过去，我曾经把基督教《圣经》当作课本来阅读。我的确在《圣经》中学到很多，它帮助我无数次渡过难关。但人生苦海茫茫（至今依旧如此），我已经害怕再接受那些考验了。为了生存，我需要一副强壮的体魄和稳定的情绪。于是，初中时我加入了田径队。

与小学时候相比，现在的我成长了许多。因为我已经能够准确判断自己应该参与什么，也能够让自己远离不必要的麻烦。做人最重要的是，不要忘记爱他人。不仅要尊重人类，还要对动植物和地球本身心怀敬意。

与他人交往，"和谐（Harmony）"是必不可少的（就像国际空间站的第二节点舱被命名为"和谐号"一样）。我们能给予多少原谅和多少爱，取决于我们在人生中学到多少。而这些经验应该被记录下来。虔诚的人称之为"圣典的教诲"或"通往天堂之门"。这是泰勒的父亲在我的梦里告诉我的。我将他的话记录下来，写进小说。

你们可能会觉得我讲的故事很像安托万·德·圣-埃克苏佩里的《小王子》。圣-埃克苏佩里曾经说过："只有用心才能看见。本质的东西用眼是看不见的。""地球不是我们从父辈那里继承来的，而是我们从后代那里借来的。"这些话完全就是真理。

他还说过："受到神秘事物强烈冲击时，一个人是不敢不听从的。"我也很喜欢这句话。

"未来不是预见，而是自我创造。"圣-埃克苏佩里生于1900年，卒于1944年，享年44岁，他似乎洞悉到了未来。

为了将地球交还给下一代，我们必须马上行动起来。

我希望你们会像喜欢猫咪尤达或苹果一样喜欢泰勒。我希望你们能喜欢书中的每一个角色。虽然他们是虚构的，但他们在跟你们说话，因为他们爱你们。

每当我仰望星空，就会觉得无比幸福。一看见闪耀的星星，痛苦便会得到缓解，心中便会充满喜悦。星星给予我灵感，教会我肉眼看不见的真相，告诉我时空的秘密。

我生活在一个充满自然气息的地方，住宅周围群山环绕。每当我在秋高气爽的日子里眺望天空，就会感觉它们向我靠拢过来。

实际上，这是空气中光的折射造成的。可我总觉得像是神明在对我说话。

我的心中除了悲伤和孤独，还填满了星星、山脉和光的折射。

对了，最后还要写写动物。毫无疑问，动物跟人一样拥有心灵。我家也养过一只名叫尤达的猫咪。尤达是妈妈的宠物，享年20岁。

在最后的日子里，它卧床不起，就连声音也发不出来。

弥留之际，它在凌晨四点用尽全身力气爬了起来，用前爪拍拍妈妈的脸，把她叫醒，发出一声似有似无的叫声，然后就走了。我想它是想对妈妈说声"谢谢"。

我们悲伤了很久。我们意识到，猫狗和人一样拥有灵魂。它们今生虽然生为动物，却有一颗温暖的心。

正是考虑到这一点，我写了这部小说。如果看完此书，你能有所领会，我将会非常高兴。

很抱歉，我不能公开自己的照片。我现在还不想透露个人隐私。我个子高挑，运动员身材。我非常喜欢语文课（对我来说是英语课，对大家来说是日语课），也喜欢天文学。我还擅长体育，学习过芭蕾舞和街舞。

谢谢你读到最后。我爱你们。

衷心感谢

中滨响